슬로우 스타터

강준 · 한영석 · 임익현 · 김철수

SLOW
-
STARTER

박영
story

실패는 거들 뿐

.

우리는 의사, 약사, 회계사, 과학자, 작가라는 타이틀을 가지고 있다.

그래서인지 아이를 키우는 학부모들을 만나면 종종 이런 질문을 받곤 한다.

"우리 아이도 선생님처럼 크면 좋겠어요!"
"어떻게 하면 선생님처럼 될 수 있어요? 비법 좀 알려주세요!"
"선생님은 어릴 때부터 책도 많이 읽으셨고, 게임도 안 좋아하셨고, 공부만 열심히 하셨죠?"

뭐라고 말씀을 드려야 할지 난감한 상황이다.

"아뇨, 사실 어릴 적에는
전교 꼴찌, 게임 중독, 독서 0권, 수능 실패, 삼수, 지방대, 고시 사수…
말 그대로 실패 덩어리였습니다."

…라고 솔직하게 이야기를 한다면 과연 그들이 문자 그대로 받아들일까? 우리 사회에서 전문직이 되려면 학창 시절부터 모범생이어야 한다는 인식이 깔려 있고, 노는 것은 인생을 망치는 길로 비유되며 아이들에게는 공부만 끊임없이 강조되고 있다.
　어쩌면 학부모들이 듣고 싶은 말은 정해져 있는 것 같다.

"아하하… 네, 게임도 하긴 했지만, 책도 열심히 읽고… 공부도 하긴 했죠. 하하"

"어머, 겸손도 하셔라~ 철수야 들었지? 선생님처럼 되려면 이제 게임 그만하고 공부해야지!"

대화는 이렇게 아이들이 아닌 학부모의 해피엔딩으로 마무리된다.

많은 부모는 자녀들이 열심히 공부하기를 진심으로 바라고 있다. 어른들이 생각하는 공부는 단기적으로는 대학 진학과 직결되어 있고, 장기적으로는 직업, 미래의 소득 그리고 결혼을 결정짓는 중요한 요소로 여겨진다. 공부를 열심히 하는 것이 앞서 언급한 이야기들의 확률을 높인다는 것에서는 서른 넘게 살아보니 솔직히 부정하기는 어렵다. 왜냐하면, 그런 인식들로 만들어진 것이 이 사회기에… 그래서 어린 시절 '공부 잔소리'를 듣고 자랐던 아이들이 부모가 되어 자녀에게 '공부 잔소리'를 반복하는 것이 아닐까? 이런 끊임없는 공부를 향한 애정과 집착은 학군은 형성했고, 학원가를 만들었으며 아이들을 경쟁 사회 속으로 몰아넣었다. 사회는 1등 혹은 최상위권에게만 특권을 주었고, 그곳에 도달하지 못한 학생들은 은연중에 '실패자 혹은 낙오자'라는 분위기를 조성했다. 이제 막 사회를 향해 첫발을 디딜 열아홉 청춘들에게 실패라는 꼬리표를 달아주는 냉혹한 세상이 되었다.

냉정하지만 어쩔 텐가?

우리가 살아가야 할 세상이기에 받아들이고 그 속에서 살아남을 방도가 필요하다. 다양한 실패를 마주하였을 때 우리 할 수 있는 것은 1) 빠르게 포기하고 다른 길을 찾거나 2) 포기하지 않고 계속 도전하는 것 단 두 가지 선택뿐이다. 정말 실패를 하게 되면 인생이 망할까? 실패한 이후에는 나는 무엇을 살게 될까? 그런 것들이 궁금하기도 했다. 주변에서는 왜 성공할 생각은 안 하고 실패할 생각부터 하느냐고 하지만… 모든 경쟁은 상대평가이기 때문에 10명 중 9명은 필연적으로 상대적으로 실패를 할 수밖에 없는 사회였다. 그래서 플랜 A 외에도 플랜 B와 C도 염두는 해야 한다고 생각했다. 하지만, 이 사회에서는 누구도 실패한 사람의 '그 후 이야기'에 주목하지 않았다. 실패에 대해 이야기를 하려면 다시금 실패를 극복하고 인정받을 만큼 성공을 해야 '그 이야기'를 꺼내 볼 기회가 주어졌다. 그래서 실패에 관한 이야기는 좀처럼 찾아보기 어려웠다. 우리들의 이야기도 그저 실패로만 끝났다면 글이 되기는 어려웠을 것이다. 그렇다고 대단한 성공한 이야기를 담고 있는 것은 아니다. 이 책의 네 명은 각기 다른 성격이고, 전혀 다른 가정환경에서 성장했다. 이들은 각자의 사정으로 방황을 하거나 실패를 거듭하였고, 본인의 방향을 찾는 데 많은 시간을 할애했다. 그렇게 남들보다 조금 뒤처져서 경주를 시작하게 되었다. 그럼에도 그런 방황의 시간은 무의미한 건 아니었다. 자신에게 더 집중할 수 있는 계기를 마련해주었고, 내가 무엇을 하고 싶은지, 무엇을 해야 하는지를 명확하게 깨닫는 시간이었다. 조금 늦게 출발했지만, 중도 포기 없이 묵묵히 전진하는 것에만 집중할 수 있었다.

사실 대부분의 사람은 '토끼와 거북이 경주'의 시작점에서 거북이인 경우가 많다. 학교에서 좋은 성적을 받지 못하고, 좋은 대학에 입학하지 못하고, 남들보다 늦게 공부를 시작하고, 같은 시험에서 반복해서 떨어지고, 기존에 하던 일을 포기하고 새로운 도전을 시작하는 사람들… 시작점에서는 거북이처럼 늦게 시작하는 사람들이 훨씬 더 많다. 그러면서도 희망을 잃지 않고 계속 꿈을 꾼다. 어떤 분야에서도 항상 나보다 훨씬 앞서가는 토끼가 있기 마련이다. 시작부터 그들을 바라보면서 경주에 임한다면 '끊임없는 비교'의 굴레 속에서 무력감과 자괴감만 생산될 것이다. 이건 타인과의 경주보다는 나 자신과의 승부라고 생각하고 차근차근 목표한 길을 묵묵히 걸어가는 과정이 중요하다. 남들과의 비교로 이리저리 휘둘리는 것이 아니라 나 자신을 더 들여다보면서 방향을 조금씩 수정해보는 것이다. 그러면 여러 번 실패하더라도 다시 일어날 수 있고, 방향이 확실해졌을 때 속력을 높이는 것에만 집중할 수 있다. 그러다 보면 '어느새 내가 이만큼 성장했지?'라는 순간이 찾아올 것이다.

슬로우 스타터(Slow Starter)

슬로우 스타터는 야구에서 사용되는 용어로 시즌 초반에는 성적이 부진하지만 경기를 거듭할수록 본래 실력을 발휘하는 사람을 말한다. 인생을 하나의 시즌으로 본다면 10대와 20대는 시즌 초반이다. 누구나 초반에 좋은 결과가 나오는 것은 아니다. 주변의 기대에 못 미치는 일이 많고 실수와 실패는 반복될 수도 있다. "나는 안 되는 사람이구나"라고 인정하기에는 아직도 게임 초반이다. 승부를 뒤집기 위해서는 마음을 바로잡고, 나에게 맞는 전략을 찾아 묵묵히 도전하는 길뿐이다.

이외에도 방향 혹은 진로를 전환하여 남들보다 뒤늦게 시작하는 사람도 '슬로우 스타터'로 규정하려고 한다. 대표적인 슬로우 스타터로는 슬램덩크라는 만화에 등장하는 강백호가 있다. 농구에 일자무식한 강백호는 좋아하는 여학우 때문에 늦은 나이에 얼떨결에 고교 농구에 입문하게 된다. 점점 농구의 매력에 빠져든 그는 타고난 운동신경과 열정을 바탕으로 리바운드와 덩크슛을 성공하게 된다. 하지만, 농구 경기에서는 그 두 가지만 가지고 승리하기에는 무리가 있다. 안 선생님(감독)은 전국 대회 1주일을 남겨두고 강백호에게 2만 번의 슛을 던지라는 지시를 내린다. 처음에는 투덜투덜 대지만 피나는 연습 과정을 거치면서 꾸준히 슛을 던진다. 그 과정에서 수많은 실패를 겪고 조금씩 수정해가는 경험을 쌓아간다.

전국 대회, 77:78로 1점 차로 뒤지던 경기.

종료 2초를 남긴 상황에서 노마크 상태의 강백호는 패스를 받는다. 그가 할 수 있는 것은 오직 점프 슛뿐이었다. 모든 사람은 초보인 강백호가 공을 잡았을 때 '망했다!'라는 표정을 지었다. 하지만, 강백호는 본인에게만 집중하며 점프 슛을 하기 전 이렇게 읊조린다.

"왼손은 거들 뿐"

그리고 손끝에서 떠난 공은 골망을 흔들며 79:78로 역전승을 거두게 된다.

농구에서 슛을 할 때 왼손은 공의 중심이나 방향을 잡아주는 역할을 한다. 왼손에 너무 신경을 쓰거나 힘이 들어가 버리면 공은 골대로 향하지 않게 된다. 강백호는 수많은 슛 실패를 통해 왼손은 그저 거든다는 슛의 기본적인 원리를 깨닫게 되었다.

누구나 그렇듯 인생 속에는 무수히 많은 실패가 존재한다.

하지만, 우리의 골(Goal)을 결정짓는 과정에서 '실패는 그저 거들 뿐'이다.

여러 실패를 통해 방향을 재설정하여 앞으로 나아갈 방향을 잘 잡으면 되는 것이다. 실패라는 것에 지속해서 마음을 쓰고, 결과에 마음이 지배당하면 우리의 계속 빗나가는 슛을 던지는 것이 된다. 실패의 뜻을 재정립하고 그 속에서 힘을 빼고 차분하게 해가는 연습을 해보자.

그러면 분명히 우리는 목표를 향해 나갈 수 있을 것이다.

끊임없이 도전하는 학생들, 청년들
그리고 사랑하는 자녀들의 성장을 응원하는 모든 부모들을 위해
강 준, 한영석, 임익현, 김철수

5

차례

1
실패를 견뎌낼 단단한 마음이 필요하다
[강준 약사/과학자/작가]

2

인생은 질문의 연속
[한영석 이비인후과 의사/주식투자자]

3

우물 밖으로 나갈 준비
[임익현 재활의학과 의사/두 아이의 아빠]

4

비교하고 후회하고 복수하라
[김철수 회계사]

01

실패를 견뎌낼
단단한 마음이 필요하다

[강준 약사/과학자/작가]

01

전교 꼴지도 무엇인가 하고는 있다

2003년, 문방구 오락기 앞에는 항상 아이들이 바글바글했다.

시끌벅적 정신없어 보이는 그곳에도 엄연히 질서라는 것이 존재했다. 우리는 오락기 기계 위에 100원을 순서대로 걸어 둠으로써 바로 '다음 차례'를 예약하곤 했다. 동전마다 제 이름이 쓰여 있는 것도 아니었는데 다들 제 동전의 순서를 귀신같이 알았다. 게임기 앞은 항상 아이들로 가득했기에 쉽사리 게임을 할 수 없었다. 그런데 나 혼자 오락기를 마음껏 차지할 수 있던 시간이 있었다.

바로 수업 시간(?)이었다.

그렇다. 나는 초등학생 시절 수업 시간에 몰래 나와 게임을 하던 그런 말썽꾸러기였다. 여러 과목 중에서 가장 땡땡이를 치기 쉬운 과목은 미술 시간이었다. 담임 선생님은 미술 시간에는 준비물이 없으면 학교 앞 문방구에 가서 사 올 수 있게 해주셨다. 친구와 나는 그 점을 악용했는데 학교 등교 시마다 일부러 준비물을 챙기지 않았고, 미술 시간만 되면 준비물을 핑계로 문방구에 갔다. 하지만 준비물은 사지 않고 그 돈으로 열심히 오락을 하곤 했다. 처음 몇 번은 걸리지 않았기에 우리는 '선생님도 우리에게 별로 관심이 없구나'라고 생각했다.

그날도 어김없이 친구와 신나게 소리를 지르면서 오락을 하고 있었다.

퍽~ 퍽!

"악! 누구야?"

잔뜩 짜증이 나서 뒤를 돌아봤더니 담임 선생님이 일그러진 얼굴로 째려보고 계셨다. '덜컹… 심장이 떨어진다'라는 말이 이런 느낌이구나!

꼬리가 길면 밟힌다고 했을까? 결국 우리는 선생님의 양손에 한쪽 귀를 헌납하며 학교로 질질 끌려갔고, 복도에서 먼지가 나도록 매를 맞았다. 그리고 수업이 끝날 때까지 복도에서 손을 들고 벌을 섰다. 사실 아픈 것보다 친구들이 하교하면서 우리를 쳐다보고 약 올리면서 가는 것이 더 싫었다. 쪽팔림이 더 싫었던 나이였다. 아이들이 다 빠져나가고 나서야 선생님은 우리에게 다가오셨다.

"너희들 부모님께 학교로 오시라고 연락드렸다. 너희 부모님은 내일 오신다고 하니 집에 가고… (나를 가리키며) 너는 남아!"

친구는 짐을 챙겨서 떠났고 나는 눈치를 보다가 선생님께 빌기 시작했다.

"앞으로 절대 안 그럴게요. 청소도 하고 반성문도 쓸 테니 그냥 보내주세요. 부모님은 바쁘셔서 못 오실 거예요."

"아니, 네가 구제불능이라는 건 부모님도 알아야지?"

결국 부모님이 오셨다.

선생님은 내가 얼마나 말썽을 많이 피우고 구제불능인지 열띠게 설명하셨다. 게다가 최근에 본 학력고사에서 전교 꼴등이라고 사실까지 말씀하셨다(나도 몰랐던 사실이었다).

"당장 몇 개월 뒤에 중학생이 될 애가 저 모양이라서 큰일이군요."

선생님은 혀를 끌끌 찼다. 사실 매를 맞고 비난하는 것은 기분이 그렇게 나빠진 않았다. 나는 집에 가서 부모님에게 혼날지 안 혼날지가 더 중요했다. 솔직히 공부를 안 했으니 점수가 낮은 건 당연하다며 스스로를 합리화했었다.

그러나 다음 말이 내 기분을 상하게 했다.

"담임으로 쭉 지켜봤는데 할 줄 아는 게 없는 것 같습니다. 6학년이 될 때까지 이런 수준이라니 6년을 어떻게 보냈을지 알겠네요. 쯧쯧."

전교 꼴찌라는 이유로 6학년 동안의 시간들이 부정당한 것이다.
이렇게 외치고 싶었다.
"솔직히 공부만 안 했지 다른 건 열심히 했거든요!?"

나는 게임을 했고, 만화책을 봤고, 바둑을 뒀다!

물론 어른들의 시선에서는 아무것도 안 하고 허송세월하였다고 생각할 수 있다. 하지만, 초등학교 6년간 가장 몰입했던 세 가지가 있었다.
바로 컴퓨터 게임, 만화책 그리고 바둑이었다.
학창 시절은 '오락실의 전성시대'를 거쳐서 'PC방의 붐'이 이어지고 있던 시기였다. 오락과 게임이 주는 짜릿함과 즐거움은 아이들의 정신을 홀리기에 너무나도 충분했다. 게임에 대한 집착과 중독성은 어른들의 눈에는 마약이나 다를 바 없어 보였을 것이다. 게임을 무조건 옹호하려는 것은 아니지만 분명히 게임을 통해 얻은 교훈과 배움이 있다고 믿었다. 그 교훈을 다른 분야에도 잘 활용해서 성장의 발판으로 삼는다면 게임은 그렇게 나쁜 것으로만 볼 수는 없다. 하지만 아이들은 유혹에 매우 취약하므로 '조절'을 잘하기가 어려운 것도 사실이다. 나 역시 그 시절 브레이크가 없는 기관차처럼 게임에 중독될 정도로 빠졌었다. 결과론적일 수 있지만 그렇게 질릴 만큼 빠져봤기에 정말 중요한 시기에는 게임을 하지 않았던 것 같다.
가장 좋아하는 게임 장르는 '삼국지'나 '스타크래프트'와 같은 실시간 전략 시뮬레이션 게임이었다. 해당 장르는 상대방과 1:1이나 다수 간 전쟁을 치르는 시스템으로 실시간으로 전략을 구상하고 상황에 맞게 대처하여 상대방과 전투를 통해 승리를 하는 것이 목표였다. 단순하게 보일 수 있지만, 어떻게 자원을 마련할지를 고민하고 한정된 자원으로 자원 생산에 투자할지? 병력을 생산할지? 기술에 투자할지? 상대방의 상황을 파악해서 실시간으로 선택해야 한다. 머릿속으로는 계속 이기기 위한 전략을 짜고, 이를 실행해 옮겨서 결과로 만들어가는 과정들의 연속이었다. 본 장르의 게임을 수년간 즐기면서 일상생활에서는 경험하기 힘든 상황을 게임을 통해 체험하며 상황 파악 능력, 순간 판단력, 실행력, 위기 대처 능력이 조금씩 성장했다고 느꼈다. 게다가 평소에 없던 승부욕이 생겼고 실력이 성장한다는 맛을 깨닫게 되었다. 이외에도 RPG 게임을 통해서는 퀘스트를 수행하면서 상황을 이해하고 달성하는 끈기를 익혔고, 사냥을 하고 아이템을 모으는 구조 속에서는 끈기와 인내심을 길렀다(그런데 지금의 게임들은 그런 요소들이 사라지고 자동 사냥과 과금 유도가 많아서 부정적인 요소도 커졌다).

수많은 만화책을 읽었지만 내가 가장 좋아했던 만화책은 '전략 삼국지 60권'이었다. '삼국지를 보면 세상이 보인다', '삼국지를 읽지 않고는 인생을 논하지 마라'라는 말이 있는 것처럼 삼국지 속에는 수많은 사람들의 인생이 담겨있다. 소심한 성격으로 친구가 별로 없었던 나에게 삼국지는 친구이기도 했고, 사람에 대해 알려주는 스승과도 같은 역할을 했다. 만화로 된 덕분에 글을 읽기 싫어하던 나도 수십 번도 넘게 읽었다. 처음 몇 번은 그저 재미로만 읽었다. 하지만 여러 번 읽으면서 다양한 등장인물을 관찰하였고, 그들의 성격을 통해 어떤 유형의 사람인지 분석해 보았다.

'이 인물은 이 상황에서 왜 이런 선택을 했을까?'
'다른 방법은 없었을까?'
'나라면 어떻게 했을까?'

혼자 머릿속으로 질문하고 상상하는 시간을 즐겼다. 물론 삼국지 속에는 수많은 권모술수와 이간질과 같은 전략도 등장한다. 그런 것들을 배워서 쓰진 않더라도 상황을 미리 파악한다면 앞으로 살면서 조심할 수 있을 것이라 생각했다. 많은 것을 경험하지 못할 나이였기에 삼국지를 통해 간접적으로 다양한 세상사와 인간관계를 배웠던 의미 있던 시간이었다.

처음 바둑에 관심을 가진 것은 과거 똑똑한 책사들이 바둑을 통해 지략 대결을 펼치는 이야기를 보았기 때문이다. 게임이나 만화책으로 간접적으로 익힌 심리 전략들을 바둑을 통해 시험해 보고 싶었다. 무작정 처음 찾아간 곳은 바로 아파트 단지 내에 있는 노인정이었다. 노인정에서는 매주 어르신들이나 주민들을 위해 정기적으로 바둑 교실을 열었다. 막상 그 앞에 가니 소심한 마음에 단번에 들어가지 못했고 그저 입구 앞을 서성거렸다. 마침, 안으로 들어가려던 할머니에게 잡혀서 강사님 앞으로 에스코트 당했고, 귀엽게 봐주신 덕에 1회 무료 수강 기회를 얻게 되었다. 이후, 부모님께 말씀을 드렸고 정기적으로 바둑 교실을 다닐 수 있게 되었다. 바둑을 배우는 것은 약간 과장을 보태면 삶을 배우는 것 같았다. 바둑의 용어들은 하나같이 일상생활에서 적용되는 매력이 있었다.

훈수, 묘수, 악수, 자충수, 패착, 포석, 정석, 대마, 사활, 타개, 복기…

바둑에서 두는 하나의 돌도 내 앞날을 위한 '포석'이 되기도 하고, 패배로 이끄는 '악수'나 '자충수'가 되기도 한다. 그래서 매 순간 몇 수 앞을 내다보는 결정을 해야 하고, 더불어 상대방의 심리도 늘 계산해야 한다. 나는 바둑을 두는 순간에도 초 단위로 끊임없는 사고를 했고, 수업 시간에도 두었던 대국을 머릿속으로 복기하곤 했다. 2년간의 바둑 공부를 통해 그전까지 가지고 있지 않던 '고도 집중력', '순간 기억력', '상황 판단력', '빠른 계산능력', '사고력'이 폭발적으로 성장하는 계기가 되었다. 바둑은 아마추어는 30급부터 시작하며 승급시험을 통해 1급까지 올라갈 수 있다. 초등학교 3학년 때 30급부터 시작해서 초등학교 5학년 때는 승급시험으로 11급까지 달성했다. 처음으로 열심히 하면 성장한다는 것을 느꼈고 나에게는 소소하지만 큰 성취였다. 아쉽게도 이후에는 여러 사정으로 그만두게 되었다. 초등학교 6년의 세월 동안 남들은 암기를 통해 지식을 쌓았을지 모르지만 나는 지식을 담는 그릇을 키웠고 활용하는 방법을 익혔다.

공부를 통해서 배우는 것도 물론 많지만
공부 외의 활동에서도 배울 점이 많았다.
놀면서 보낸 6년의 시간들은 나에겐 씨앗을 심기 위한 자양분이 되었다.

02

집 나간 공부 동기는 어느 날 갑자기 찾아온다

그 시절 공부를 안 했던 것은 공부를 해야 하는 이유를 이해하지 못해서는 아니었다.

학교에서나 집에서나 어른들은 왜 공부를 해야 하는지 잘 설명해 주셨다. 어른들이 말하는 이유는 공부를 해야 좋은 대학에 들어가고 좋은 직장에 취업해서 잘 먹고 잘 살 수 있다는 간단하지만 현실적인 이야기였다. 물론 다양한 버전도 존재한다. 공부는 '목표 수립'→'노력'→'시험'→'결과'→'대응 방안' 등의 일련의 과정을 통해 어른이 되기 전에 '작은 인생에 대한 과정'을 경험하게 해주는 것이다. 초등학생 고학년 정도가 되면 이 정도의 내용은 충분히 받아들일 수준이 되고, 나 역시 머릿속으로는 잘 이해하고 있었다(한편으로는 그만 말했으면 좋겠다는 뜻이기도 했다.)

학생들은 공부를 해야 하는 이유를 잘 알면서 왜 공부를 안 할까? 과거 학원강사와 드림클래스 멘토링을 포함하여 약 4년 정도 중학생을 가르치면서 아이들에게 공부하기 싫은 이유를 물어보곤 했었다. 그 이유를 다 빈도순으로 나열해 보자면...

1) 그냥 하기 싫어요.
2) 스마트폰이 더 재밌어요.
3) 고등학교에 가면 어떻게 되겠죠.
4) 해도 성적이 안 올라요.
5) 좋은 대학가도 취업 잘 안된다던데요?

생각해 보니 내가 공부를 하지 않았던 이유와 비슷했다. 공부보다 노는 게 더 재밌다는 것이다. 10명의 아이 중 정말 공부가 재밌어서 하는 친구는 많아야 1~2명 아니었을까? 심지어 과거보다 지금은 재밌고 자극적인 요소들(유튜브, 게임, 만화 등)이 넘쳐나는 세상이니 더 공부에 집중하기 힘들 것 같다.

내가 중학생이 될 무렵 부모님도 도저히 가만히 둘 순 없었는지 자의 반 타의 반으로 종합 학원으로 밀어 넣으셨다. 사실 나도 마음속 한편에 학원에 가고 싶었던 이유는 주변 친구들이 모두 학원에 다니기 시작했기 때문이었다. 당시 동네에서는 큰 학원에 다니면 (약간 대기업을 입사한 것 마냥) 부러웠던 묘한 분위기도 한몫했다. 그래서 한 번쯤은 학교 끝나고 친구들에게 약간 투정 부리는 느낌으로 "나 학원 가야 해~!"라고 말해보고 싶었다.

중학생 시절의 나는 있는 듯 없는 듯 그저 병풍처럼 지내던 조용한 아이였다. 빠른 년 생으로 학교를 일찍 간 탓에 동기들보다 성장도 늦었고 덩치도 작은 편이었다. 괜히 한 살 어리다는 생각에 스스로가 위축되어 성격은 소심했고 의사 표명도 잘 못했다. 심지어 여자 학우와는 대화하는 법(?)을 몰라서 중학교 내내 여자와 사적인 대화를 해본 적도 없었다. 평소에는 친구들과 우르르 몰려다니는 타입은 아니었고, 소수의 친구들과 어울리며 게임과 만화책을 즐기는 내성적인 스타일이었다.

하지만, 속마음은 그렇지 않았다.

사실 동성 및 이성 친구들과 선생님들에게 관심을 받고 싶었다. 하지만 나에겐 그들의 관심을 끌 매력이 없었다. 그래서 한동안 요즘 말로 '인싸'인 친구들을 연구해 보고 그들이 잘하는 것들을 연습해 보았다. 처음에는 운동을 잘해보려고 밤마다 운동장에서 혼자 축구나 농구 연습을 했다. 하지만 타고난 신체 능력이나 재능이 없었는지 금세 한계에 부딪혔다. 다음은 당시 유행하던 마술이나 펜 돌리기 같이 손기술로 관심을 끌어보고자 다음 카페에 가입해서 피나는 연습을 했었다. 하지만 그것도 능청스러운 연기와 말재주가 필수적인지라 별로 좋은 반응을 얻진 못했다. 그렇다면 유머 감각이라도 키워보자 싶어 서점에 가서 유머 모음집을 찾아 달달 암기하기도 했었다. 그것도 어떻게 전달하느냐가 중요했다. 나는 재미없다고 놀림만 당하고 끝났다.

마지막으로 조금이라도 관심을 받을 수 있는 유일한 수단은 공부뿐이었다.

공부하기로 결심한 계기가 '관심'이라니 참 유치했다. 좋은 대학을 가기 위함도 아니고 좋은 직업을 가지려는 것도 아니었다. 남들에게 관심을 받고 소통을 하고 싶었으나 항상 자신감도 없었기에 그것을 공부로 채워보고 싶었다.

공부를 잘하게 만드는 것은 강한 내적 동기이다.

나는 왜 공부를 꾸준히 했을까?
대학을 간 이후에도...
대학생이 되어서도...
대학원에 가서도...
취업을 한 이후에도...
계속 인생을 열심히 사는 이유는 무엇일까?

아무리 생각해 봐도 주된 이유는 주변 환경보다 나 자신에게 있었다. 계속 공부를 한 이유는 남을 위해서가 아니라 스스로의 삶을 소중히 생각하고 아꼈기 때문이다. 부모님이나 남을 위한 공부였다면 대학을 입학한 후나 아니면 어떤 시점에 그쳤을지도 모른다. 만약 자녀가 공부를 열심히 하기를 바란다면 내적 동기를 만들도록 유도하는 것이 중요하다. 이후, '작고 귀여운 내적 동기'에 계속 먹이를 주면서 키워가는 과정이 필요하다. 물론 어떤 먹이를 주어야 할지는 본인의 성향과 욕구 등에 따라 차이가 있을 수 있다. 특정 먹이의 경우(예: 경쟁심, 자존심) 누군가에게는 강한 동기가 되어 비약적인 도약을 이끌 수 있는 반면, 누군가에게는 심리적인 고통이나 부담감으로 작용하여 마음을 병들게 할 수 있다. 모든 것은 받아들이는 사람에 따라 결과가 다르기에 본인의 성향을 잘 알아야 긍정적인 방향으로 조절할 수 있다.

지금껏 학생의 입장에서 가르치는 사람의 입장에서 관찰해 온 '학생에게 부정적인 영향을 주는 먹이'에 대해 나열해 보려고 한다.

1) 끊임없는 비교를 통한 경쟁심 유발
2) 육체적인 학대(체벌 및 강압적 분위기)
3) 정신적인 학대(ex, 가스라이팅)
4) 금전적인 보상을 통한 협상
5) 하소연을 통한 동정심 유발

학창 시절, 친구들과 학부모들의 교육방식에 대한 이야기를 자주 하곤 했다. 다른 친구들의 이야기를 들어보면 생각보다 많은 부모들이 본인도 모르게 여러 부정적인 방법들을 사용하고 있었다. 지금 당장 성적을 올리기 위해서 혹은 좋은 대학에 보내기 위해서 극단적인 방법을 쓰게 되면 단기적으로는 성적은 오를지 몰라도 먼 훗날 그 후폭풍이 어떤 형태로 발현될지 모른다. 한때 엄청난 인기를 끌었던 드라마 '스카이캐슬'에도 엄마의 숨 막히는 압박을 견디며 의대에 진학한 영재가 '당신의 아들로 산 세월은 지옥이었다'라는 말을 남기며 잠적한 내용도 이와 유사하다. 혹자는 그저 픽션이 아니겠냐고 생각할지 모르나 특목고 생활을 했던 내 주변의 상황들만 보더라도 비슷한 유형의 사례를 쉽게 찾아볼 수 있었다. 끊임없이 비교를 당해온 학생은 항상 심리적으로 위축된 채로 사랑을 받지 못하며 어른이 되어서도 늘 애정결핍인 채로 살아가게 된다.

생각보다 많은 부모들은 사랑이라는 명목하에 (본인들은 완벽하지 않음에도) 자녀에게는 완벽함을 강조한다. "너는 왜 그 정도밖에 안 되니?", "너를 믿는 내가 바보지", "너는 왜 맨날 실수투성이니" 어릴 때부터 심리적으로 학대를 받아온 아이들은 자존감이 낮고 우울이나 불안에 빠지기 쉬워진다. 성인이 되어서도 정상적인 인간관계를 맺거나 스트레스에 대응하는 데 어려움을 겪는다는 뜻이다. 금전적인 보상의 경우에는 단기적으로는 성적 향상을 유도할지는 몰라도 공부 자체에 대한 순수한 즐거움을 반감시켜 지속적인 공부로 이어지는 것을 방해할 수 있다. 또, 어려운 순간이 닥치면 '돈을 포기하지 뭐!'라고 생각하거나 부모에게 지속적인 협상의 카드로 활용할 수 있다.

　마지막으로 일부 부모들은 하소연을 하면서 자녀가 연민의 감정을 느끼게 하는 경우도 있다. 부모가 힘들게 사는 것을 알면 정신을 차리겠지? 공부를 더 하겠지?라고 생각해 아이에게 "너 때문에 산다", "네가 아니면 죽었다(이혼했다)", "사는 게 괴롭다" 등의 하소연을 하는 것이다. 부모의 입장에서는 삶이 힘들고 팍팍할 수는 있겠지만 사실 아이들은 타인의 마음을 충분히 이해하고 위로할 만큼 성숙하지 못하다. 아이의 입장에서 부모가 하소연을 한다는 것은 성장기에 큰 충격으로 자리 잡게 될 것이고, 훗날 어른이 되어서도 평생 마음의 상처로 남게 된다.

어떻게 내적 동기를 성장시켰을까?

1단계: 자신만의 내적 동기 만들기
나는 친구들과 선생님에게 관심을 받기 위해 공부를 해보겠다는 마음을 먹었다.

2단계: 성취감
처음 큰 학원에 입학시험을 보고 배정받은 반은 약 20개 반 중 꼴등 반이었다. 분기마다 반 배치 고사를 보고 점수가 우수하면 1~2개 반을 월반할 수 있었다. 바닥부터 공부를 시작하다 보니 점수가 오르는 것에 나름의 성취감을 느꼈고, 반 배치고사에서 우수한 성적을 거두면서 월반하기 시작했다. '성취감➔즐거움➔노력➔성취감➔즐거운➔노력'이 선순환되면서 내가 계속 공부를 즐길 수 있는 강한 내적 동기를 만들어 주었다.

3단계: 경쟁
어느 정도 공부에 흥미가 붙기 시작했다. 성취감을 맛보고 나니 더 큰 도약을 위해 사용한 먹이는 '경쟁'이었다. 초기부터 경쟁이라는 카드를 사용하면 괜한 격차만 느끼고 좌절감을 느낄 수 있으나 일정 수준(중상위권)에 도달한 후에는 경쟁만큼 빠르게 '내적 동기'를 키우는 방법도 없다. 나는 경쟁심을 극대화할 수 있는 환경을 위해 인문계 고등학교가 아닌 특목고 진학을 선택하였다. 똑똑한 친구들 사이에서 공부를 하면 나 스스로 한계를 짓지 않고 계속 노력할 것이라 생각했고, 실제로 그런 환경에서 공부를 하다 보니 더 강한 내적 동기를 키우게 되었다.

4단계: 즐기는 단계

대학을 진학하면서 경쟁이라는 먹이도 필요하지 않은 순간이 찾아왔다. 이제는 내 실력을 성장시키기 위해서는 좋아하고 즐길 수 있는 적성 분야를 찾아야 했다. 무엇을 좋아하는지 찾기 위해 방학마다 연구실이나 제약회사에서 인턴을 하기도 했고, 변리사/변호사를 준비해 보겠다고 민법 강의를 수강하기도 했었다. 다양한 시도를 하면서 좋아하는 분야를 찾게 되었고 내적 동기를 더욱 불태울 수 있게 되었다.

5단계: 삶에 대한 소중함

지금 나를 평생 공부하도록 만드는 '내적 동기'는 삶에 대한 소중함이라고 생각한다. 나는 어떤 사람인가? 나는 어떤 가치관을 추구하는가? 내 삶의 의미가 무엇인가? 나는 어떻게 살고 싶은가?를 명확히 하는 과정에서 삶에 대한 의미를 찾게 되었고 그 가치를 실현하고 책임지기 위해서 공부를 즐기게 되었다.

경주는 20살에서 끝나는 것이 아니었다.
시켜서 하는 사람은 결국 스스로 하는 사람에게 따라 잡힌다.

03

영어도 못하는 놈이 무슨 외고를 가겠다고?

유년 시절은 지금처럼 영어유치원이나 조기유학이 대중적인 시기는 아니었다. 그래서 알파벳을 처음 공식적으로 배운 것은 초등학교 3학년 때였다. 물론 그 당시에도 몇몇 학생들은 개인 교습 과외를 통해 선행학습을 했는지 영어를 능수능란하게 구사했고, 수업 시간마다 뽐내고 싶었는지 앞서가려고 하며 선생님들을 곤욕스럽게 하곤 했다. 그런 모습을 보면 주눅이 드는 마음 반, 아니꼬운 마음 반에 "한국에 살 건데 영어는 왜 배워!?"라며 영어에 대한 반감만 키웠었다. 그저 하나의 언어쯤으로만 생각했었는데... 학년이 올라갈수록 영어의 중요도는 계속 높아졌다. 그리고 영어가 수능 과목 중 하나라는 사실도 알게 되었다. 영어를 무시했던 나에게는 꽤 충격적인 이야기였다. 부모님도 영어만큼은 시켜야겠다고 생각하였는지 3학년 때는 영어 그룹과외와 5학년 때는 원어민 단과학원에 보내기도 했다. 열심히는 아니지만 다른 과목에 비해 영어를 귀동냥으로 배운 덕에 나름 영어를 조금 한다고 착각하고 있었다.

종합 학원에서 얻어터지기 전까지는…

맹모삼천지교를 실천하신 부모님은 자식들을 좋은 환경의 중학교로 보내겠다고 강북의 목동으로 불리는 중계동 쪽으로 이사를 했다. 중계동에는 나름 교육열이 뜨겁다는 은행사거리라 불리는 곳이 있었다(사거리를 중심으로 4개의 큰 은행이 있었고 학생들은 이곳을 은사라고 불렀다). 그곳은 큰 대로를 중심으로 양옆에 줄지어 선 빌딩들은 모두 학원으로 가득 차 있었다. 거리에는 항상 책가방을 멘 중고등학생들이 바글바글했고, 그들의 허기를 채워줄 분식 포장마차들로 즐비했다.

은행사거리에는 대형 학원 3대장이 존재했다. 바로 토피아, 학림, 세일이었다. 토피아는 이름에서부터 느낌이 오듯이 영어 교육에 특화된 학원이었다. 학원 등록을 위해서는 입원 자격시험을 통과해야 한다는 까다로운 기준도 있었다. 실력이 낮으면 들어갈 수 없었는데 이 점이 오히려 학부모들의 마음에 불을 지폈는지 그곳은 항상 대기자로 가득했다. 학림은 토피아에 비해 상대적으로 수학을 더 중시하였고(내 느낌), 외고반도 있었지만 과고반으로도 꽤 유명했다. 이곳도 입원 자격시험은 있었지만 학원이 워낙 크다 보니 반을 계속 확장하면서 대부분의 학생을 받아주었다. 마지막으로 세일 학원은 학부모/학생들 사이에서 별명이 'Sale 학원'이었다. 다른 두 학원에 비해 가격이 상당히 저렴했고(반값 수준), 이는 가격 경쟁력으로 작용하여 학생 수로는 은행사거리에서 가장 많았다.

영어에 반감을 가지던 나는 처음부터 토피아는 갈 생각을 하지 않았다(물론 떨어질까 봐 두려운 것도 한몫했다). 세일도 뭔가 이름에서 정이 가지 않았다. 그래서 학림 학원에서 입원 시험을 보기로 했다. 시험은 국어, 수학, 영어 3과목을 치르게 되었고, 담당 선생님은 서둘러 채점을 해서 결과를 알려주었다.

"음... 가장 아랫반부터 차근차근 시작하면 되겠습니다."

객관적으로 평가받은 내 실력의 현주소는 사교육 현장에서도 꼴찌였다. 별로 충격적이진 않았다. 그저 종합학원을 다닌다는 것 자체에 설렘이 있었다. 학교에서는 소심한 이미지로 지내다 보니 조금 심심하기도 했다. 그래서 학원에서는 다른 사람으로 이미지 변신을 해보고 싶었다. 그런 부푼 꿈을 가지고 학원에 등원했지만 기대감은 순식간에 바사삭 무너졌다. 학원은 학교와는 분위기가 전혀 달랐다. 학원에 다니는 아이들은 학교를 갔다 와서 그런지 좀비처럼 생기가 없었고, 쉬는 시간에는 대화하거나 놀지 않고 엎드려서 자거나 핸드폰 게임만 했다. 대부분 부모님에 의해 강제로 학원에 다닌다고 했고 학원을 그저 감옥 같은 곳이라고 생각했다. 처음에는 친구들이 대형 학원에 다닌다고 해서 부러워만 했는데 막상 와보니 그렇게 좋은 곳은 아니었다. 학원은 오후 5시 반부터 1교시가 시작했고, 5교시까지 마치고 저녁 10시쯤 귀가했다. 그렇게 매일 '학교↔학원'의 삶이 반복되다 보니 점점 체력이 떨어졌고... 나도 또 하나의 좀비가 되었다.

어쨌든 공부를 해보겠다고 마음을 먹었으니 목표를 세워 보기로 했다. 학원에는 1학년 반이 약 20개 정도 있었다(편의상 순서대로 1등반부터 20등반이라고 하겠다). 한 반에는 약 15~20명의 학생이 다녔으니 얼마나 많은 학생들이 다니고 있었는지를 가늠해 볼 수 있다. 1등반부터 10등반은 좋은 건물을 썼고, 11등반부터 20등반은 옛날 건물을 썼다. 그리고 모든 반은 순서대로 배열되어 있기 때문에 마치 '설국 열차'처럼 본인들의 위치를 매일매일 체감할 수 있었다. 그 속에서도 나름의 위계라는 것이 존재했다. 학원에서는 상위 반을 위해서 물심양면으로 배려해 주었다. 예를 들어 내신 준비 교재가 만들어지면 상위 반부터 순차적인 배포를 했고 특강의 경우에도 상위 반을 우선 배정해 주었다. 분위기부터 그렇다 보니 학원에서 상위 반 학생들이 지나가면 괜히 주눅 드는 느낌까지 받았다.

학원에는 승격 및 강등 제도가 있었다.

3개월 간격으로 전 학생이 반 배치 고사를 보았고, '성적 + 담임 선생님의 주관적 평가'에 따라 반에서 1~2등은 윗반으로 승격이 되었고, 반대로 밑에서 1~2등은 아랫반으로 강등되었다. 내 첫 목표는 '10등반 내로 들어서 깨끗한 빌딩에서 공부를 해보자'였다. 사실 두 번째 목표도 있었다. 당시 학원에는 '학원 모델'로 활동할 정도로 아주 인기가 많은(예쁜) 여학생이 있었다. 그 친구와 같은 반이 되어서 친해지고 싶었는데 현실적인 거리는 너무 멀었다. 그 친구는 1등반이었기 때문이다. 그때부터 본격적으로 학교와 학원에서는 공부만 했다. 공부를 하니 점점 실력이 쌓이고 성적도 계속 올라가기 시작했다. 스스로도 성장하는 것을 느껴보니 공부에도 재미가 붙었다. 학교에서도 내신 성적이 계속 올라서 1학년 말에는 전교 20등 권으로 올라가게 되었고, 선생님들도 점차 나에게 관심을 가져주고 챙겨주기 시작했다. 학교 친구들도 점점 나에게 다가와 공부를 가르쳐 달라고 했다. 학원에서도 성적이 계속 상승하여 3개월마다 계속 월반을 하고 있었다.

'20등반➔19등반➔16등반➔10등반'

공식적으로는 1~2개 반만 월반해 주는 것이 학원의 룰이었다. 학생이 반을 자주 바꾸는 것도 적응에 문제가 생길 것이고 갑자기 잘하는 반에 들어가면 슬럼프를 겪을 수도 있다는 배려였다. 그런데 매 반 배치고사를 봐도 성적이 계속 좋고 심지어 중학교에서 전교 20등권을 하는 학생이 고작 '16등반'에 있다는 것은 아이러니한 상황이었다. 내 문제로 학원 선생님들 간 회의까지 열렸고 이례적으로 6개 반을 올려서 '10등반'으로 배치해 주셨다.

결국 중학교 2학년이 되기 전에 새로운 빌딩으로 옮기는 첫 번째 목표를 달성하게 되었다.

오름세만 타보니 삶에도 자신감이 붙었다. 중학교 2학년부터는 예전처럼 쭈구리처럼 지내지 않기로 했다. 그래서 중학교 2학년 때 처음으로 용기를 내어 반장 선거에 도전하여 당선되기도 했다. 반장을 하면서 사람들 앞에서 이야기하고 책임감을 가져 보는 경험도 쌓았다. 그리고 친구들과 쉬는 시간마다 농구나 축구를 즐기면서 활동적으로 변하려고 노력했다. 그런 긍정적인 에너지는 공부를 할 때도 좋은 영향을 주었다. 한 번 높은 성적을 받고 나면 사람은 자연스레 '그 자리'를 지키고 싶어 하는 욕구가 커진다. 이제부터는 억지로 동기를 만들 필요가 없을 정도로 내 마음속에는 '해야 한다'라는 끓어오르는 열정이 가득했다.

점점 욕심이 생겨서 단숨에 1등반으로 월반하는 전략을 고민해 보기 시작했다. 모든 선생님들이 찬성할 수밖에 없는 방법은 뭐가 있을까? 답은 하나였다.

학원 전체 1등을 하면 되지 않을까?

반 배치 고사에서 보는 과목은 세 가지였다.

1) 심화수학
2) 수학
3) 영어

수학과 영어는 교과 과정 범위에서 출제가 되었고, 심화수학은 과학고를 보낼 인재들을 선발하겠다는 취지로 올림피아드 수준에서 문제를 출제했다. 보통 1등반의 잘하는 친구도 심화수학 30점, 수학 90점, 영어 90점 정도의 수준으로 받아 총 210점을 유지하곤 했다(10등반 아래부터는 심화수학을 보지도 않는다). 당시의 나는 상대적으로 영어가 약하고 수학은 강한 편이었다. 영어에서 70점을 받더라도 심화수학에서 60점을 받으면 1등을 할 수 있다고 판단을 했다.

이후, 나는 학교 수업 시간, 쉬는 시간 그리고 등하교 시간 길을 걸으면서도 올림피아드 문제를 끊임없이 연구하고 연구했다. 초반에는 올림피아드 문제 하나를 푸는데에 정말 10시간 이상이 걸리기도 했다. 하나의 문제를 수십 가지의 방법으로 풀고 또 풀고 몇 날 며칠간 계속 고민해 보기도 했다. 정말 답이 안 나오면 학교 수학 선생님을 찾아가서 질문하고 함께 며칠을 고민하기도 했었다. 처음에는 귀찮아하셨는데 계속 찾아가 보다 보니 어느새 선생님도 열정이 생기셨던 것 같다. 종종 점심시간마다 나를 교무실로 불러서 집에서 문제를 풀어왔다며 알려주시기도 했다.

4개월간의 특훈(?)을 거친 후에 드디어 반 배치 고사를 치르게 되었다. 심화수학을 열심히 공부한 덕인지 일반 수학은 너무나도 쉽게 느껴졌다. 물론 영어 공부는 잘 안 해서 점수가 잘 나오진 않았다. 그리고 며칠 뒤 최종 점수를 받았다. 심화수학 66점, 수학 100점, 영어 78점... 나는 인생에서 처음으로 전체 1등이라는 것을 해보았다.

선생님들은 사이에서는 난리가 났다. 채점이 잘 못 된 것 아닌지? 문제가 유출된 것 아닌지? 혹시 커닝한 것 아닌지? 그런데 커닝일 수가 없었던 게 심화수학은 모두 주관식이고 풀이까지 맞아야 정답이었다. 그리고 2등과 점수 격차가 큰 독보적 1등이었기 때문에 나에게 의문을 제기할 수는 없었다. 담임 선생님과 수차례 상담 끝에 나는 결국 1등반으로 올라갈 수 있었다(당시 부상으로 문화상품권 30만을 받았고, 나는 교재와 필기구를 사는 데 사용했다).

1등반의 공기는 확실히 달랐다.

일단 20명의 학생 중 여학생이 18명이었고 남학생은 2명이었다. 나와 나보다 더 조용하고 소심한 친구가 있었다. '그러면 내가 오기 전에는 너 혼자였다고...?' 이 반에서 우리는 '남성'이라는 성별을 존중받지 못했다. 항상 칠판에서 가장 먼 끝자리가 우리의 강제 지정석이 되었고 여학생들은 우리를 투명인간 취급하였다. 우리가 있던 없던 '여자들의 이야기'를 거리낌 없이 했다. 안 그래도 여자와 말하는 것이 어려웠던 성격이었는데 그런 환경에서 1년간을 지내다 보니 그 증세는 더욱 심해졌다. 친구로 지내고 싶었던 '학원 모델'과는 결국 1년간 말 한마디도 섞어보지도 못했다(그러면 그렇지). 공부면에서도 1등반 학생들은 수학은 아니지만 영어를 정말 잘했다. 듣기, 읽기, 쓰기… 뭐 하나 빠지는 것이 없었다. 그들과 공부하면서 정말 큰 벽을 체감했다. 그들의 뒤를 따라가는 것만으로도 숨이 벅찼고… 그렇게 정신없이 지내다 보니 어느새 중학교 2학년도 끝나갔다.

학원은 대대적인 개편을 예고했다.

이제 2학년 반을 '외고 준비반', '과고 준비반', '인문계 반'으로 학생들을 분류하겠다는 것이었다. 선생님들은 내가 이과에 더 적성이 맞는다고 생각하셨는지 과고 준비반에 가라고 조언을 하셨다. 그런데 과고 준비반은 학원비도 1.5배 정도 더 비싸고… 개인 과외를 하면서 준비해야 한다는 이야기를 들었다. 내가 꼭 과고를 가야 할까? 아니 갈 수 있을까? 그냥 인문계에 들어가서 이과에 가는 게 어떨까? 진로에 대해 여러 번 고민 해본 후에 선생님께 그냥 인문계 반에 가겠다고 말씀드렸다. 그런데 선생님은 말이 인문계 반이지 그냥 하위권 반이니 과고를 안 가더라도 그냥 준비반에 가라고 했다.

"음… 그러면 차라리 외고 준비반으로 가도 될까요?"
"뭐? 영어도 못하는 놈이 무슨 외고를 가겠다고!"

팩트 폭력을 직방으로 맞으니 머리가 어질어질했다.
외고 준비반에 가겠다고 결정한 두 가지 이유가 있었다.

1) 나름 1등반이었는데 인문계반에 간다고 하면 주변에서 '야망 없는 애'로 볼 것 같았다.
2) 영어 잘하는 애들 속에서 외고를 준비하는 척하면서 1년간 죽어라 영어만 공부해서 약점을 보완하고 싶었다.

그렇게 선생님에게 사정해서 나는 외고 준비반에 들어갈 수 있었다.

27

약점을 키우는 데에도 용기가 필요하다.

　수많은 자기 계발서나 성공한 사람들의 이야기를 보면 '약점을 강점으로 바꿔야 한다'는 말을 자주 보곤 한다. 대학 입시나 취업 시 자기소개서에서 나오는 단골 질문 중 하나도 바로 '약점'에 관한 것이다. '본인의 장단점에 대해 서술하시오' 혹은 '단점이나 약점을 강점으로 바꾼 사례에 대해 서술하시오' 등과 같은 질문들… 말은 쉽지만 실제 삶에 적용해 보고자 하면 막막한 느낌만 들었다. 강점과 약점의 본질적인 차이는 무엇일까? 태어날 때부터 A라는 것을 잘하고, B라는 것을 못한다고 유전자에 기록되어 있는 것일까? 물론 위대한 스포츠 스타, 천재적인 예술가나 음악가들을 보면 부여받은 재능이 있는 것은 확실한 듯싶다.

　정규분포 양 끝단에 위치한 사례들은 제외하고 누구에게나 비슷한 재능과 한정된 시간이 주어진다. 그 시간을 어떻게 분배하고 어떤 능력을 성장시킬지는 본인의 선택이다. 하나의 능력에 모든 시간을 전부 투자할 수도 있고, 다양한 능력을 고루고루 균등하게 성장시킬 수도 있다. 이처럼 '시간의 비균등 분배'로 인해 자연스럽게 강점과 약점을 갖게 된다고 생각한다(일반적인 수준에서). 특히, 청소년기에는 시간 분배를 골고루 잘하는 것이 중요하다. 한번 고착화된 강점과 약점은 나이가 들수록 더욱 바꾸기 어렵기 때문이다. 우리들은 대한민국 교육과정에서 '문과'와 '이과'라는 이분법적인 방법에 의해 한쪽으로 선택하도록 강제되었다(물론 지금은 통합되었지만). 문과를 선택하면 자연스레 과학과 수학을 등한시해도 이해를 받게 되고, 이과를 선택하면 언어, 사회과학, 인문학적 소양 등을 신경 쓰지 않아도 크게 문제가 되지 않았다. 국가의 관점에서 보면 학생들을 선택과 집중을 통해 성장시키는 것이 '비교우위 관점'에서 효율적일 수 있다. 하지만, 개인의 입장에서 보면 통섭적인 사고를 가지기 어렵고 한 차원 이상의 성장 기회를 박탈당하는 것이기도 했다.

　지금은 신의 한 수였지만 당시에 외고 준비반을 선택했을 때의 나의 상황은 꽤 암울했다. 외고반이 아닐 때는 수학 점수가 꽤 높게 평가되었기에 '나의 가치'를 높일 수 있었다. 그런데 외고 반에서는 영어를 잘하는 사람이 가장 높게 평가받았다. 시험은 주로 영어(듣기), 영어(독해), 영어(쓰기), 언어, 창의력 수학으로 평가되기 때문에 '심화 수학'에 특화된 나의 강점이 확 죽어버리게 된 것이다. 늘 상위권만 하다가 중위권을 경험하게 되다 보니 자존감이 떨어지는 것은 어쩔 수 없었다.

'그래, 장기적인 투자로 보고 온 것이니 단기적인 수모(?)는 견뎌보자.'

1년간 외고반의 스케줄을 따라가는 것은 너무도 힘들었다.

1) 매일 평일 오후 5시 반부터 저녁 10시까지 수업을 했고 새벽 1시까지 야간 자율학습을 했다.

2) 하루에 고난도 단어를 100개씩 외우고 시험을 치렀고 틀린 개수대로 손바닥을 맞았다. 맞은 개수가 70개 이하면 토요일과 일요일에 학원을 등원해서 틀린 단어를 100번씩 쓰고, 재시험을 봐야 했다(도대체 선생님들은 왜 주말에 출근하는 걸까?).

3) 영어 독해와 듣기는 한 달에 1~2권씩 풀었고 숙제가 너무 많아서 학교 쉬는 시간마다 카세트테이프를 돌리면서 숙제를 해야 했다.

1년간의 '영어 지옥'을 버티고 견디다 보니 나도 모르는 사이 영어 실력이 비약적으로 성장해 있었다. 이왕 준비를 시작한 김에... 분위기에 편승해서 나도 외고 입시를 시험 삼아 치러보기로 했다. 당시 유명한 외고(대원, 용인)를 지원하는 것이 맞겠지만 어차피 테스트인데 그냥 집에서 가장 가까운 서울외고로 지원을 하기로 결정했다. 그래도 한창 외고 진학이 인기를 끌던 시절이어서 경쟁률(4.7:1)도 꽤 높은 편이었다. 시험은 지필 고사(영어 듣기)와 면접 고사(창의력 수학)로 이루어졌고 최선을 다해서 풀었다. 그리고 얼떨결에 최종 합격을 하게 됐다. 그런데 화장실 들어갈 때와 나올 때 마음이 다르다고… 막상 붙으니깐 또 가고 싶은 마음이 생겼다. 그래서 짧은(?) 고민 끝에 외고에 진학하기로 결정했다. 이번 도전을 계기로 앞으로의 인생에서 중요한 결정을 할 때 '쉬운 쪽'보다는 '어려운 쪽'이나 '약점을 강화하는 쪽'을 택해도 괜찮다는 것을 느끼게 되었다.

물론 그땐 몰랐다.

그때 개발해 둔 약점이 먼 훗날 강점이 될 줄은…

04

운도 실력이다, 니 받아들일 수 있겠나?

학창 시절, 친구들끼리 게임으로 승부를 낼 때 지고 나면 꼭 하는 말이 있다.

"야! 다시 해, 너 운발로 이겼잖아!"

운은 결과에 영향을 줄 정도로 크게 작용을 할까? 그렇다면 운도 실력으로 인정해야 할까? 평소에 작용하는 가벼운 운은 그저 기분이 좋거나 나쁜 정도로 끝난다. 그런데 아주 중요한 시험이나 면접에서 작용하는 운은 인생을 바꾸는 결정적인 사건이 되기도 한다. 물론 운은 양의 방향으로 터지면 대운이고 음의 방향으로 터지면 악운이 되기 마련이다. 이처럼 우리들의 삶 속에 '운'이라는 요소는 늘 곁에 존재하는 친근한 존재라는 것은 이해한다. 그럼에도 학정 시절에는 운이라는 요소를 너무도 인정하고 싶지 않았다.

학창 시절 외고에 들어가려면 전교 상위권 수준의 내신 성적은 물론이고, 영어 시험과 구술 면접에서 높은 점수를 받아야 했다. 그러다 보니 외고에 들어온 입학생들은 다들 중학생 때 공부로 이름 좀 날려보았던 친구들이 많았다. 그런 괴물들 360명이 모여서 상대평가를 한다면 어떻게 될까? 그 속에서도 1등과 꼴등이 생길 수밖에 없을 것이고, 내신 문제가 조금이라도 쉽게 출제되면 만점이 속출해 1등급/2등급이 사라지는 경우도 종종 생겼다. 그러면 학부모들은 선생님들을 찾아가 "우리 애 대학 책임질 거냐!"며 고래고래 항의하는 장면들도 벌어진다(몇몇 드라마 속에서만 볼 것 같지만 실제로 별의별 일들이 다 일어나는 곳이다). 그러다 보니 내신은 '실수 줄이기'의 싸움이 되었고 한두 문제만 틀려도 자연스레 5~6등급이 되기도 했다. 그래서 1학년 때 삐끗한 친구들은 아예 내신을 포기하고 수능 올인 전략을 택하기도 했다. 사실 학교도 그렇게 소수의 학생에게 내신을 몰아주는 것이 'SKY'를 많이 보내는 하나의 전략이기도 했다.

고등학교 2학년 때에는 모의고사를 치를 때마다 꼭 거쳐야 할 통과의례가 있었다. 일명 '반성의 시간'으로 불렸는데 직전 모의고사 성적과 비교하여 언/수/외의 합이 떨어지면 점수의 차이만큼 담임선생님에게 매를 맞곤 했다. 남학생은 엉덩이를 맞았고 여학생은 손바닥을 맞았다. 외고까지 온 학생들에게 꼭 이렇게까지 극단적인 방법으로 동기부여를 시켜야 했을까? 이미 자존심이 강한 학생들은 '비교와 차별'로 정신적인 고통을 받고 있는데 육체적인 고통까지 가중시키는 것이 이해가 가지 않았다. 그런 비인간적인 행위는 3년 내내 이루어졌다. 고등학교 3학년 때에는 수험생에게는 인권이 없다며 선생님은 학생들의 이름을 외우지 않고 그저 번호로만 부르셨다. 심지어 반장이었던 내 이름조차 모르셨다(그래도 나는 22번이 아니라 반장으로 불렸다).

학교에서는 3, 6, 9월 모의고사 결과가 나오면 학생들을 성적순대로 나열하여 상위 50등에게만 우수자 독서실을 제공했고 자리도 성적순으로 배치되었다(나는 6월에만 입성을 해보았다). 보통 한 반에서 2~5명까지 들어갔고 남은 수백 명의 학생들은 강당같이 오픈된 공간에 모여서 공부를 해야 했다. 각자의 반을 내버려 두고 왜 수백 명이 한 공간에서 공부를 했을까? 그건 선생님들이 야자 감독을 돌아가면서 편하게 하기 위함이었다. 고3 수험생들은 지독한 경쟁 속에서도 '대학'이라는 하나의 목표를 가지고 공부하고 또 공부했다. 나는 3년 내내 모의고사에서 지속적으로 우수한 성적을 유지했던 편이었다. 아무리 망치더라도 언수외 백분위는 4% 밖을 벗어나 본 적이 없었기에 성적은 노력으로 만들어 낸 실력이라고 생각했었다. 그래서 더욱더 '운이라는 요소'를 실력으로 인정하지 않았고, 기대감이 낮던 친구가 모의고사에서 대박을 쳤다고 하더라도 그저 한두 번의 운으로 치부했었다(실제로 그랬던 경우가 더 많았고...). 하지만 누군가에게 대운이 있다면 누군가에게는 악운도 있다. 외고 입시부터 대학 입시까지 6년간의 공부를 하면서 정신력과 멘탈도 함께 단련이 되었다. 웬만한 일로는 쉽게 흔들리지 않았고 늘 잔잔함을 유지하고자 노력했다. 하지만 나의 단단한 마음에도 금이 가게 만드는 사건이 일어났다.

가깝게 지냈던 친구가 3월 모의고사를 앞두고 갑작스럽게 세상을 떠난 것이다.

밀려오는 슬픔, 충격, 허망함, 무력감은 무엇으로도 막아지지 않았다. 시간이 지나면 나아지겠지. 공부에 집중하면 잊히겠지. 하지만, 소화도 잘되지 않았고 글씨는 눈에 들어오지 않았다. 늘 심장은 불안하듯 두근댔고 가끔 가슴은 아리듯 숨쉬기도 어려웠다. 독서실이라는 어둡고 폐쇄된 환경은 나를 더 심해 속으로 끌어당기는 것 같았다. 그래서 밝은 곳에서 라디오를 들으며 공부를 하기 시작했다. 집중력은 떨어지더라도 공부는 해야 했으니깐...

정신을 차려보니 6월과 9월 모의고사는 지났고, 결국 수능 날이 찾아왔다. 수능을 치러 가는 길에 많은 생각들이 머릿속을 어지럽히고 있었다. 시험 전인데 벌써부터 '망하면 어떡하지?'라는 생각들이 앞서 떠올랐다. 심리전에서 나는 벌써 패배자였다. 겁에 질렸다. 망하면 가족, 친척, 친구들, 선후배들, 선생님들을 어떻게 볼까? 나는 스스로 부담감을 키우고 있었고, 이는 신체화 증상으로 발전하여 심장을 옥죄고 있었다.

1교시는 언어영역.

다행히 문제는 쉽게 출제되었다. 덕분에 긴장감도 조금씩 풀리면서 잘 마무리했다. 쉬는 시간에는 친구들과 수다를 떨면서 부담감을 떨쳐내고자 했다.

2교시 수리영역.

예상외로 수학까지 쉽게 출제되었다. 괜히 걱정이 들기 시작했다. 이러면 변별력이 있나? 그렇게 무난하게 풀어가다가 한 문제에서 살짝 막히기 시작했다. 평소라면 패스하고 나중에 풀었을 텐데 오기가 생겨서 몇 분 더 잡고 있었는데도 답을 도출하지 못했다. 순간 당황하고 식은땀이 났다. 그리곤 가슴이 답답해지기 시작했다. 찰나의 순간, 세상이 비현실적으로 분리되는 기분이 들었다. 집중력이 풀리는 느낌... 아랫배 쪽 근육이 빠르게 수축과 이완을 반복했고 갑자기 소변이 마려운 기분(?)이 들어 당장 뛰쳐나가고 싶다. 이 상황을 벗어나고 싶다. 그런 생각이 머릿속을 가득 채웠다. 그래도 수능 아닌가? 억지로 허벅지를 꼬집으며 한 줄기의 정신을 잡으려고 애썼다.

수 분 뒤 호흡이 정상으로 돌아왔을 때는 기운은 빠졌고 옷은 땀으로 젖어 있었다. 그래도 마지막까지 수능을 완주할 수 있었다.

당연히 결과는 기대하지 않았다.

수능 점수는 3년간 치렀던 모든 모의고사 점수보다도 낮은 점수였다. 특히, 수리 영역은 3년간 처음으로 2등급을 받아보았다. 교내 전체 수학경시에서 은상까지 받았던 내가 2등급이라니 누구에게 말하기도 부끄러웠다(*망했다는 것의 기준은 절대적인 점수가 아니라 평소의 실력보다 낮게 나왔다는 것을 의미함).

"수능장에서 갑자기 컨디션이 안 좋아서 수능을 못 봤어"라고 말해봤자 결과는 바뀌지 않을 것이고 그저 나약한 애로 취급받을 것이 분명했다.
그래서 그저 "운이 나빴어"라고 둘러댔다.
"야~! 운도 실력이야~"

친구들의 한마디는 비수로 날아와 가슴에 꽂혔다.

사람이 하는 일에서는 늘 운이 반영되는 것을 알고 있다. 하지만 그 말은 내가 지금까지 해 온 것들이 부정당하는 느낌이었다. 반대로 평소에 성적이 낮던 누군가는 쉽게 출제된 수능 덕으로 점수를 아주 잘 받기도 했다. 그들도 꾸준히 노력하면서 기회가 왔을 때 잡았던 것이겠지... 하지만 쓸데없는 자존심이 강했던 그 시절에는 인정하기 싫었다.

솔직히 나도 운의 덕을 봤다.

올림픽 쇼트트랙 경기를 보면 앞서 달리는 1~3등이 치열하게 경쟁을 하다가 서로 넘어지고 실격을 받으면서 꼴찌로 달리던 4등이 어부지리로 금메달을 딴 장면을 본 적이 있다. 보통 1~2등이 우리나라 선수이다 보니 감정이 이입되어 내가 탈락한 것처럼 마음이 굉장히 아팠다. 저 사람은 4년을 얼마나 열심히 노력해 왔을까? 월드컵에서는 늘 최정상을 찍었던 선수도 올림픽에서 저런 불운으로 메달을 못 따다니…

33

그러면서 저 4등은 대운을 타고난 사람이라고만 판단했다. 나는 노력한 만큼 정당한 보상을 얻는 것이 당연하다고 생각했다. 일을 한 만큼 돈을 버는 사회, 일을 잘하는 만큼 승진하는 사회, 착하게 살면 복이 오는 사회... 어린 시절에 책에서 배워온 '슬기로운 세상'의 모습이 실제 우리들이 사는 사회라고 믿었다. 하지만 현실에서 노력과 보상은 절대적으로 비례하지 않았다.

세상은 모두에게 평평하지 않았다.

누구에게는 편한 내리막길이고 누구에게는 힘겨운 오르막길이기도 했다. 이해하고 깨닫는 것 말고는 어쩔 도리가 없다. 그저 내가 하는 공부라는 분야만큼은 공평했으면 좋겠다는 희망을 가져볼 뿐이었다. 그래도 배움의 과정은 나름 공평했다. 누구나 공평한 시간이 주어졌고 부모의 재력과 관계없이 열심히 한 사람이 높은 점수를 받을 수 있었다. 그래서 공부라는 것에 더욱 매력을 느꼈던 것 같다.

하지만 그것도 착각이었다.

결국 경쟁을 목표로 수많은 시험을 치르다 보니 시험에도 다양한 요소들이 작용한다는 것을 알았다. 흔히 사회는 '공부를 잘한다＝시험 점수가 높다＝실력이 좋다'를 모두 혼용해서 사용하고 있다. 운이 좋으면 시험 점수를 잘 받을 수 있다는 것은 인정하지만 '운이 좋은 것'과 '공부를 잘하는 것' 혹은 '실력이 좋은 것'을 같다고 판단해도 되는 것일까? 이에 대한 의문은 항상 가지고 있다. 사실 내재한 실력이라는 것은 무형의 본질적인 요소이고 그것을 유형화하는 수단이 바로 시험이다. 그 과정이 단 한 번의 시험 혹은 획일화된 방법으로만 결정된다는 것이 그저 안타까울 뿐이다. 물론 이런 말도 그 시스템에서 좋은 결과를 받아야 가능한 것이고, 좋은 결과를 받고 나면 나름 기득권이 되었으니 굳이 바꿀 필요가 없다고 생각하게 될 것이다. 게다가 망한 사람의 말은 아무도 들어주지 않는다. 어찌 보면 나는 그저 이 사회에서 규정한 시험에 통과하지 못했다는 것에 자존심이 상했을 뿐이었다.

며칠이 시간이 지나고 나서야 '운도 실력이다'를 인정하냐 하지 않냐는 전혀 중요한 것이 아님을 깨닫게 되었다. 그저 쓸데없는 자존심의 문제였다. 나는 그 생각에

얽매일 것이 아니라 내 부담감과 압박감을 떨쳐내는 방법을 찾는 것이 중요했다.

돌이켜보면 나도 운의 수혜자다.

마이클 센델의 『공정하다는 착각』이라는 책의 내용처럼 '물려받은 재능', '공부에 노력을 쏟을 수 있었던 환경', '성적으로 대우해 주는 사회의 구조'에서 내가 관여한 것은 없었다. 그 속에서 어떤 선택을 하고 노력을 쏟았는지 정도가 그저 내가 했던 몫이었다. 다른 것들을 떠나서 온전한 하루를 공부를 위해 쓸 수 있다는 것도 누군가에게는 절실히 바라는 평범함일 수도 있던 것이다. 특목고에 진학한 후 나와 친구들은 우수한 집단 속에서 성장하면서 자연스레 키워진 권위의식 혹은 능력주의 속에 사로잡혀 있었다. 그래서 그런 알량한 자존심 때문에 운의 수혜자였음에도 '운의 피해자 코스프레'를 했던 것은 아니었을까?

05

과학 9등급, 이과로 전향하다

자존심이 정신을 지배하던 시절, 나에게는 그럴듯한 명분이 필요했다.

며칠 동안 고민한 끝에 '이과 전향'을 결정했다. 주변에는 종종 이과에서 문과로 전향을 하는 사람들은 있었지만 문과에서 이과로 전향하는 일은 거의 찾아보기 힘들었고, 특히 고3이 끝나고 나서 전과를 하는 사례는 전국에서도 손에 꼽을 것이다. 주변에서는 나에게 이렇게 말하곤 했다.

"사람들이 안 하는 데에는 다 이유가 있지 않겠냐?"

하지만, 처음 전구를 발명한 에디슨, 처음 아이폰을 시도한 스티브 잡스, 한글을 창제한 세종대왕도 모두 누구도 안 하던 것을 해보지 않았나? 물론… 고작 재수하는 상황에서 앞선 분들의 이름을 거론하기에는 부끄러운 일이다. 다수의 사람들이 문과에서 이과로 전향을 하지 않는 이유는 아래와 같았다.

1) 그 시절(2010년) 문과 수학의 범위는 수학 1이라고 불렸던 부분이었고(지수, 로그 수열, 극한, 확률과 통계 등이 포함된 내용), 이과 수학은 수학 2(미분과 적분, 공간도형, 기하와 벡터)와 '삼각함수 미적분'을 포함하고 있었다.
2) 3년간 공부해 온 사회탐구/제2외국어를 모두 포기하고, 처음부터 과학탐구 4개 과목을 선택해서 공부해야 했다.

'이과 전향'에 담긴 의미는 다음 수능까지 1년 동안 '이과 수학과 과학탐구'의 개념을 쌓고, 문제 풀이를 하고, 심화 학습까지 마쳐야 하고, 수능에서 기존의 재수생과 이과생들과 경쟁해야 한다는 사실을 담고 있었다.

수능 성적표가 나오자 나는 담임 선생님께 연락을 드려 상담을 받고자 찾아갔다. 학생들을 출석번호로 부르던 그 선생님은 SKY 출신의 수학교육과를 나오신 분이셨다. 그래서 개인적으로는 이과 전향에 대해서 조언을 얻을 수 있을 것 같아서 찾아뵙게 된 것이다.

"선생님, 저 이과로 전향하려고 하는데… 혹시 어떻게 생각하세요?"

선생님은 껄껄대며 웃으셨다.

"네가 수능이 망하더니 미쳤구나? 뭐… 언어랑 외국어는 지금 성적을 잘 유지한다고 치고, 수학이랑 과학을 처음부터 다시 해야 되는데… 수학을 아무리 잘했다고 해도 그건 문과에서나 통했지, 이과는 전혀 다른 세계야!"

선생님은 지금까지의 내신성적과 모의고사 성적을 훑어보셨다. 그리고는 또 한 번 껄껄대며 웃으셨다.

"이거 웃긴 성적이네~ 너 과학 내신이 9등급이네 껄껄껄"

교과	원점수/과목평균 (표준편차)	석차등급 (이수자수)
과학	58/77 (10.1)	9 (363)
수학	98/82 (14.6)	1 (363)

"저는 정말 진지하게 마음먹었는데요, 이과로 재수한다면 어떻게 공부해야 좋을지 조언을 얻고 싶습니다"

"진짜 마음먹었으면 2년 정도 생각해 보고… 첫 1년은 기초를 다지는 셈 치고 재수학원 다니면서 열심히 공부하도록 해!"

"2년이요? 아뇨. 저는 1년 생각하고 있습니다. 그리고 저 독학할 거예요."

"뭐!? 그게 말이 된다고 생각하니 (비웃음) 너는 문과해야 돼! 절대 성공 못해! 너 인생은 네가 결정하는 거니, 알아서 해라."

"네. 말씀 감사합니다, 한 해 동안 감사했습니다. 안녕히 계세요."

선생님과 면담을 마친 후에 학교에 찾아온 친구들에게도 이과로 전향하겠다고 선언했다(선언의 효과를 얻어보고자 했다). 사실 나 스스로도 할 수 있을지 걱정이 가득했기 때문에 이렇게 질러 두면 뭐라도 해보지 않을까 싶었다. 그 와중에 자존심도 살려보겠다고 재수를 하는 이유를 '이과 전향'으로 합리화했었다. 친구들 10명 중 8~9명은 아주 비관적인 시각으로 나의 결정을 평가했다. 당연히 선생님과 같은 이유였고 당연히 현실적인 입장에서는 반대하는 것이 대다수인 것은 인정한다. 그런데 이미 하겠다고 결정을 하고 말했음에도 그들은 응원을 해줘도 모자랄 마당에 마치 망하기를 바라는 것처럼 최악의 경우의 수를 읊어 대곤 했다. 후… 덕분에 꼭 해내겠다는 청개구리 심보가 내적 동기를 끌어올려 주었다.

결정은 내렸으니 '어떻게 할 것인가?'가 중요했다. 당연히 이과 공부를 해보지 않았기 때문에 수학 2와 심화 미적분은 어떤 내용인지? 과학탐구(물리, 화학, 생물, 지구과학)는 어떤 것을 선택해야 할지 참 막막했다. 당시의 나는 고등학교 2학년들보다도 뒤처진 상태였다. 말 그대로 이공계에서는 '슬로우 스타터'로 시작하게 된 것이다.

집에는 뭐라고 말할까? 학원을 다녀야 할까? 비용은 얼마나 들까?

최대한 적은 비용으로 재수를 하는 방법은 무엇이 있을까? 그래! 독학을 하는 게 저렴하겠지? 집에서 엄마가 해주는 밥을 먹으면서 독서실을 다니는 방법이 제일 합리적이었다. 그런데 사실 혼란스러운 마음을 가지고 속세(?)에서 살면서 올바른 정신을 유지할 수 있을지 두려웠다. 당시의 심리 상황을 보았을 때 공부뿐 아니라 심신 안정이 필요한 상황이었다. 그래서 나는 산속 고시원에 들어가기로 했다. 여기저기 알아보니 남양주 산골에 한 달 35만 원에 수도세/전기세가 포함되었고 아침, 점심, 저녁까지 제공되는 곳이 있었다. 그다음은 공부할 책을 구해야 했다. 언어와 외국어는 고3 수험생활을 하면서 공부했던 것들이 있어서 저렴한 EBS 책만 몇 개 더 사면 충분했다. 수학과 과학책의 경우에는 이과생이었던 형이 쓰던 책들을 모두 긁어모았고 서점에서 EBS 책을 몇 권 더 샀다. 주변 이과를 했던 친구들과 형에게 과학 탐구 과목을 추천받았고, 나는 경험해 보지도 않고 '물리, 화학 1, 화학 2, 생물'을 선택하고는 그 과목의 책만 구입했다. 급하게 준비물들을 챙긴 후에 재수 계획을 정리하여 부모님께 말씀드렸는데 걱정했던 예상과는 다르게 흔쾌히 허락해 주셨다. 그래서 나는 핸드폰을 포함하여 외부와의 소통하는 모두 전자기기를 없앤 후에 산속 고시원에서의 첫 독립을 시작하게 되었다.

그곳은 정신과 시간의 방이었다.

드래곤 볼이라는 만화책에는 '정신과 시간의 방'이라는 장소가 등장한다. 그곳은 새하얗고 아무것도 없는 공간으로 공기도 희박하고 중력도 지구의 10배 이상인 곳이다. 이곳에서의 1년은 바깥세상에서의 1일이라고 한다. 그래서 그 속에서 1년간 수련을 하고 나와도 바깥 기준으로는 1일이기에 단기간에 엄청난 성장을 할 수 있다는 내용이 담겨 있다. 분명 '산속 고시원'도 바깥(도시)과 똑같이 시간이 흘러가고 있을 텐데… 이상하게 여기서는 체감적으로 시간이 느리게 간다는 기분이 들었다. 4~5평의 작은 공간에서 '기상➔공부➔취침'이 반복되다 보니 나의 뇌 속에서 착각이 일어나는 것 같았다. 나는 온 창문에 빛이 들어오지 않도록 까만 테이프로 칠한 후 스탠드

조명만 킨 채로 독서실 분위기를 만들었다. 그래서 시계를 보지 않으면 지금이 몇 시인지 알 수조차 없었다(그렇게 집중력을 높이는 환경을 조성했다). 또, 바깥세상에서의 자투리 시간(이동 시간, 점심시간, 친구들과 수다 떠는 시간, 핸드폰 사용 시간, TV 보는 시간 등)이 없어졌기 때문에 하루가 더 길게 느껴진 것 같다. 조금 과장을 보태면 밖에서 이틀 정도 할 '총 공부시간'을 여기서는 하루 만에 채울 수 있었다. 내가 정말 열심히 한다면 2년의 효과를 낼 수 있지 않을까?라며 설레기도 했었다.

하지만 모든 것에는 일장일단이 있었다.

이곳에서는 '슬럼프'와 '우울감'을 컨트롤하는 것이 무엇보다 중요했다. 정상인 사람도 정신병원에 감금하게 되면 미친다고 하지 않던가? 하루 종일 사람과의 교류 없이 방에만 갇혀서 공부만 하는 것은 쉬운 일은 아니었다. 나는 그런 늪에 빠지지 않기 위해 계속 앞으로 나아가도록 스스로를 채찍질했다.

[첫 번째 목표] 6월 모의고사

처음 4개월 동안은 해야 할 공부가 물리적으로 정말 많았다. 이과 수학의 시험 범위인 수학 2(미분, 적분, 공간도형, 기하와 벡터)와 삼각함수 미적분에 대해 개념을 이해하고 습득해야 했다. 지금까지의 삶은 선생님을 통해 배우는 주입식 교육에 익숙해져 있다 보니 독학이 정말 어렵다는 것을 깨닫게 되었다. 혼자 책에 쓰인 개념을 읽고 이해하고 문제를 푼다니… 짧게 요약된 개념 속에 얼마나 많은 의미들이 함축되어 있는지? 갑자기 응용되는 문제 속에 생략되어 있는 '연결 고리'를 혼자 유추하고 짐작해서 생각해야 했다. 심지어 쉬운 과목도 아니고 수학 2와 심화 미적분을 이렇게 공부한다는 것은 지금 생각해도 미친 짓이었다. 솔직히 처음에는 이과로 선택한 것을 계속 후회했고, 다시 문과로 돌아갈까 고민했다. 담임 선생님의 말이 틀린 것이 없었다. 그래도 초등학교 전교 꼴등인 시절에 유일하게 받은 상이 하나 있었는데 바로 '철인 3종 경기 은상'이었다. 내 삶에서 독기와 끈기를 빼면 시체다. 못 먹어도 Go! 초기 4개월은 영어와 언어는 포기했고, 하루 16시간씩 스톱워치로 기록하면서 수학과 과학만 공부했다. 다양한 문제집을 풀기보다는 개념 책을 완벽히 이해될 때까지 수십 번씩 읽고 또 읽고 풀고 또 풀었다.

독학을 하면서 처음 느낀 진리가 있었다.

선생님들에게 학문을 배울 때는 그들의 이해한 관점과 해석을 그대로 받아들이기에 빠른 속도로 습득하고 응용할 수 있었다. 그런데 이것이 온전히 내 것인가? 의심해 본 적이 있지 않은가? 사실 선생님에게 '수학이라는 물고기'를 빨리 잡는 법을 배운 것 아닌가? 그런데 아주 느리지만 독학을 하다 보니 나는 어떤 방법으로 다양한 물고기를 잡을까라는 근본적인 고민까지 하게 되었다. 학습의 과정, 이해의 과정, 기억으로의 전환, 문제의 구조 등을 진지하게 생각해 보게 되었다(고3 때까지 해보지 않았던 고민들을 말이다). 아마 대부분의 학생들은 이런 바보 같은 짓을 안 해봤기 때문에 내가 하는 소리가 뜬딴지같은 말로 들릴 수도 있다. 하지만, 독학을 통해 깨닫게 된 학습법은 단순히 하나의 과목에만 적용되는 것이 아니라 배움이라는 본질적인 것에 적용되는 것이었다. 이 시절의 깨달음은 눈앞의 수능이 아니라 대학 이후의 배움까지 영향을 주는 계기가 되었다.

깨달음을 얻고 열심히 공부하다 보니 6월 모의고사가 다가왔다. 재수생은 모의고사를 보려면 서울에 있는 학원에 사전 예약을 해야 응시가 가능했다. 산속에서 공중전화로 부모님께 연락하여 6월 모의고사 예약을 부탁했다. 그리고 시험을 보기 하루 전날 서울로 가려고 버스를 탔다. 이곳은 산골 마을이기에 버스를 타려면 1~2시간은 정류장에서 세월아 네월아 하면서 기다려야 했다. 산속에서 자연인처럼 생활하다가 속세로 나오니 기분이 묘했다. 그저 길거리를 걸어 다니는 사람들만 봐도 정말 재밌었다. 가끔 대학교 과 점퍼를 입은 대학생들을 보면 부러워서 못 본채 외면하기도 했다. 더 오래 속세에 있다가는 공부 흐름이 깨져버릴 것 같았다. 그래서 6월 모의고사만 잽싸게 치르고 바로 산속 고시원을 돌아왔다. 그리고 한 달 후 성적표를 받았다.

6월 모의고사	언어	수리(가)	영어	물리1	화학1	생물1	화학2
백분위	96	94	97	90	96	97	69
등급	1	2	1	2	1	1	4
응시자수	666936	171860	666038	120977	173698	184219	57172

[두 번째 목표] 9월 모의고사

6월 모의고사 성적은 나에게 할 수 있다는 희망을 심어주었다. 5개월간 언어와 외국어는 거의 손도 못 댔는데도 실력이 유지되고 있음에 감사했고, 수학과 과학도 '나만의 독학 비법'이 통했음을 알 수 있었다. 과학탐구는 4개의 과목 중 2개만 반영되기 때문에 물리 1과 화학 2는 서브 과목으로 선택해 둔 상태였다(그래도 서울대에 가려면 화학 2가 필요했기에 조금씩 공부는 하고 있었다). 사실 6월 모의고사가 끝나면서 살짝 긴장이 풀렸다. 너무 빠르게 달려온 감도 있었다. 뭔가 슬럼프에 빠지는 기분이 들었다.

'내가 잘 하고 있는 건가? 매일 혼자만의 삶이 반복되니 섀도 복싱(Shadow boxing)을 하는 기분이 들었다'
'이렇게 산골 속에서 고독사하는 거 아닌가?'
'유난 떨어 놓고 수능 망하는 거 아닐까?'
'왜 나만 이렇게 힘들게 사는 것 같지? 인생이 어디서부터 꼬인 건가?'

갑자기 내면에 밀봉된 상자가 열리듯 어두운 기운이 스멀스멀 올라왔다. 잘 되던 공부도 집중이 안 되고 의욕이 떨어지고 나태해지기 시작했다. 머릿속에서는 꼬리에 꼬리를 무는 부정적인 생각들이 많아졌다. 아무래도 외로움에서 비롯된 우울증이 아니었을까? 어느 날은 공부도 하지 않고 누워서 잠만 잤다. 또, 어느 날은 갑자기 시를 썼다. 이유는 모르겠고 그저 멘탈이 약해졌다고만 생각했다. 변화가 필요하다고 생각해 공중전화로 가서 재수를 하던 중학교 친구한테 전화를 했다.

"야, 너 고시원 올래? 공부 가르쳐 줄게…"

전화를 건 날로부터 정확히 1주일 뒤에 그 친구는 정말 고시원에 들어왔다. 사실 진짜 올 줄을 몰랐다. 나는 하루에 1시간씩은 빼서 그 친구에게 어려운 문제들을 풀어 주었다. 확실히 대화할 사람이 생기고 누군가를 가르쳐 주면서 나도 생기를 되찾았고, 그렇게 다시 9월 모의고사를 향해 집중할 수 있었다. 그리고 친구와 함께 서울로 가서 9월 모의고사를 치르고 또다시 잽싸게 고시원으로 돌아왔다. 그리고 한 달 후 성적표를 받았다.

9월 모의고사	언어	수리(가)	영어	물리1	화학1	생물1	화학2
백분위	97	97	99	95	99	99	88
등급	1	1	1	2	1	1	2
응시자수	648144	140723	647489	113768	169966	183132	49486

9월 모의고사도 내 페이스대로 잘 볼 수 있었고 이제 수능까지 실수를 줄여가는 연습을 하면 점수를 끌어올릴 수 있을 것 같았다. 10월이 되면서 수시를 접수해야 하는 시점이 찾아왔다. 보통 수시는 상향과 하향지원을 적절하게 섞어서 써야 되는데 '나는 수능에 망하지 않겠다'라는 근거 없는 자신감에 의예과만 4곳을 지원했다. 지금 생각해도 웃긴 것이 딱히 의사가 되고 싶다는 생각을 해본 적도 없었으면서 의대를 지원했던 것이다. 점수가 잘 나오면 의대를 쓰는 한국 특수 프레임 속에 빠져 있었다. 그래야 이과 전향을 비웃던 사람들에게 한 방 먹여줄 수 있을 거라고 생각했었다.

[마지막 목표] 수능

모든 일에는 마무리가 가장 중요하다고 한다. 마지막 2개월은 새로운 것을 익히는 시기가 아니고 이미 아는 것을 지키는 시기였다. 컨디션을 최상으로 유지하는 것이 무엇보다 중요했다. 개념을 다시 한번 재정립하고, 풀어온 문제들을 복습하여 튼튼히 다지는 것에 시간 대부분을 할애했다. 다만, 크게 놓친 것은 멘탈 관리였다. 이과로의 경험은 많이 부족했기 때문에 다양한 상황을 경험해 보지 못했던 것이 걱정되었다. 모의고사에서 큰 실수를 했더라면 개선해야 할 문제점이나 방향성을 찾았을 텐데, 두 번의 모의고사 모두 좋은 결과는 얻었기에 실패를 겪어보지 못한 것이 찜찜했다.

괜히 또 엄청난 기대감의 씨앗을
심어버린 것이 아닐까?

06

해결책이 없으면 재도전도 없다

정신과 시간의 방에서의 9개월은 체감상 18개월을 보낸 것과 같았다. 그만큼 많은 공부를 했다는 뜻이기도 하지만, 다른 한편으로는 절대로 다시 들어가고 싶지 않다는 의미이기도 했다.

수능 날이 되었다.

1년 전처럼 똑같은 일이 벌어지질 않기를 바랄 뿐이었다. 최상의 컨디션일 때의 점수까지는 바라지도 않았다. 그저 온전히 내 실력을 펼칠 수 있는 시간이 되기를 기원하면서 수능 시험장으로 향했다. 작년과 다른 것이 2011학년도 수능은 불 수능이었다. 언어 영역부터 난이도가 상당했고 긴장이 풀리기보단 오히려 쫄리는 기분까지 들었다. 평소에는 시간이 남았지만 간신히 딱 맞춰서 문제를 모두 풀 수 있었다. 긴장되는 마음을 진정하고자 쉬는 시간에는 명상을 했다. 그리고 수학 시간이 다가왔다. 조바심을 내지 않았다. 천천히 풀어가다가 처음 어려운 문제를 만났다. 과거의 실수를 반복하지 않으려고 넘어갔다. 또 어려운 문제가 나왔다. 넘어갔다. 또 넘어갔다. 엥또? 또? 또? 그렇게 4문제를 연달아 풀지 못하고 넘어가버렸다.

'문제가 어려운 건가? 혹시 지금 내 상태가 이상해서 집중이 안 되는 건가?'

불현듯 작년 수능의 일이 떠오르기 시작했다. 그것은 마치 신호탄처럼 불안함이 엄습해오기 시작했다. 심장이 쿵쾅대기 시작하고 아랫배는 꼬이는 기분이 들었다. 이유는 모르겠는데 화장실을 가고 싶은 기분이 들었다. 혹시 졸도하는 것은 아니겠지? 걱정도 되었지만 샤프로 허벅지를 푹푹 찌르며 버텼다. 견뎠다. 이 고통보다 산속에서 지낸 시간들이 더 힘들었던 것을 알기 때문이다. 정신을 차렸을 때쯤 시계를 보니 30분 정도가 남았다. 여전히 문제는 많이 남아있었고 아는 문제들 위주로 빠르게 풀었다. 시험 종료 5분 전이라는 말소리가 들려왔다. 여전히 문제를 모두 풀지 못했다. 평소라면 했을 예비 마킹(붉은색 펜)도 건너뛰고 컴퓨터 사인펜으로 푼 문제만 OMR 마킹을 했다. 그리고 마지막까지 문제를 풀어 빈칸을 메웠고 끝내 풀지 못한 문제는 그냥 찍어버렸다. 수학 이후에는 다시 본래의 페이스를 잘 찾았고, 영어와 과학은 무난하게 치를 수 있었다.

시험을 마치고 곧장 집으로 가지 않고 PC방으로 갔다. 수능이 끝나면 가채점을 할 수 있었고 몇몇 사이트에서 예상 등급 컷이 올라오기 때문이다(보통 예상 등급 컷은 실제 등급 컷과 오차 범위가 1~2점 차이라서 신뢰도가 높은 편이었다). 나는 등급 컷을 보고 기겁을 했다. 수학 1등급 예상 등급 컷이 78점이었던 것이다. 아니! 내가 4문제를 다 포기했어도 나머지를 다 맞히면 84점으로 1등급이 무난했을 텐데 보통 1등급 컷이 90점 초반이라는 편견에 사로잡혀 스스로 멘탈이 붕괴되어 버린 꼴이었다. 이과 수학은 많은 모의고사를 치러본 경험이 없기 때문에 난이도와 등급 컷 등의 감을 잡을 수 없었고, 홀로 페이스 조절에 실패해버린 셈이었다. 전략적으로 실패를 한 것이다. 뭐 그건 그렇다 치는데 도대체 그런 불안 증세는 왜 생긴 것일까? 그것도 꼭 수능에서만… 일단 가채점을 마무리했는데 수학에서 정확하게 답 마킹을 잘 했는지 불안했다. 답의 빈칸을 띄우면서 마킹을 하다 보니 밀려 쓰지는 않았나 걱정이 되었다. 제발… 수학만 내가 예상한 점수가 나와준다면 원하는 대학은 지원해 볼 수 있었다. 성적표를 받기까지 열심히 논술 고사를 보러 다니면서 기다리고 있었다. 그런데 수능 성적표를 받는 날… 수리 영역 칸에는 지금까지 마주해보지 못한 숫자가 나를 쳐다보고 있었다.

수능	언어	수리(가)	영어	물리1	화학1	생물1	화학2
백분위							
등급		5					
응시자수							

밀려 쓴 것이다... 보통 적당히 망하면 화가 나거나 슬프다. 그런데 완전히 망하면 화도 나지 않고 슬프지도 않았다. 그저 힘들게 보냈던 산 속에서의 순간들이 눈앞을 스쳐 지나갔다. 열심히 쌓아 올린 공든 탑이 바람에 의해 한순간에 무너져버린 기분이었다. 그 순간의 기분을 표현할 수 있는 단어를 찾아보자면 '허망하다(어이없고 허무하다)'가 적절했다. 중학교부터 재수 생활까지의 7년, 작심하고 최선을 다해봤지만 대한민국의 첫 잣대인 '수능'에서 황당한 결과를 받아버렸다.

다른 결정을 내리기 전에 생각을 정리할 시간을 보냈다. 나는 유신론자도 아니고 종교가 있는 것도 아니었다. 하지만, 만약 신이 있다면 내가 이렇게 된 이유가 있지 않을까? 그것을 어떻게 받아들이는지는 개인의 몫이 아닐까? 나는 인정하지 못하고 다시 삼수를 할 수도 있을 것이고 아니면 성적에 맞춰서 적당히 인 서울 대학에 들어가 살아갈 수도 있을 것이다. 그런데 선택을 하기 이전에 내가 무엇을 원했는지? 내가 왜 공부를 시작했는지? 다시 한번 나 자신을 마주해볼 필요가 있었다.

Q: 왜 실패했다고 생각하는가?
A: 처음에는 다양한 동기로 공부를 시작했고 어느 순간 공부가 즐겁고 재밌어졌다. 그런데 외고에 들어온 후로는 남보다 더 좋은 성적을 받고, 좋은 대학에 가고, 좋은 직장을 가짐으로써 자존심을 세우고 나의 가치를 증명하기 위해 집착했던 것 같다. 이런 목적이 나쁜 것은 아니라고 생각하지만 심리적으로 큰 부담과 압박을 주었다. 나는 즐기는 공부를 할 때 좋은 성과를 보였는데 비교와 경쟁 속에서 '수능의 압박'을 견디기에는 내공이 부족했던 것 같다.

Q: 학벌이 얼마나 중요한가?
A: 솔직히 중요하다. 처음 공부를 시작한 계기도 다른 것을 잘 못했기 때문이고 공부라도 최선을 다해보자고 시작했던 길이다. 그래서 SKY 이상은 가보고 싶었다.
Q: 그럼 삼수를 하면 SKY를 갈 수 있을까?
A: 보장할 수 없다.

Q: 수능을 망했으니 재수는 실패인 것인가?
A: 그건 아니다. 나는 재수 과정을 통해서 이과로 전향하면서 재능을 찾았다고 생각한다. 그 과정에서 나만의 공부법도 깨닫게 되었다. 물론 지금은 모두들 원석(나)을 그저 돌멩이라고 생각하겠지만 언젠가 반짝일 것이라 자신한다.

나 자신과의 문답 과정을 통해 최종 결정을 내렸다.

'내 인생에 삼수는 없다'

왜? 근본적인 해결책이 없이 시작하는 것은 그저 시간 낭비일 뿐이다. 전체 인생을 보면 당장 수능이 문제가 아니라 나에게 무슨 문제가 있는지 재정비할 시간이 필요했다. 문제의 해답이 보이지 않을 때는 내가 세운 가정부터 틀린 경우가 많았다.

필사즉생(必死卽生), 필생즉사(必生卽死)

이순신 장군의 말씀처럼 내가 얻고자 하는 것이 있으면 포기하는 것도 있어야 했다. 현재 나의 정신과 마음은 어딘가 곪아 있는 것이 분명했다. 그 속을 살피지 않고서 나는 치료를 할 수가 없었다. 치료를 하려면 그 속을 비워내야 하지 않는가? 나는 목숨과도 같았던… 가장 소중히 여기던 모든 것을 포기하기로 마음먹었다. 그것은 바로 학벌에 대한 욕심과 쓸데없는 자존심이었다. 말뿐이 아니라 행동으로 옮기기 위해 현재의 수능 점수로 대학을 지원하기로 마음먹었다. 수학은 망했지만 언외탐구 점수가 높았기 때문에 인서울 중위권 대학도 도전해 볼 점수였지만, 나는 지방대 중에서 괜찮은 곳이 있는지 물색해 보았다.

물론, 아무런 전략 없이 이런 행동을 한 것은 아니었다. 당시 수능 외에도 다양한 길로 대학이나 대학원을 갈 수 있는 방법이 있었다. 나는 여러 학원 설명회와 간담회를 찾아다니면서 정보를 수집했다. 4년제 대학을 마치고 MEET/DEET를 치른 후 의학전문대학원을 진학할 수 있는 길이 있었고, 2학년을 수료한 후에 PEET를 보고 약학대학을 진학할 수 있었다. 그래서 PEET와 MEET를 동시에 노릴 수 있는 전략적인 학과를 탐색해 보기로 했다.

1) 의학전문대학원과 약대를 보유한 학교
2) 부속 병원을 가지고 있는 학교
3) MEET/DEET/PEET를 지원해주는 특수 목적의 과가 있는 학교
4) 특수 목적 과의 커리큘럼이 필수 이수과목을 포함하는지 여부
5) 학비가 저렴한 학교

대학을 물색하면서 다시 고등학교를 다닌다는 생각으로 찾고 있었다. 따라서 놀지 않으려면 주변에 유혹거리가 적고 조용히 공부만 할 수 있는 곳으로 가고 싶었다. 전국을 샅샅이 뒤져보니 3개 정도의 학교를 찾았고, 그중에서 2개 학교 '생명과학/공학' 분야의 과로 지원을 했다. 한 곳은 서울에 있는 학교였는데 예비 2번을 받았고, 다른 한 곳은 지방에 있는 학교임에도 예비 22번을 받게 되었다. 후자의 학교는 'MEET 자교 전형'이 있는 학교로 알려지면서 고득점 지원자들도 간간이 있었다. 그래서 그런지 예비 번호가 높았다. 최종적으로 2곳 모두 합격을 하게 되었다. 첫 번째 학교(인 서울)는 본가에서도 거리가 가까워 통학하기 편했고 대학 병원도 알아주는 곳이었다. 두 번째 학교는 통학은 불가능한 거리였고 대학 병원도 있지만 첫 번째만큼은 아니었다.

각각의 장단점을 비교해 보았다.

	인 서울	지방대
장점	1) 집에서 통학이 가능하여 경제적이다. 2) 학원들과 접근성이 좋다. 3) 양질의 스터디(영어, 시험, 면접 등)를 할 수 있다.	1) 배수진 효과, 합격하지 못하면 힘들어진다. 2) 쓸데없는 자존심도 버리고 겸손해질 수 있다. 3) 주변에 유혹거리가 전혀 없다. 4) 경쟁자가 상대적으로 적어 교내에서 다양한 스펙을 쌓을 수 있다.
단점	1) 독립을 하기 어렵다. 2) 새내기 분위기에 휩쓸려 연애하거나 포기하고 현실에 안주할 위험이 있다. 3) 학교 주변에 놀 거리(유혹거리)가 많다.	1) 학원에 다닐 수 없고 스터디도 구할 수도 없다. 2) 실패하면 다음 길을 찾기가 어렵다. 3) 자취를 해야 한다. 4) 똑똑한 애들이 적다.

　　주변 친구들에게 물어보았더니 백이면 백 서울에서 하겠다고 선택을 했다. 그래서 나는 후자 학교를 선택했다(청개구리 심보?). 서울에 남아 있겠다는 것은 미련이었다. 버릴 거면 확실하게 비워야 했다. 괜히 어중간하게 남았다간 스스로 합리화하고 나태해질 수도 있다고 생각했다. 그래서 그냥 서울을 떠나기로 결심했다. 예전에 나의 선택을 비웃었던 친구들은 결국 자신들이 옳지 않았냐며 나의 실패를 오랫동안 안줏거리로 삼았다.

끝날 때까지 끝난 게 아니야.

　　입학식 날 부모님은 그래도 대학교 입학식은 보셔야겠다며 먼 길을 따라오셨다. 사실 차가 없으면 도저히 갈 수 없는 곳이기도 했다. 내비게이션을 찍고 달리는 데 한참을 달려도 논과 밭밖에 나오지 않았다. 속으로 '여기에 학교가 있다고…?'라고 생각했다. 그러다 갑자기 덩그러니 저 멀리 건물이 등장했다. 간판을 보고서야 '아, 여기가 대학교구나?'라고 인지할 정도였다. 차에서 내려서 아무도 말을 꺼내지 못했다. 긴 침묵을 깨고 어머니는 말씀하셨다.

　"공기가 좋네…"

07

바닥에 닿으니 해결책이 보인다

지금까지 이런 대학교는 본 적이 없었다. 이곳은 고등학교인가? 대학교인가?

내 바람대로(?) 고등학교 같은 대학교에 다니게 되었다. 건물도 몇 채 없었고 외부와 완전히 단절되어 있어서 시내로 나가려면 언제 올지 모르는 마을버스를 기다려 20분간 타고 나갈 수 있었다. 슈퍼라도 가려면 30분 정도 걸어서 가야 했다. 이곳에서는 이런 열악함도 낭만으로 미화시켜 버렸다. 남녀 둘이 밤늦게 슈퍼에 다녀오면 사랑이 이루어진다는…

'아, 나는 제대로 공부만 할 수 있겠구나…'

내가 입학한 학과는 괜찮아 보였다. 1학년과 2학년 동안 일반생물학, 일반화학, 일반물리학, 해부학, 생화학, 미생물학, 세포생물학, 통계학, 미적분학 등을 수강하는 커리큘럼이어서 MEET/PEET 지원 선수과목을 채울 수 있었고, 생명과학에 대한 기초를 쌓는 데에도 충분했다. 가장 마음에 들었던 것은 대부분 수업을 원서로 진행한다는 것과 교수님들도 훌륭하신 분들이 굉장히 많았던 것이다. 나의 목표는 단순했다.

최선을 다해 공부해서 학점 관리를 잘하고, 동시에 장학금도 받고 2학년 때 PEET(약대 입문자격시험) 시험을 보고 약대에 진학하는 것이었다. 만약 잘 못 보면 3학년 때 재도전하고, 3학년 때도 못 보면 4학년 때 MEET(의전 입문자격시험) 시험을 보는 것이다. 비장한 각오를 가지고 학기 초반에는 자발적인 아웃사이더로 지내려고 했는데… 고시원 생활을 오래 했다 보니 사실 조금 외로움을 느끼고 있었다. 그래서 중앙 동아리(댄스 동아리) 하나 정도는 들어가도 괜찮겠지 싶어 댄스 동아리를 지원했다. 며칠 뒤 공개 오디션을 본다고 통보가 왔는데… 그 장소에는 많은 학생들이 공개 오디션을 보려고 대기하고 있었다. 그냥 동아리 선배만 보는 자리인 줄 알았는데 이렇게 많은 학생이… 내 차례가 오자 얼떨결에 무대로 나가게 되었다. 사실 고등학교 시절부터 여러 무대를 서 본 경험이 많았기에 갈고닦은 비보잉 실력을 뽐냈다. 이곳 학생들은 비보잉을 처음 봤는지 엄청난 환호를 보내주었고 나도 신이 나서 더 열심히 추었다. 그리곤 한순간 비자발적 유명인이 되어버렸다(그 뒤로 재미가 붙어서 매번 축제 때마다 장기자랑 대회를 출전했고, 2년간 한 번도 빠짐없이 상을 받았다. 1학년 축제 때는 아이돌 춤으로 2등을 했고, 2학년 축제에서는 팝핀을 춰서 1등을 했었다).

이왕 나대기로(?) 시작한 거 다양한 도전을 하기로 결심했다. 첫 번째로 한 일은 영어 토론 동아리를 만들어 보는 것이었다. 동아리 개설에 관해 학교에 문의해 보니 '동아리 회칙', '담당 지도 교수', '10인의 참가 동의서', '운영계획서'를 제출해야 한다고 했다. 나는 우선 회칙과 운영 계획을 만든 후에 모든 학과의 수업 시간마다 찾아다니며 홍보를 했다. 감사하게도 80여 명이나 지원을 해주었고, 모든 지원자를 직접 면접을 본 후에 최종적으로 30명을 선발하였다. 이후, 친분이 있던 교수님을 찾아가 부탁을 드려 중앙 동아리를 개설하게 되었다. 나는 영어토론 주제 및 생각할 거리를 작성하여 매주 배포하였고, 30명은 4개의 팀으로 나뉘어 매주 정기적인 시간에 모여 토론을 진행하였다. 동아리는 점점 교수님들 사이에도 유명해졌고, 학교 측에서 나를 따로 불러 상을 주고 운영비까지 제공해 주었다. 학교생활에 물이 올랐는지 2학년이 올라가면서 나는 단과대학 부 학회장 자리까지 맡게 되었다. 부 학회장의 업무는 주어진 예산 내에서 여러 행사들(총 엠티, 워크숍, 스승의 날, 체육대회, 학교 축제, 학술제, 홈커밍데이 등)을 계획하고, 직접 답사를 가고, 장소를 섭외하고, 행사를 기획을 해야 했다. 또한, 나와 함께 일할 학생회원들을 직접 선발하고 그들과 함께 행사들을 준비해 가면서 개인적으로는 '리더십', '기획력', '추진력', '책임감'을 성장시킬 수 있었다. 또한, 150여 명의 학생들을 인솔하고 행사를 진행하면서 자신감과 나만의 카리스마도 생겼고, 말하기 능력까지 키우는 좋은 경험이 되었다.

두 번째로 한 일은 봉사활동이었다. 나는 서울에서 멀리 떨어진 학교에서 봉사를 하기 위해 매주 토요일 서울 혜화동까지 찾아왔다. 처음 참가한 봉사 활동한 것은 도토리 인연 맺기 학교 자원 교사였다. 도토리 인연 맺기 학교는 사회에서 소외받는 장애 아동들과 사회체험활동, 미술, 음악 등의 프로그램을 함께하면서 추억과 경험을 쌓는 일이었다. 나는 짝꿍이 된 아이와 토요일마다 버스나 지하철을 타고 서울 곳곳 (서울 숲, 한강 공원, 인사동, 박물관 등)을 돌아다니면서 재미난 시간을 보냈다. 물론 솔직히 말하면 즐거움만 있던 것은 아니었다. 장애 아동과 함께 대중교통을 타고 이동하면서 아이들을 통제해야 했고, 다른 사람들의 차가운 시선을 견뎌야 했다. 타인들의 냉정한 말 한마디들은 우리들과 아이들에게 상처가 되기도 했다. 그럴 때마다 아이들의 부모님들은 얼마나 힘들지 헤아리기도 어려웠다. 가끔 부모님들과 대화를 나누다 보면 눈물을 훔치는 일들이 참 많으셨다. 위로의 말조차 가식처럼 느껴질까 아무 말도 하지 못하곤 했었다. 한 학기가 끝나고 마지막 날에 한 부모님이 내게 이런 말씀을 하셨다.

"선생님, 아이의 꿈이 다른 아이처럼 운동장에서 축구를 하는 거래요. 의사들은 아마 어려울 거라는데 아이는 계속 노력하더라고요. 누군가의 평범한 일상이 누군가에게는 참 이루기 힘든 꿈이기도 하죠? 저는 선생님들이 장애 아동에게 관심을 가지고 이렇게 와주신 것만으로도 감사함을 느낍니다. 선생님들은 이제 선생님들의 꿈을 이루시면 됩니다. 열심히 꿈을 이루다가 힘들고 지치실 때 한 번쯤 우리 아이를 생각해 주세요. 우리 아이도 불가능한 꿈을 이루기 위해 열심히 재활하고 있다는걸요."

한 학기 간 겪은 경험들과 학부모님의 말씀이 뒤섞이며 무수한 감정들의 소나기에 흠뻑 젖어버렸다. 지금껏 살아온 내 삶과는 또 다른 세상을 바라보게 되었다. 물론 나는 나의 꿈을 이루기 위해 살아가겠지만 마음가짐은 조금 달라졌음이 분명했다. 평범함은 누구나 갖고 있을 때는 별것 아니라고 생각하지만… 결핍되었을 때는 나만 갖지 않은 것이 되기에 아주 괴롭고 힘든 일이 된다. 따라서 평범함의 소중함을 깨달을 필요가 있고, 여유가 된다면 평범함을 잃은 사람들을 돕는 것이 좋겠다는 생각이 들었다. 그 봉사를 그만두면서 아주 적은 돈이지만 일단 시작이라는 의미로 '기부'를 시작하게 되었다.

부 학회장을 맡다 보니 주말에도 일이 많아 더 이상 서울에서 하는 봉사활동을 참여하기가 어려웠다. 그래서 학교 주변에서 할 수 있는 활동을 찾다가 '다문화 국제 학교'에서 보충 수업 교사를 찾는다는 이야기를 듣게 되었다. 나는 학생을 가르치는 일과 멘토링에도 관심이 많았기에 매주 한 번씩 '다문화 국제 학교'에 방문하여 과학도 가르쳐 주었고, 수업이 끝나면 같이 농구도 하면서 즐거운 시간을 보냈다. 봉사를 하면 나만 일방적으로 가르쳐 주는 것이라고 생각을 했던 적도 있었지만 어느 순간 오히려 나 자신도 치유되고 성장하는 느낌을 받았다. 작용과 반작용 법칙처럼 내가 누군가에게 진심으로 대하고 긍정적인 에너지를 주는 만큼 나도 그런 힘을 받는구나? 중학교 시절부터 치열한 경쟁 사회에서 성장하며 마음 항아리에 담아 온 잿빛의 액체를 모두 비워내었다. 세상에는 형형색색의 밝은색도 존재한다는 것을 알게 되었다.

처음부터 다시금 채워가면 되는 것이다.

수능에서 풀지 못했던 실마리를 풀다.

대학교에 입학하고 난 이후로 의학전문대학원(의전)을 준비할지 약학대학(약대)을 준비할지 고민이 많았다. 의전은 기존 학교에서 4학년까지 졸업하면서 지원해서 붙으면 본과 4년＋인턴/레지던트 4년＋군대 3년을 해야 하는 코스였다. 총 15년 정도가 걸리는 코스였는데 한 분야에 오롯이 매진할 만큼 내가 의대를 가고 싶은지 확신이 필요했다. 솔직히 의대를 진학해 볼까 했던 것은 내가 하고 싶은 것보다는 주변의 시선과 나의 자존심을 높이기 위함에 불과했던 것 같았다. 이제는 쓸데없는 자존심보다는 내가 더 관심 있고 즐길 수 있는 일을 해보고 싶었다.

학과에서 배우는 과목 중에서 특히 생화학이나 유기화학이 재밌었고, 질병에 대해서 공부할 때에도 진단이나 수술보다 약물이 어떤 원리로 작용하게 되는지에 더 관심이 생겼다. 그래서 약학을 공부해 보고 싶어졌고, 기존 학교 2년＋본과 4년＋군대 2년으로 총 8년 만에 끝나는 코스를 하면 의대보다는 더 다양한 도전도 해볼 수 있을 것 같았다. 그래서 대학교 1학년이 끝날 무렵 본격적으로 어떻게 약대를 갈지 계획을 세우기로 했다(PEET시험은 2023학년도를 마지막으로 폐지되었고 다시 수능 6년제로 전환되었다). 당시 약학대학에서는 아래의 평가 자료들을 가지고 정량/정성적인 평가를 통해 입학생을 뽑았다.

1) PEET 성적(물리/생물/화학/유기화학)
2) GPA(대학교 학점)
3) 공인 영어시험(토익)
4) 자기소개서(수상내역, 교내/교외 활동 등)
5) 면접(지성면접/인성면접)
6) 전적대학의 학교 순위

　학교마다 어떤 부분에 중점을 두는지는 다르기 때문에 본인의 강점을 바탕으로 잘 맞는 학교에 지원할 수 있었고, 수능과 유사하게 가 군/나 군으로 나뉘어 2개의 학교만 지원이 가능했다. 한 해에 약 17,000명의 학생이 시험을 보았고, 그중 10% 미만의 학생들만 약대에 입학할 수 있었다. 대부분의 요소들은 노력을 통해 채울 수 있다고 하지만 유일하게 바꿀 수 없는 것은 '전적대학의 학교 순위(네임 밸류)'였다. 물론 공식적으로 출신 대학을 평가한다고 밝히지 않지만 기존 합격생들만 보더라도 성적이 낮지만 좋은 학교 출신(SKY)들이 많았기 때문에 은연중에 반영된다는 것은 누구나 아는 사실이었다. 특히, 서울대 약대의 경우 약대 입학시험이 아니라 '약대 전과'라는 말이 나올 정도로 서울대 출신 우대가 많기도 했다. 이런 사실을 알게 되었을 때 그냥 서울로 대학을 갈걸…이라고 잠깐 후회하기도 했었다. 그래도 어쩌겠나. 다른 요소들을 최상으로 높여야 할 뿐이다.

　대학교 2학년을 다니면서 학점 관리를 하고, 다양한 교내/외 활동을 하고, 토익 점수를 높이고, PEET 공부를 해서 시험을 치르고, 자소서를 쓰고, 면접 스터디를 하는 것이 가능할까? 이렇게 대학교 2학년을 다니면서 한 번에 약학대학에 합격하는 사람들을 '재학 초시생'이라고 불렀다. 재학 초시생은 그 당시 전체 약대 합격생의 10%도 안 될 만큼 어려운 일이었다(재학 초시로 약대에 가면 22살이 되는데, 내가 입학했을 때도 평균 나이대가 25~26살인 것만 봐도 알 수 있다). 사실 대학교 1학년 때에는 매일 학과 공부만 꾸준히 하면서 학점 관리를 하였고, 그 외의 시간에는 동아리와 봉사활동만 열심히 했을 뿐 직접적으로 PEET를 준비하지는 않았다. 대학교 1학년 겨울방학에는 공부는 안 하고 대학교 연구실 인턴을 지원해서 '나노 입자를 이용한 합성과 분석 실험'을 배웠다. 심지어 2학년부터는 부 학회장을 맡게 되면서 신입생 오리엔테이션과 동아리 공연을 준비하였고, 학생회들과 새 학기 행사를 준비하느라 정신이 없었다. 누가 봐도 약대를 준비하는 학생으로는 보이지 않았다. 하지만 그 순간에도 나는 학교 생활이 참 즐거웠다. 어린 시절 경쟁 속에서 살아온 환경에서 벗어나면서 더이상 타인의 시선에 의식하지 않았고, 나를 짓누르던 보이지 않은 부담감을 많이 떨쳐냈다. 오로지 내가 하고 싶은 것들을 했다. 2학년 때는 매일 밤에만 도서관에 가서 학과 공부/성적 관리에만 꾸준히 했을 뿐 PEET 공부에 시간을 할애하지 못했다. 그 외의 시간은 학생회 일, 동아리 활동, 봉사 활동으로만 채웠다. 물론, 정상적이라면 이 시점에 서울에서 대학을 다니는 학생들은 대형 학원에 다니면서 PEET를 준비하는 데 매진하고 있었을 것이다. 하지만, 지방에 있는 나로서는 그럴 수 있는 환경도 아니었고, 나에게는 '공부'보다는 '내 유일한 약점'을 없애는 것이 더 중요했다. 나는 이미 학과 공부를 열심히 하면서 1년간 기초는 탄탄하게 다졌고, 이과를 혼자 공부하면서 터득한 효율적인 공부법이 있기에 PEET 공부는 딱 2달이면 충분하다고 판단했다. PEET 시험은 8월 말에 치르는데 2학년 1학기 시험이 끝나면 2달간의 여름방학 기간이 주어진다. 어차피 학기 중에 PEET 공부를 찔끔찔끔할 바에는 내 본연의 일을 완벽히 하고자 했다. 또, 내 약점인 '멘탈'을 단단하게 만드는 것에 더욱 신경을 썼다.

　학점, 학생회 업무, 봉사활동, 동아리 활동 등 모든 일들을 완벽하게 마무리하면서 나는 여름방학을 맞이했다. 대부분 PEET를 준비하는 사람들은 학원으로 가는 것이 일반적인데… 나는 남은 2개월을 학원이 아니라 재수를 했던 그 '산속 고시원'으로 들어가기로 결정했다. 하지만 지금은 그때와는 전혀 다르다. 재수를 하고도 풀지 못했던 해결법을 이제서야 찾은 것 같기 때문이다.

그건 큰 시험에 대한 강박증… 불안장애였던 것 같다.

학창 시절에는 늘 위만 보면서 살았다. 이따금씩 아래를 보면 깊은 어둠밖에 보이지 않았다. 높은 곳에 있으면 생기는 '고소 공포증'처럼 나는 그 밑으로 추락하면 어떡하지라는 두려움에 사로잡혀 있었다. 숨 막히고 죽을 것 같은 공포감… 그래서 내린 해결책은 직접 그 밑으로 추락해 보는 것이었다. 끝없이 추락하다 보니 어느 순간 발이 바닥에 닿았다. 그렇게 막상 바닥에 도착해 보니 뭐 별거 아니었다. 오히려 즐겁고 행복했다. 그동안 내가 무서웠던 이유는 내 마음이 만들어낸 큰 공포심 때문이었다. 바닥에 닿고 나니 길이 보이고 해결책이 생겼다. 이젠 떨어질 곳도 없다. 자신감을 가지고 나아가보자! 나만의 방법으로 2달간 PEET 공부를 했다. 그리고 드디어 시험 당일이 되었다.

물론 이 또한 큰 시험이기 때문에 긴장이 되었다. 하지만 수능 때와는 조금 달랐다. 설렜다. 빨리 내 능력을 보여주고 싶어서 신이 났다. 그저 마음가짐만 바뀌어서 생긴 현상은 아닐 것이다. 부 학회장, 동아리장, 봉사활동, 공연 등등 다양한 활동을 하면서 자존감도 높아졌고, 무엇이든 해낼 수 있다는 자신감까지 생겼다. 이런 마음가짐으로 시험을 치르니 평소보다도 컨디션이 좋았고 아는 것도 잘 풀고 모르는 것도 '근거 없는 자신감'이 차올랐다. 시험에 있어서 실력보다 마음 건강, 즉 멘탈이 중요하다는 것을 깨닫게 되었다.

시험이 마무리하고 1주일 만에 2학년 2학기가 개강하게 되었다. 성적표는 한 달 뒤에 나오기 때문에 나는 이제 선택을 해야 했다.

1) PEET 성적이 잘 나올 것 같으면 학점관리를 포기하고 토익, 자소서, 면접 시험에 집중한다.
2) PEET 성적이 잘 안 나올 것 같으면 학점관리를 포기할 수 없다. 재학 중에 진학을 하면 2학년 2학기 성적이 반영되진 않지만, PEET 재수를 하게 되면 2학년 2학기 성적이 반영되기 때문이다.

사람 일은 알 수 없기 때문에 성적이 잘 안 나올 것도 대비하면서 학점관리, 학생회 업무, 동아리 활동, 영어 공부, 면접 준비를 시작했다. 시험은 독학으로 했다고 하지만 과연 면접 준비까지 독학으로 할 수 있을까? 약대 입시 카페를 알아보니 대부분 수험생들은 학원에 다니고, 스터디를 만들어서 모의 면접 준비를 하고 있었다. 하지만, 대부분은 서울에서만 운영을 했고 학원은 가격도 너무 비싸서 해볼 엄두가 나지 않았다. 일단 면접은 조금 뒤에 생각해 보고 토익 성적부터 만들기로 했다.

한 달 뒤 성적표가 날아왔다.

PEET	일반화학	유기화학	물리추론	생물추론
백분위	92.8	99.4	96.1	99.2

일반 화학과 물리추론에서 약간 실수가 있었지만 두 달 공부해서 받은 점수라고 생각하면 아주 좋은 결과라고 생각했고, 당시 메가MD라는 사이트에서 전국 석차를 분석하였을 때 '약 80등 내외'가 나왔다. 아주 기뻤다. 단순히 성적을 잘 받았기 때문이라기보다는 2년 전 재수를 망쳤지만 그 원인을 이제서야 찾고 해결했다는 사실이 만족스러웠다. 학점도 백분위로 96.1%여서 영어성적과 면접만 잘 준비되면 상위권 학교도 노려볼 수 있었다. 서울권에 남자가 지원할 수 있는 상위권 학교는 서울대, 중앙대, 경희대뿐이었고, 서울대는 학벌이 중요한 학교라서 처음부터 배제했다. 그래서 나는 중앙대와 경희대를 지원하고자 마음을 먹게 되었다.

약대 진학의 길은 험난했다.

모든 것이 순탄할 것이라 생각했다. 하지만 인생은 늘 다양한 요소들이 뒤섞인 볶음밥 같았다. 앞으로 토익 시험, 면접 준비, 책값 그리고 시험 응시 등등에 쓰일 비용들이 계속 생기고 있었고, 약대 입학 이후에는 더 많은 돈이 들어갈 것 같았다. 이미 불안감이라는 것을 맛봤기 때문에 더 이상 외부의 요소로 인해 나의 삶이 흔들리는 것을 용납하고 싶지는 않았다.

힘들더라도 경제적인 독립을 해야 마음이 편할 것 같았다.

이번 해에 꼭 약대를 붙어야 한다는 의지를 바탕으로 2학기 학점을 포기하고 배수진을 쳤다. 그리고 동아리 활동을 후배에게 인계해 주었고 봉사활동도 중단하기로 결정했다. 그리고는 아르바이트 자리를 열심히 찾아다녔다. 카페나 식당 알바는 시급이 너무 작았기 때문에 무조건 과외나 학원 알바를 선호했지만 학부모들은 남자보다는 여자 선생님을 선호했다. 그러다가 한 보습학원에 지원해 면접을 보게 되었다. 원장 선생님은 대학생을 선생으로 받기 꺼려 했지만 나는 시범 강의를 할 수 있는 기회를 달라고 졸랐다. 결국 중학생 20명을 데리고 원장 선생님 앞에서 1시간 동안 시범 강의를 하게 되었다. 나는 1시간 만에 아이들을 사로잡았고, 아이들이 만장일치로 찬성해 준 덕에 채용될 수 있었다. 원장 선생님께서 내 실력을 보고 감탄하셨는지 본인의 고등학생 아들까지 과외를 맡겨 주신 덕에 한 번에 2개의 일을 구할 수 있게 되었다.

당시의 하루 스케줄은 다음과 같았다.
08:30~09:00: 가상
09:00~12:00: 학교 수업
12:00~13:00: 점심
13:00~14:00: 학생회 활동
14:00~18:00: 학교 수업
18:30~21:30: 학원 수업
21:30~23:00: 과외
23:30~02:00: 영어 및 면접 공부

매일 저녁을 먹을 시간도 부족해서 이동 중에 삼각김밥으로 때우는 일이 일상이었다. 동기들은 나의 모습을 보면서 안쓰러워했지만 오히려 나는 내 상황을 한탄하거나 비관하지 않고 감사하게 생각했다. 만약 내가 조금 더 신체적으로나 정신적으로 더 약하거나 어렸다면, 분명 지금 상황을 감당해 내지 못하고 주저앉았을 지도 모른다. 그런데 지금 내가 감당하고 견딜 수 있을 만큼만의 상황인 것만으로도 감사했고,

내가 가야 할 명확한 길이 보였기에 견뎌낼 수 있었다. 그런 마음가짐이 있었기에 피곤해도 밤늦게까지 공부를 할 수 있었다. 24시간 문을 열어주는 대학교 도서관이 있다는 것이 어딘가? 공부할 시간을 짬 낼 수 있다는 것이 어딘가? 그렇게 소중하게 번 돈으로 공부할 책을 샀고 면접 스터디를 가입했고 토익 응시를 했고 약대 지원서를 제출했다. 그리고 면접을 보기 위한 첫 정장도 샀다.

그러나 사실 마지막까지 고민된 것이 하나 있었다. 경희대 말고 한양대를 지원해볼까?

두 곳 모두 상급종합병원을 가지고 있지만 경희대는 서울에 있는 전통이 있는 약대였고, 한양대는 안산에 만들어진 신설 약대였다. 솔직히 대부분 서울에 있는 경희대를 선택할 것이지만 딱 하나의 이유로 고민을 하게 되었다. 4년 전액 장학금. 한양대는 입학 우수자에게 전액 장학금을 지원해 주었고 내 성적이면 충분히 가능해 보였다. 4년 학비는 약 5천만 원이나 되는 어마어마한 돈이다. 이미 나는 경제적으로 독립하리라 마음먹었기에 당연히 학비도 내가 낼 생각이었다. 그렇게 생각하니 4년 전액 장학금에서 마음이 흔들릴 수밖에 없던 것이다.

며칠 간의 고민 끝에 결론을 내렸다.

"그래, 지금 5천만 원은 크겠지만 나중에 생각하면 별것 아닐 수 있어."

그렇게 마음을 먹고 중앙대와 경희대를 지원하게 되었다. 중앙대는 지성 면접만 진행되었고, 경희대는 지성 면접과 인성 면접이 모두 진행되었다. 그중에서 경희대에서 진행된 인성 면접 중 몇 가지 질문 중 일부이다.

Q: 다른 지원자들 말고 우리 학교가 학생을 뽑아야 하는 이유가 있을까요?
A: 긴 인생을 살지는 않았지만 삶에 감사하는 줄 아는 마음을 깨닫게 되었습니다. 이런 마음가짐은 앞으로의 인생에서도 삶을 더 소중히 여길 것이고 항상 책임을 다하게 될 것입니다. 지금은 지원자이지만 앞으로 4년 뒤 아니 10년 뒤에 누구보다 경희대의 이름을 알리는 사람으로 성장할 것임을 자신합니다.

Q: 약대를 졸업하고 어떤 것을 할 생각인가요?

A: 저는 연구에 관심이 많습니다. 약대를 졸업한 후에 대학원에 가서 연구를 할 것이고 이후에는 신약 개발에 이바지할 생각입니다.

Q: 약대 지원자 10명 중 9명은 그렇게 대답해요. 그런데 실제 졸업하는 학생 중 연구하는 사람들은 10명 중 1명도 안 되는데 어떻게 생각하나요?

A: 당연히 교수님들 입장에서는 그렇게 생각하실 수 있습니다. '자연대 기피 현상'이나 '의대/약대 인기 현상'처럼 연구보다 금전적인 보상이 높은 직군으로 선택하는 것은 자본주의 사회에서의 자연스러운 현상이라고 생각합니다. 저 스스로도 지금은 이렇게 자신 있게 연구를 하겠다고 말하지만 4년 뒤에 어떻게 바뀔지 모르겠습니다. 제 생각이 계속 유지될 수 있도록 교수님께서 잘 지도해 주셨으면 좋겠습니다.

그렇게 최종적으로 경희대에 합격을 했다. 그리고 5년 뒤 학장님이 되신 그 교수님은 나를 방으로 부르셨다.

"너 같은 애들이 교수를 해야 한다. 석사 1년 차에 이렇게 연구 실적이 좋은 애는 처음이다. 학교의 자랑이다."

교수님은 그날을 기억하지 못하시겠지만
나는 그날 면접에서의 약속을 지켰다.

08
연구가 싫던 내가 논문왕이 된 비결은 '적성 찾기'

고등학생 시절, 선생님들은 항상 우리에게 이렇게 말씀하셨다.

"적성은 적당한 성적의 준말이다! 무조건 점수에 맞춰서 좋은 대학에 가야 된다. 대학 네임 밸류가 제일 중요해!"

죄송하지만 속으로 개뿔이라고 생각했다. 아무리 학교 이름이 좋다고 해도 하기 싫어하는 공부를 계속해야 한다고? 그건 아니라고 생각했지만… 막상 많은 친구들이 수능 점수를 받고 지원을 할 때 원하는 과를 포기하고 한 칸 더 높은 대학에 지원하는 경우도 많았다. 나중에 이야기를 들어보면 전과 혹은 제2 전공을 택하는 경우도 있었고 아니면 전공을 버리고 취업하는 경우도 많았다.

나는 고등학교 시절 최재천 교수님의 '지식의 통섭'을 보고 엄청난 영감을 받았다. 당연하게도 이과는 이과와 관련된 공부만 해야 하고, 문과는 문과와 관련된 공부만 해야 된다고만 생각했었다. 우리나라 교육 시스템이 만들어 준 프레임이 깨지게 된 시작점이었다. '지식의 통섭'은 학문의 분야를 가리지 않고 모든 것을 배우고 익히면서 융합시킬 때 시너지가 나타난다는 것을 의미했다. 나는 그 뜻을 더 확대 해석하였다. 지식을 쌓는 것 외의 활동들도 분명히 서로 연결되어 있어 복합적인 내면의 힘을 만들 것이라고 생각했다. 그래서 조금이라도 관심이 가면 일단 시도해 보고 도전하는 것이 가치 있다고 생각했다.

나는 내가 좋아하는 것과 잘하는 것을 찾아보기 위해 많은 시도를 했다.

[고등학교 시절]
- 외고 시절, 학교에서는 3년간 영어, 독일어 그리고 일본어를 배웠다. 뭔가 경쟁력이 부족하다고 느껴서 3학년 때 급하게 독학으로 아랍어를 공부했다. 그 덕분에 수능 제2 외국어를 3년 간 배운 독일어가 아니라 아랍어로 선택하였고, 결국 만점을 받아 엄청난 표준점수를 받기도 했다.
- 당시 학교에서는 사회탐구 과목으로는 경제와 세계사를 가르쳤다. 하지만, 다른 과목도 경험을 해봐야 내가 좋아하는 혹은 잘 맞는 과목을 택할 수 있다고 생각했다. 그래서 국사, 근현대사, 사회문화, 경제 지리, 한국지리, 법과 사회를 따로 공부했다. 국사와 근현대사는 홀로 공부하여 한국사능력검정시험 1급을 취득하기도 했었다. 그렇게 모두 해본 후, 나에게 가장 잘 맞은 4개의 과목(사회문화, 경제, 경제 지리, 한국사)을 선택하여 수능을 보았다.
- 공부 외의 활동으로는 반장과 부반장도 해보고, 댄스 동아리에 들어가서 많은 공연도 했다. 그 저 춤만 춘 것이 아니라 프로그램을 기획하고, 안무를 짜고, 음악과 영상을 편집하면서 새로운 경험들을 해보기도 했다.
  그렇게 다양한 시도를 했음에도 수능이 끝난 후에는 이과 공부를 하고 싶어서 전향까지 하게 되었다.

[대학교 시절]
- 대학 시절에는 영어 토론 동아리 장, 봉사활동, 부 학회장 등 다양한 활동들을 경험했다.
- 약대 진학 후에는 변리사나 변호사에 관심이 생겨서 2달간 민법 강의를 수강했고, 현업에서 일하는 선배들을 수소문하여 찾아가 인터뷰를 하기도 했다.
- 연구가 적성에 맞는지 확인해보기 위해 6년간의 대학생활 동안 총 5곳의 실험실을 찾아 다니면서 인턴을 하며 연구를 배웠다.
- 학생들을 가르치는 것에 관심이 많아 6년간의 대학생활 동안 멘토링 활동, 삼성 드림클래스, 학원 강사, 과외 등의 활동을 하기도 했다.

하지만 다양한 활동을 해보면서 깨닫게 된 것이 있었다. 나에게 맞는 일과 그 일을 하기 위한 업무 환경은 별개라는 점이다. 나는 연구를 배우기 위해 대학 시절 내내 실험실 인턴을 했었다. 우리나라에서 최고라는 서울대 대학원 실험실만 지원했었다. 최고인 곳에서 배워야 내 가능성이나 적성을 빠르게 파악할 수 있을 것 같았다. 그런데 사실 연구는 한곳에서 꾸준히 하는 것이 좋은데 왜 나는 굳이 5곳이나 돌아다녔을까?

인턴으로서 연구원들과 함께 생활하면서 실험실 생활과 연구를 배웠다. 그런데 연구실의 생활은 생각보다 더 재미가 없었고, 연구실 문화에 적응하는 것도 참 어려웠다. 물론 내가 인턴이었기 때문에 적응하기 어려웠을 수도 있고, 실험실마다 편차가 클 수도 있다. 그래서 다른 곳은 어떨까?라는 생각으로 이곳저곳을 옮겨 다녀보았지만 '여기서 연구를 하고 싶다'라는 생각이 드는 곳은 한곳도 없었다. 그래, 내가 이렇게 다양한 곳을 다니면서도 별로라고 느꼈으면 그냥 내가 연구가 잘 안 맞는 거겠지.

그런 생각을 가지고 연구 쪽으로 가는 것을 포기하려고 했다. 그러던 중 경희대의 한 교수님과 상담을 하게 되었다. 내가 실험실을 다니면서 겪었던 이야기들과 고민들을 이야기했더니 교수님이 자신의 연구실에서 해보는 것은 어떻겠냐고 말씀하셨다. 너는 다른 사람들 밑에서 배우기보다는 혼자 독립적인 프로젝트를 맡아보는 것이 괜찮을 것 같다고 하셨다. 교수님은 나에게 잘 할 것이라는 믿음을 주셨고, 나는 자신감을 가지고 인턴을 시작했다. 혼자 독립적인 연구를 하면서 나름 성과가 나오기 시작하자 교수님은 학부생인 나에게 수 억원 과제비가 걸린 국가 과제 프로젝트를 단독으로 맡기셨다(보통 큰 규모의 과제는 박사급이 맡는 것이 일반적인데 학부생… 그것도 인턴에게 맡긴다는 것은 매우 이례적인 일이었다).

주변에서는 내가 사수도 없이 연구를 시작한 것에 대해 안쓰럽게 생각했다. 그런데 사실 나는 사수가 없는 것이 오히려 편했고, 독학으로 빠르게 성장하는 체질이었다. 그리고 세상에는 얼마나 많은 논문들이 있는가? 다른 석사들과 달리 나는 사수가 없기 때문에 성장의 한계선이 '사수'가 아니라 '세계의 모든 과학자'로 설정된 것이다. 게다가 교수님은 나에게 연구에서의 자유를 주셨고, 내가 하는 연구들에 대해서 토를 다신 적도 거의 없었다.

나는 빠르게 성장했다. 국가과제도 홀로 마무리하였고 결과 보고서도 완벽히 제출했다. 인턴 때 개발한 물질을 가지고 특허도 냈고 논문까지 작성하였다. 나의 과정과 결과물들이 인정받기 시작하면서 내 말에 힘이 실리기 시작했다. 어느 순간 연구가 즐거워졌다. 일이라는 생각이 들지 않았다. 집에서도 아이디어가 떠오르면 새벽에 연구실에 나와 실험을 했고, 논문을 읽고 쓰다 보면 무아지경에 도달하기도 했다. 이게 적성을 찾았다는 기분인가? 처음에는 비슷한 분야에서의 과학자들을 보면 '대단하다'라는 생각이 들었다면 지금은 '나도 해볼 수 있겠는데?'라는 생각까지 들었다.

나의 퍼포먼스에 놀라신 교수님은 적극적으로 대학원에 들어오라고 꼬시기 시작했다. 몸값(?)이 올라간 입장에서 나는 과감하게 교수님에게 협상 조건을 제안했다.

1) 조기졸업을 시켜주세요.
2) 내가 하고 싶은 연구를 할 수 있게 해주세요.

사전에 알아본바 행정상으로 조기졸업이라는 시스템이 존재했다. 4학기 동안 들어야 할 수업을 3학기 내에 전부 듣고, 졸업 논문과 자격시험도 석사 3기에 보고 통과하면 되는 것이다. 하지만 시스템은 시스템일 뿐 최종 졸업의 결정권은 지도 교수에게 있었다. 교수님은 약학과에서 역사상 조기졸업을 한 사람이 없었기 때문에 다른 교수님들이 반대할지도 모른다고 말씀하셨다. 조기졸업을 하려면 다른 교수들이 토를 달 수 없는 조건을 맞춰야 한다고 주장하셨다. 교수님은 3학기 내에 SCI(E) 급(기술적 가치가 높은 저명한 학술지) 논문 1편을 publish(게재)한다면 본인이 조기졸업을 밀어붙여보겠다고 하셨다. 그래서 나는 알겠다고 했다(학부생 시절에는 잘 몰랐지만 이건 안 해주겠다는 말과 같은 뜻이었다고 한다). 2017년 기준으로 서울대를 포함하여 대부분의 자연계 대학원의 석사 졸업 요건은 SCI(E) 급 학술지에 논문 1편을 투고하는 것이다. 다시 말하면 게재(publish)가 아니고 투고(submit)이다. 우스갯소리로 대충 작성해서 제출만 하더라도 졸업이 가능하다는 뜻이다. 따라서 실제로 석사 학위를 가진 사람 중에 논문이 없는 사람들이 다수이고, 특히 석사 3학기 내에 논문이 투고된 경우는 전국적으로도 찾기도 쉽지 않다. 그렇다면 박사의 졸업 요건은 어떨까? 당시 국내 메이저 대학의 졸업 요건은 SCI(E)급 학술지에 게재된 논문(1저자)의 Impact

Factor(IF) 점수 합이 5~8점 이상이어야 한다. IF는 피인용지수(영향력 지수)라고 하는데 해당 저널에 실린 논문들이 얼마나 많이 인용을 받았는가를 의미한다. IF가 높다는 것은 영향력이 있다는 의미이기도 하다. 물론 이것은 어디까지나 학교의 졸업 요건일 뿐이고, 실제로 지도교수가 졸업에 동의를 하지 않으면 졸업하기가 어려운 것이 현실이다. 그래서 교수님과 좋은 관계를 유지하는 것도 아주…아주…아주 중요하다. 사실 이것이 이공계 대학원생들이 노예로 전락하게 된 시스템이기도 하다.

나는 한 줄기의 희망이라도 있으면 무조건 도전하는 사람이다. 그리고 지금까지 쌓아온 '지식의 통섭'의 힘을 발휘해 볼 때가 된 것이다.

1) 외고 출신이다 보니 다른 이공계생보다 영어실력이 우수했고, 과거 논술 경험이 많아 논리적인 글을 잘 쓰는 편이었다.
2) 약사이다 보니 약의 개발 및 약에 관련된 과학적 지식이 다른 이공계생보다 높은 수준이었다.
3) 오랜 인턴 경험을 바탕으로 실험 테크닉 수준이 높았다.

보통 석사 1년 차는 실험 테크닉을 익히고 논문을 읽으면서 대학원 과정을 적응을 하는 시기이다. 하지만 이미 학부생 때 국가과제를 마치고 논문도 작성해 본 경험이 있었던 나는 1년 차부터 개인 연구 프로젝트를 3개씩 주도적으로 진행했다. 특히 안구질환에 관심이 많아 노인성 백내장과 황반 변성에 대한 동물 질환 모델을 개발하였고, 이를 예방하고 치료할 수 있는 물질들을 찾아 그 기전을 규명하였다. 안구 질환 분야에서는 논문을 투고하고 결과를 얻기까지 최대 6개월까지 걸리기 때문에 졸업 요건을 맞추려면 석사 1년 차에 최대한 많은 논문을 써야 했다. 일반 석사생들이 하나의 실험을 진행해서 하나의 결과를 도출하는 과정을 거치는 동안, 나는 4개의 실험을 동시에 디자인하고 순차적으로 수행하였다. 주변에서는 거의 '미친놈'이라고 표현할 정도로 말도 안 되는 실험 양을 수행하고 있었다. 글쎄, 지금까지 살아온 과정에 비하면 내 입장에서 이건 힘듦이 아니라 즐거움이었다.

그런 과정을 거치면서 1년 6개월 만에 8편의 논문을 썼고 한 편도 빠짐없이 모두 SCI(E) 급 저널에 게재를 성공하였다. 본 실적을 바탕으로 경희대학교에서 'Outstanding graduate Student Award 2017'을 수상하였고, 모든 대학원생들 앞에서 발표할 수 있는 영광스러운 기회를 얻기도 했다. 교수님은 마지못해 조기졸업을 허락해 주셨지만, 경희대에서는 인재를 놓칠 수 없다며 박사 과정에 대한 제안을 주었다. 경희대 외에도 안과 분야에서 세계적인 수준인 컬럼비아 대학교에서도 박사 과정을 제안을 받기도 했다. 물론, 연구도 정말 좋았고 새로운 경험을 해보고 싶어서 탐나기도 했다. 하지만, 군대 문제도 해결이 안 되었고 또 응용 분야에 대한 호기심도 있었다. 학계에서 하는 연구는 '기초 연구'라면 실제로 기술을 약으로 개발하는 것은 '응용 연구'였다. 약사라면 직접 신약 개발을 하는 과정에 참여해 보아야 진정한 '약사 과학자'가 아닐까?라는 생각이 들어 제약회사로 취업하기로 결정했다. 우수한 연구 성과를 인정받아 스물일곱의 나이에 신약 연구개발 팀장직을 제안받게 되었다. 이후 신약 개발과 약학 연구를 하면서 세계적인 학술 저널에 지속적으로 연구 결과를 발표하였고, 그중 항암제 신약 연구가 2021년 Biomaterials(IF=15.304)에 실리면서 생물학연구정보센터(BRIC)에서 한빛사(한국을 빛내는 사람들) 논문으로 선정되었다.

　　누군가 물었다. 내가 좋아하지만 돈을 못 버는 일과 재미없지만 돈을 많이 버는 일 중 어떤 것을 선택해야 하는지… 답은 아마 사람에 따라 다를 것이다. 돈에 대한 가치가 높으면 돈을 택하고, 직업이나 일이 주는 만족감이 크면 좋아하는 일을 택하는 것이 좋을 것이다. 나의 경우로만 생각하자면 잘하는 일을 찾는 것이 우선이라고 생각한다. 나는 잘하면 재밌어지고 남들보다 잘하면 어떤 분야에서든 나를 필요로 하기 때문에 돈을 따라오기 마련인 것이다.

일단 20대에는 본인이 잘하는 일.
적성을 계속 찾아보는 것이 중요하다고 생각한다.

09

사람들이 잘 모르는 약사의 다양한 직능

약사들이 근무할 수 있는 분야는 임상실무, 산업 및 연구, 약무/행정/보건으로 크게 세 가지의 분야로 분류해 볼 수 있다.

[임상실무 중심 약사]

의약품의 수급 및 관리, 처방전 검수, 의약품 조제, 복약 상담, 부작용 모니터링, 보건의료인에 대한 의약 정보 제공, 지역사회 건강증진 등의 업무를 수행하고 있다. 주요 직군으로는 약국 개국약사, 약국 근무약사, 병원 약사, 전문 약사 등이 있다.

[산업 및 연구 약사]

안전성과 유효성이 입증된 의약품을 개발하는 약사로 연구개발 업무, 전임상개발, 허가규제업무, 임상개발, 임상시험 수행, 시판 승인, 약물 감시, 글로벌 사업개발,

마케팅, 의약품 생산, 유통, 품질 관리, 품질 보증 등의 업무를 수행하고 있다. 주요 직군으로는 제약회사(신약개발 연구팀, 비임상개발팀, 허가규제업무(RA)팀, 글로벌 사업개발(global BD)팀, 마케팅팀, 임상팀, 학술팀, 품질보증팀(품질보증약사), 제조생산팀(제조관리약사), 약물감시(PV)팀 등), 의약품도매업체, 의약품 수입업체, 임상 CRO, 국내외 정부 출연 연구소, 국내외 대학 연구소, 화장품 회사, 의료기기 회사 등이 있다.

[약무/행정/보건 전문가]

의약품 수급 및 관리, 시판 승인, 국민건강보험 급여제도평가, 의약품 안전사용 기준 개발, 부작용 모니터링 시스템 구축, 약사 정책 기획 및 집행 등의 업무를 수행하고 있다. 주요 직군으로는 보건복지부, 식약처, 한국의약품안전관리원, 국민건강보험공단, 건강보험심사평가원, 보건소, 국제 보건 기구 등이 있다.

이 중에서도 내가 직접 경험해 본 직능인 임상 약사(병원 약사와 약국 근무 약사), 산업 약사(연구개발 업무, 임상개발 업무, 전임상개발 업무 등), 연구 약사(대학 연구소)에 대해서 이야기해 보려고 한다. 사람들이 가장 쉽게 생각하는 '약사'라는 직업의 역할은 대부분 약국이나 병원에만 국한되어 있을 것이다. 의약분업이 된 이후로 의사는 환자를 진단하고 약을 처방하게 되면, 환자는 처방전을 들고 와 약국에 제출하고, 약사는 검수·조제·투약을 통해 약을 환자에게 전달하게 된다. 의약분업의 주요 목적은 의사와 약사 사이에 환자 치료를 위한 역할을 분담하여 처방 및 조제 내용을 서로 점검하고 협력함으로써 불필요하거나 잘못된 투약을 방지하는 것이다. 또한, 약물의 오남용을 예방하여 국민들의 피해를 최소화하는 것을 목적으로 한다. 당시에도 다양한 찬반양론이 거듭되었으나 '의약분업'은 결국 시행되었고, 이제는 각 직능이 어떤 직업윤리를 가지고 바르게 치료하고 약을 공급할 것인지 노력하는 시점이다.

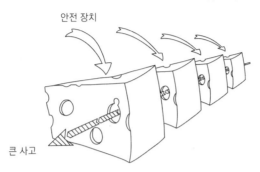

스위스 치즈효과

안전 장치

큰 사고

'스위스 치즈 효과'라는 말이 있다. 구멍이 뚫려 있는 치즈 4장을 겹겹이 겹치게 되었을 때 4장을 관통하는 한 방향의 구멍이 만들어지는 것은 쉽지 않다. 하지만, 큰 사고들은 작은 우연들이 겹쳐 4장을 한 번에 관통하면서 만들어진다. 큰 사고를 예방하기 위해서는 치즈의 구멍을 줄이고 더 많은 치즈(안전장치)를 추가하는 방법을 사용할 수 있다. 의사와 약사는 서로 분업하여 각각의 치즈가 되어 '약으로 인해 발생하는 약화 사고'를 예방하는 역할을 해야 한다. 의약분업 전에는 첫 단추부터 마지막 단추까지 의사나 약사라는 하나의 주체에 의해서 수행되었다. 각기 다른 전문가에 의한 검토가 이루어지지 않은 채 바로 환자에게 투약되었다. 하지만, 99명에게 잘해도 1명에게 못하면 문제가 되는 것이 바로 사고이다. 사람의 실수로 발생하는 1%의 오류를 막는 시스템을 갖추는 것도 국가의 입장에서는 중요하다. 지역 보건 의료의 관점에서 의사는 스페셜리스트의 역할을 해주어야 하고, 약사는 제너럴리스트의 역할을 해주어야 한다. 의사들은 전문의 가격 시험을 통해 26개의 전문분야로 구별된다. 대표적으로 내과, 외과, 정형외과, 소아청소년과, 신경외과, 안과, 산부인과, 이비인후과, 피부과, 비뇨기과, 신경과, 정신건강의학과, 성형외과 등이 있으며 전문의들은 본인들의 질병 분야에서 한정하여 심도 있는 공부를 하고 임상 경험을 쌓는다. 각 과에는 본인들의 영역 내에서 환자를 진단하고 그에 따른 치료를 선택한다. 각 과에서 나오는 처방전을 보면 의사가 어떤 방향성과 목적을 가지고 약을 쓰는지 그 의도를 파악할 수 있다. 약사는 수많은 과에서 보내는 가지각색의 처방전을 모두 검수한 후에 조제를 할지 수정을 요청할지 판단을 해야 한다. 그런 능력에 발맞춤 하기 위해 약대는 6년제로 바뀌면서 전문화되었고 2년간은 기초 과학을 배우고, 3년간은 핵심이 되는 약물치료학을 포함하여 독성학, 예방약학, 병태생리학, 생약학, 해부학, 유기약화학, 약제학, 약동학, 제제학, 약학 물리학, 품질관리학, 면역학, 약물학 등을 배우고, 마지막 1년간은 병원, 약국, 회사 및 대학원에서 실습을 통해 실무를 배우게 된다.

[처방전 검수]

처방전 검수는 환자가 병원에서 진단을 받고 약물치료를 받기 전에 마지막으로 '유효성과 안전성'의 측면에서 검수하는 과정이다. 전문가도 사람이기에 누구나 실수를 하고 착각을 할 수 있다. 의사의 처방전을 한 번 더 검토하여 약물 치료요법에 이상 유무를 체크하는 것이며 필요시 수정을 통해 환자에게 적절한 약물치료를 받도록 도와주는 것이다. 처방전 검수를 통해 처방전이 수정되는 비율은 전문의의 숙련도나 병원의 크기에 따라 차이가 있을 수 있다.

내가 종합병원에서 근무를 할 때에는 원내 처방은 100건 당 3~5개 정도의 수정 사례가 있었고, 응급실 처방은 10건당 1개 정도의 수정 사례가 있었다. 종합병원에서 수정 사례가 많은 것은 한 명의 환자가 2~5개의 과에서 약물을 각각 처방받다 보니 약리 작용이 중복되는 경우, 동일 성분이 중복되는 경우, 약물 간 상호작용이 있는 경우에 따라 검토해야 할 내용들이 많아진다. 약물 간 상호작용은 흔히 '궁합'이라고 이해하면 편하다. 약을 복용하면 우리 몸에서는 '흡수, 대사, 분포, 배설'이라는 일련의 과정이 일어난다. 각 과정에서 약과 약이 서로에게 어떻게 영향을 주는지에 따라 좋은 궁합 혹은 나쁜 궁합이 생길 수 있다. 예를 들어 어떤 약은 다른 약의 흡수를 방해하여 약효를 떨어뜨리기도 하고, 대사에 영향을 주어 약효를 떨어뜨리거나 증강시키고, 분포를 방해하여 부작용을 유발하기도 하고, 배설을 빠르게 하여 약효를 낮추기도 한다. 나쁜 궁합으로 인해 치명적인 부작용이 유발될 경우에는 약의 처방 변경을 하거나 용량을 낮춰서 복용해야 한다. 궁합이 좋지 않더라도 약물의 복용 시간을 변경해서 처방할 수도 있다. 약과 관련된 내용들은 약사가 전문가이기 때문에 처방 검수 과정을 통해 의사들에게 정정을 요청하곤 한다.

처방전을 검토하는 과정은 다음과 같다.
1) 환자의 나이, 성별, 체중 등을 확인한다.
2) 환자의 질병코드를 확인하여 어떤 질환인지 확인한다.
3) 처음에는 약물이 질환에 맞게 적절하게 처방되었는지 확인한다. 간혹 약물의 코드를 잘못 입력하거나 약물의 이름을 착각하는 경우가 있다. 일반 환자에게 코드 오류로 항암제가 처방된 것을 본 적도 있으며, 만약 처방 검수로 오류를 잡지 않았다면 약화사고로 이어졌을 것이다.
4) 약물이 환자의 나이, 체중, 성별에 맞춰서 적절하게 처방되었는지 확인한다. 특히, 소아의 경우 연령에 따라 사용하기 위험한 약물이 있을 수 있다. 또, 체중에 따라 약물의 용량이 적절하게 처방되었는지 체크한다. 성별에 따라서도 약물이 적절한지 확인할 수도 있다. 많은 약들은 기형이나 임부에게 악영향을 줄 수 있어 사용하면 안 되는 경우도 많기 때문이다.
5) 약물의 용량과 용법이 적절하게 처방되었는지 확인한다. 여기서 약물의 제형도 고려해야 하는데 체내에서 천천히 분해되는 장용정 및 서방정이나 습기에 약한 약들을 분할조제 처방이 나왔다면 의사에게 연락하여 정정해야 한다. 또, 0.166tablet나 0.333capsule과 같이 용량만 고려한 잘못된 처방은 어떤 약물을 사용해야 하는지 가이드해주어야 한다. 마지막으로 용법이 허가사항과 다른 경우에는 실수로 기입한 것이 아닌지 확인할 필요가 있다. 얼마 전에는 피부염에 쓰는 연고가 발톱에 바르도록 처방이 나와 수정 요청을 한 바 있다.
6) 약국 내 약물의 재고, 제약회사의 품절사태, 약물 회수 등의 이슈로 인해 약이 없을 경우 대체약에 대한 정보를 제공해야 한다.
7) 기존 이력을 통해 기저질환이나 기존에 복용하는 약물과 상호작용이 없는지 확인한다.
위의 과정들을 통해 처방전을 검수하고 적절하다고 판단하면 처방전은 전산 등록한 후에 조제를 한다.

[조제]

조제에 앞서서 환자의 복약 순응도를 높이기 위해 복용하기 편한 방법에 대해서도 확인해야 한다. 누군가는 약의 원통으로 받기를 선호하고 누군가는 비닐 포장지에 모든 약을 넣어서 주기를 선호한다. 나이가 있는 환자들은 대게 비닐 포장지에 모두 넣어주는 것을 선호한다. 원통으로 받으면 내가 먹었는지? 아닌지? 헷갈려서 약을 여러 번 먹는 상황이 일어나기 때문이다. 어떤 환자는 건망증으로 인해 한 달 분의 약을 2주일 만에 다 복용해버리고 찾아온 경우도 있었다. 그래서 조제는 '아침➔점심➔저녁➔취침 전' 순으로 포장해 주는데 약국마다 아침만, 점심만, 저녁만 따로 포장하기도 한다.

다음은 내과 처방의 실제 사례를 하나 가지고 왔다(각 과마다 처방의 모습은 아주 다르며 개인적으로는 가루와 시럽 조제가 어려워 소아과 처방이 제일 힘들다.) 의사마다 용법을 기재하는 경우도 있고 특별한 상황이 아니라면 하지 않는 경우도 있다. 이 처방전은 당뇨병 약에서는 식사 직후라고 기재한 것으로 보아 소화기계 부작용으로 인해 복용 시점을 식사 직후로 옮겼을 가능성이 있다. 이런 부분은 환자에게 물어보면 쉽게 확인할 수 있다.

처방전 예시				
약물	1회 용량	1일 횟수	일수	용법
혈압약	1	1	60	
혈압약	1	1	60	
고지혈증약	1	1	60	
당뇨병약	1	1	60	식사 직후
해열제	1	3	5	
기침/가래약	1	3	5	
기침/가래약 (시럽)	1	3	5	
콧물약	1	2	5	
비염약	1	1	5	
항생제	1	2	5	
염증약	0.5	3	5	
위장약	1	3	5	
수면제	1	1	28	
간장약	1	2	60	
피부염(연고)	2	1	1	

일단 처방을 보고 복용하는 관점에서 크게 묶음을 지으면 혈압약+고지혈증약, 당뇨약, 감기약, 수면제, 간장약, 피부염으로 나눌 수 있다. 용법이 기재되지 않는 것은 약의 허가사항을 기본으로 따르면 되고 환자의 생활패턴이나 이상 반응을 고려하여 치료에 영향을 주지 않는 선에서 일부 조정할 수 있다.

1) 처음에는 ATC라는 기계를 이용하여 혈압약과 고지혈증약을 아침 식전 약으로 포장한다. 세 가지 약 중 한 가지 약은 사전에 ATC 기계에 충전해 두었다(ATC 내에는 들어갈 수 있는 약의 개수가 한정되어 있어서 가장 빈번하게 쓰는 약만 충전이 가능하다). 나머지 2개의 약에서 하나는 병으로 포장되어 있고, 다른 하나는 PTP(알루미늄 호일)로 포장되어 있어 직접 까야 한다(물론 안정성의 문제로 PTP 포장을 벗길 수 없는 약들은 포장이 어렵다). 그렇게 모인 약을 ATC 내의 기계 내에 60개를 일일이 기계 내에 넣어준다. 이 과정은 속도와 정확성이 생명이다. 환자들은 인내심이 길지 않기 때문이다.

2) 약이 기계에서 자동 조제기에서 조제되는 동안 당뇨약, 간장약, 수면제는 포장된 채로 개수를 맞춰서 확인하고 포장지에 복용 방법을 '아주 크게' 기재한다. 당뇨약은 아침 식사 직후, 간장약은 아침/저녁 식후, 수면제는 취침 전이라고 쓴다. 피부염 연고에는 '하루 2번 환부에 얇게'라고 기재한다.

3) 이후, 수동 조제기를 이용하여 감기약과 비염약 등을 조제한다. 염증약은 0.5T가 나왔기 때문에 약 절단기를 이용하여 반을 잘라준다. 콧물약과 항생제는 아침과 저녁에만 처방이 나왔고, 비염약은 저녁에만 처방이 나왔다. 비염약은 습기에 예민하여 비닐 포장지에 함께 조제할 수 없기 때문에 PTP 포장으로 5개만 따로 빼야 한다. 이후 남은 약들은 수동 조제기에 일일이 넣고 포장을 진행한다.

조제의 과정은 처방전을 잘 파악한 후 최대한 환자가 복용하기 편한 방법으로 포장을 해주는 것이 중요하다. 하지만, 약물의 특성에 안정하지 않아 포장할 수 없는 경우도 많기 때문에 이는 환자들에게 잘 설명해 주어야 한다. 모든 약이 다 갖춰져 있고, 천천히 차근차근 조제하면 좋겠지만 실제 약국의 현장은 그렇지 않다. 환자들은 이미 병원에서 오래 기다리면서 짜증 수치가 높은 채로 기다리고 있고, 일반 의약품을 구매하러 온 손님들도 있고, 전화벨도 울리고, 약 택배도 동시에 오게 되면 정신이 없다. 최악의 상황은 약 조제기가 고장이 나거나 약 재고가 부족한 상황이다. 다양한 상황들이 동시다발적으로 발생하는 상황에서도 멘탈을 잘 잡고 하나하나씩 빠르고 정확하게 처리해 가는 과정이 중요하다. 왜냐하면 약은 바르고 정확하게 복용하는 것이 중요하고 환자의 건강과 생명에 직결되는 것이기 때문이다.

[검수 및 투약]

투약 전에 약이 잘 조제되었는지 검수하는 과정을 거친다. 큰 약국은 보통 2차 검수라는 과정을 거치는데 약을 조제한 약사가 1차적으로 검수를 하고, 다른 약사가 2차적으로 검수를 하여 잘못 조제되지 않았는지 확인을 하게 된다. 실수가 없을 것 같지만 사람도 실수를 하고 기계도 실수를 한다. 약 자동 포장기도 경우에 따라 약이 튀어 한 비닐에 2개가 들어가기도 하고, 중간에 잘못 끼어서 터지는 경우도 많다. 약을 많이 복용하는 사람은 한 포장지에 8개의 약이 들어가기도 한다. 8개의 약이 정확히 들어갔는지 모든 포장지를 하나씩 보면서 검수함으로써 마지막으로 환자에게 약을 안전하게 전달할 수 있는 것이다.

여기서 중요한 것은 '성상 유사 약물'이다. 약국마다 다르지만 상급 종합병원 앞의 약국에는 수천 가지의 약물이 존재한다. 수 천 가지의 약물의 생김새는 모두 다르지만 분명 비슷하게 생긴 약들이 존재한다. 그래서 유사한 성상으로 인해 착각하여 ATC 기계 안에 다른 약을 넣어두는 사례들이 간혹 일어나곤 한다. 그런 조제 오류를 잡을 수 있는 것은 기계도 아니고 약사의 성상에 대한 지식과 눈이다.

모든 과정이 완료된 약은 최종적으로 환자 앞에서 '복약지도'를 통해 전달되게 된다. 복약지도는 환자가 약을 잘 복용할 수 있도록 설명해 주는 과정이다. 사실 복약지도가 중요한 것은 어떤 목적으로 약물이 처방되었는지를 설명하여 환자에게 왜 약을 끝까지 복용해야 하는지 납득시키는 것이다. 의사가 진단을 하고 처방을 하고 약사가 약을 정확히 조제하더라도 최종적으로 환자가 약을 정확하게 먹지 않으면 결국 치료는 되지 않는다. 치료는 축구와 같은 협동 플레이이다. 골대 앞에서 결국 골을 넣어야 하는 스트라이커는 의사도 약사도 아니라 바로 환자 본인이다. 하지만, 일부 환자들은 복용 방법을 지키지 않거나 임의대로 약물(항생제나 항바이러스약 등)을 중단하면 치료가 되지 않거나 병이 만성화되기도 한다. 또, 일반 사람들은 상식 밖이라고 생각 할 수 있는 일들이 발생하기도 한다. 나이가 많은 분들은 처방 약이 많아서 이게 무슨 약인지 어떻게 먹어야 하는지 쉽게 설명하지 않으면 이해를 못 하고 오남용하는 사례가 많다. 한 환자는 PTP에 포장된 약을 꺼내 먹는 법을 모르고 알루미늄 포장을 그대로 삼켜서 응급실에 오시기도 했다. 다른 환자는 1주일에 1번 복용하는 약물을 습관처럼 하루 3번 복용하다가 급성 간 독성이 발생해 응급실에 오신 분도 있다. 누군가에게는 귀찮을 수 있는 복약지도가 생명에 지장을 줄 수 있는 위험으로 다가올 수도 있다. 하지만, 내가 복약지도를 하면서 느낀 점은 성격이 급한 환자들은 앞사람에게 그만 묻고 빨리 받고 가라고 눈치를 준다. 얼마 전에는 기다리던 환자가 설명을 듣는 할머니에게 "그만 묻고 좀 가! 바빠죽겠는데"라고 소리를 지르기도 했었다.

　마지막으로 약물 복용 시에도 자주 발생하는 부작용, 대처 방법 그리고 복용 시 주의할 사항에 대해서 설명해 준다. 사실 약에는 굉장히 많은 부작용들이 있지만 모든 부작용을 일일이 설명해 주진 않는다. 대부분 발생 빈도가 굉장히 낮기 때문이고 부작용을 많이 알면 오히려 환자의 복약순응도가 떨어지고 '노시보 효과(심리적인 이유로 위약을 먹어도 부작용이 생기는 효과)'가 발생할 수도 있다. 따라서 빈번하게 발생하는 부작용에 대해서 사전 설명을 해주고 그에 대한 대처 방법도 설명해 준다. 또한, 특정 약물은 복용 방법에 따라 약물의 효능이 변하거나 부작용이 생길 수 있기 때문에 주의를 주게 된다. 예를 들어 비사코딜이라는 변비약은 우유나 제산제와 함께 복용하면 위장에서 약물이 흡수되어 위경련이나 복통을 유발할 수 있다. 지용성 약물은 음식과 복용해야 약물의 흡수가 올라가는 반면, 음식과 복용하면 약의 효과가 떨어지는 경우도 있다. 또, 특정 약물은 유제품, 칼슘 보충제, 자몽 주스, 콩 등과 복용 시 약효에 영향을 주는 경우가 있기에 사전에 주의를 주어야 한다.

　앞서 설명한 업무는 '검수/조제/투약'에 대한 부분이며 이외에도 원외 약국에서는 의약품 수급 및 재고 관리, 건강 상담, 부작용 모니터링, 의약 정보 제공, 일반의약품 상담 등의 일들도 함께 이뤄지고 있다. 종합 병원에서 근무하는 약사(병원약사)들은 처방 검수와 외래 환자 조제 및 복약지도의 측면에서는 약국 약사와 비슷한 업무를 한다. 하지만, 병원에는 입원 환자, 항암 환자, 중증 환자 등이 있기 때문에 마약류, 주사제, 항암제, 경장영양 수액 등의 조제 및 관리 업무들이 추가된다. 이외에도 지참 약 식별, 원내 직원 교육, 학술 관련 업무, 임상 시험 관리, 신약 심사, 치료약물 농도감시(TDM) 등 다양한 업무들이 있기 때문에 약국 약사와는 역할에서 다소 차이가 있다.

사람은 돈을 벌기 위해 직업을 선택하긴 하지만 6년간 약학을 배우는 과정을 통해 사고의 방향성이 변하게 된다. 약사는 치료라는 가치를 최우선으로 두며 환자에게 약이 올바르게 전달되는 과정 속에서 일을 하고 있다. 사람들에게 보여지는 부분은 극히 일부일 수 있지만 보이지 않은 곳에서는 환자들에게 '약화 사고'가 발생하지 않도록 노력하는 부분도 많이 있다는 것을 알아주면 좋겠다.

10

신약 개발을 하는 약사의 모습

신약 개발 과정은 많은 산업 중 가장 어려운 분야라고 생각한다.

왜냐하면 신약 개발을 위해서는 수많은 돈, 인력 그리고 시간이 들어가고 동물 시험과 임상시험을 통해 안전성과 유효성을 입증해야 하고, 규제당국으로부터 전 과정을 심사를 받고 승인을 득해야 한다. 그 이후에는 수많은 임상 데이터를 쌓고 의사들에게 학회 발표 등을 통해 약의 우수성을 알려야 하고, 영업을 통해 매출을 발생시켜야 오랜 시간 투자했던 개발비를 회수할 수 있는 구조가 된다. 게다가 신약 개발의 성공률은 아주 낮은 수준이며 개발을 위해서는 고급인력을 필요로 하는데 우리 사회에는 우수한 인재들이 항상 부족하다.

한 종류의 알약 혹은 주사가 개발되기 위해 수많은 회사, 병원, 임상/비임상 대행기관, 분석기관, 배송 업체, 심평원, 식약처 및 국가 연구소 등이 관여하게 된다. 당연히 각 기관 내에는 셀 수 없이 많은 인력들이 참여하고 있다. 신약이 첫 개발계획부터 시장에서 시판되기 위해서는 짧으면 약 8년에서 길면 10년 이상의 걸린다. 예를 들어 LG생명과학의 당뇨약 제미글로정은 2003년부터 9년간 총 477억 원을 투자해 개발에 성공하였으며, 2020년까지 누적 매출액은 5,000억 원을 넘어섰다. 희박한 확률을 뚫고 블록버스터급 신약을 개발하게 된다면 오랜 기간 투자했던 것 이상의 명예와 금전적인 가치를 누릴 수 있겠지만, 전 세계의 신약개발 성공률은 2019년도 기준으로 7.6%밖에 되지 않는다. 어중이떠중이가 전부 모여서 7.6%인 것이 아니라 하나같이 엄청난 노력을 바탕으로 계획하고 연구하고 개발하여도 고작 7.6%라는 의미이다. 10년간 수많은 비용과 노동력을 들어서 낮은 확률에 투자하는 회사가 전 세계에 그리고 우리나라에 얼마나 될까? 지금껏 국내에서 개발된 신약은 2018년 기준 30개뿐이었고, 사실 그중 약 30%는 현재 사용되고 있지도 않다. 과거 우리나라의 제약산업은 신약개발을 할 만큼 기초연구나 산업 인프라가 잘 갖추어져 있지 않았으며 국내 제약사들도 신약 개발에 투자할 만큼 자본이 많지 않았다. 그래서 기존 제약사들은 확률이 낮은 신약개발에 도박하기보다는 기존 특허가 만료된 오리지널 의약품의 복제약(제네릭)을 만들어서 매출을 발생시키거나 약간의 제형 연구를 통해 개량신약을 개발하거나, 기존 약을 섞어 복합제 개량신약을 만들거나, 해외 의약품의 판권을 사서 국내에서 허가받은 사업구조에만 집중하였다. 그래서 지금까지 한국 제약사들은 R&D에 투자하기보다는 마케팅과 영업에 더욱 심혈을 기울였고, 이를 통한 수익화 구조에만 익숙해져 있었다.

최근에는 한국의 생명과학기술 수준도 발전하였고, 국내 제약산업의 인프라가 커지면서 신약 개발에 뛰어드는 크고 작은 회사들이 많아졌다. 대형 제약사들은 R&D 연구소를 만들면서 신약개발을 투자하기 시작했다. 그리고 대학들을 중심으로 많은 교수나 박사 출신 연구자들이 바이오 벤처 회사들을 만들기 시작하면서 우리나라에도 바이오 붐이 일어나기 시작했다. 신약개발의 시작은 학계의 연구 결과나 특허에서 시작하기 때문에 제약회사보다는 연구를 중심으로 한 대학교 연구실이나 연구소에서 시작되는 경우가 많다. 그래서 대학교수들이 질병과 연관된 과학적 사실들을 밝혀내거나 혹은 그와 연관된 신약 후보물질을 발견한다면 제약사와 공동 개발을 하거나 기술이전을 하게 된다. 사업에 관심이 있는 교수들은 직접 벤처회사를 차려서 투자를 받아 신약개발을 하는 경우도 많다. 이처럼 제약 산업과 대학교 간의 연계는 제약산업 성장에 불씨를 키웠고 다양하고 활발한 신약 후보 물질들을 탄생시켰다. 한 사례로 서울대 약대 이은방 교수와 동아제약이 공동 개발한 소화성 궤양약 '스티렌'은 국내 1호 천연물 신약으로, 200억을 투자하여 허가 후 13년 만에 약 7,000억의 매출을 달성하기도 했었다. 2010년부터 교수들을 중심으로 우후죽순 생겨난 바이오 벤처회사들은 기술을 중심으로 많은 투자를 받고 기술 특례상장까지 하여 코스닥에서 개인 투자자들에게 많은 관심과 기대를 받기도 했다. 하지만, 교수를 중심으로 시작된 벤처회사들은 제약 산업에 대한 이해도 부족과 경영에 대한 능력 부족으로 '도덕적 해이', '인력 관리 실패', '임상 실패' 등의 결과들을 초래하기도 했다.

그렇다면 세계적으로 유명한 다국적 제약회사들은 어떤 신약개발 전략을 가지고 있을까? 다국적 제약회사들은 전 세계의 벤처회사에서 개발되는 신약 후보군을 샅샅이 검토한다. 여러 가지 후보군 중에서 과학적으로 타당성이 있고, 다른 경쟁 제품과의 차별성이 있고, 특허적으로 보호가 된 후보를 선정하여 그 물질을 받아 직접 분석하고 시험해 본다. 이후, 내부적으로도 신약 후보군에 대한 확신이 생기면 공동 개발, 라이선스인 계약 혹은 기업 합병인수 등의 절차를 통해 해당 신약 후보물질을 사게 된다. 유명한 다국적 제약회사들이 직접 연구소를 차리고 개발하면 되지 않겠냐고 생각할 수 있다. 하지만, 초기 개발 과정에서 확률이 높은 '신약 후보 물질'을 찾는 것은 사막에서 바늘 찾기와 비슷하다. 많은 비용을 투자하여 연구소를 만들고 연구원들을 고용해 사막에서 바늘 찾기를 시키는 것보다 더 저렴한 비용과 시간으로 전 세계에서 이미 찾은 바늘을 사들일 수 있다. 그렇다면 바늘을 찾는 사람들은 왜 그것을 팔려고 할까? 바늘을 찾은 이후부터 전임상 개발 및 임상개발에 드는 비용과 회사가 안아야 할 위험도는 상당히 높다. 그래서 합당한 가격에 큰 회사로 넘기는 것이 오히려 그 바늘이 정말 약으로 개발될 수 있는 유일한 방법일 수 있다.

내가 처음 신약개발 업무를 시작했을 때의 기분은 바다 한가운데 홀로 둥둥 떠있는 기분이었다. 어디가 동서남북인지도 모르고 어디를 목표로 향해 가야 할지도 몰랐다. 내가 가는 길에 무엇이 있을지? 어떤 일들이 벌어질지 정말 막막했다. 작은 회사에 팀장으로 일을 시작하다 보니 사수도 없었고 도움을 요청할 전문가도 없는 상황이었다. 제약산업에 대한 경험이 전무한 내가 사막에서 바늘을 찾아서 신약개발을 시작해야 했던 것이다.

<신약 개발 단계 요약>

1) 개발 전략 수립: 어떤 약물을 개발할 것인지 계획을 수립하는 단계이다. 말 그대로 어떤 약을 개발할 것인지? 그 질병에서 어떤 과학적 근거를 토대로 약에 적용할 건인지? 약은 합성의약품으로 개발할지 바이오의약품으로 개발할지? 개발하고자 하는 약의 경쟁 약물은 어떤 것이 있는지? 시장 규모는 얼마만 한지? 특허를 확보할 수 있는지? 개발 과정에서 이슈가 될 만한 사항이 없는지? 독성에 대한 이슈는 없는지? 분석 과정에 대한 이슈는 없는지? 제형화에 대한 이슈는 없는지? 유통 과정에서 문제는 없을지? 용량과 용법에 대한 목표가 있는지? 가격 경쟁력이 있는지? 규제 관점에서 문제가 없을지? 생산과 관련된 문제가 없는지? 등을 포함해서 수많은 요소들에 대해 더 세심하게 고려하여 결정을 내릴수록 중간에 실패할 확률이 낮아진다. 본 과정에서는 수많은 논문과 특허를 검토하면서 전략을 수립하게 되며 다양한 프로젝트 중 가능성이 가장 높은 것을 선택하게 된다. 물론, 초기 단계부터 직접 개발하기보다는 다른 회사나 대학 등에서 기술이전을 받아올 수도 있다.

2) 약물 후보 물질 발굴: 앞서 수립했던 프로젝트 진행이 결정되면 본격적인 연구의 과정으로 들어간다. 신약으로 개발될 가능성이 있는 약물 후보군을 찾는 것이다. 질병을 치료하기 위한 기전에 작용하도록 약물을 디자인하게 된다. 경우에 따라 합성의약품이나 바이오의약품으로 디자인할 수 있고, 선정된 여러 후보물질을 선택하여 합성을 하거나 생산 의뢰를 하기도 한다. 대체로 직접 합성하거나 생산을 하기가 어려워 다른 업체에 의뢰를 하는 경우가 많은데 참고로 그 업체가 예상대로 잘 만들어준다는 보장은 없다(그 과정에서 수정과 재생산이 반복될 수 있다). 약물 후보군이 생산되면 이를 이용하여 다양한 실험과 분석과정이 이루어진다. 대표적으로는 물리화학적 특성 분석, 제형 연구, 분석법 개발, 독성 연구, 효능 연구 등이 이루어진다. 물론 이 중에서 가장 중요한 것은 효능과 독성이다. 우리가 예상한 효능이 나오지 않으면 결국 프로젝트는 실패인 것이고, 독성이 너무 강해도 신약으로 개발되기 어렵기 때문이다. 따라서, 세포 및 동물 실험을 통해 효능과 독성에 대한 평가를 우선적으로 수행하여 가능성이 도출된 후에 그 외의 분석 업무들이 진행되기도 한다(비용과 시간

을 절약하기 위해). 여러 가지 후보군 중 신약으로써의 개발 가능성이 높은 1~2가지의 후보물질을 최종적으로 선정한다.

3) 전임상 시험: 신약 후보물질이 발굴되면 해당 물질을 생산해 줄 수 있는 생산공장(CDMO)을 찾는다. 물론 회사에 자체적인 공장이 있다면 제일 좋지만 벤처기업들은 없는 경우가 대다수이다. 다양한 업체(국내가 없다면 해외 업체)를 선정하고 견적을 받은 후에 내부적으로 심사하여 한곳을 선정한다. 이후 신약 후보물질에 대한 공정 개발, 전임상 시험 시료 생산, 임상 시료 생산 등에 대한 계약을 체결하게 된다. 만약 신약 후보물질의 개발과정이 어렵다면 도중에 생산공장이 개발을 포기하는 사례도 발생한다. 후보물질이 생산되면 이를 이용하여 비임상 CRO를 통해서 전임상 독성평가를 수행한다. 전임상 독성평가는 사람에게 투약하기 이전에 약물에 대한 안전성을 미리 동물에서 평가하는 시험이다. 세계적으로 정한 가이드라인에 따르면 반복투여 독성평가는 설치류 1종(마우스나 랫트)과 비설치류 1종(원숭이나 비글)에서 수행해야 한다. 해당 시험은 회사 자체적으로는 진행할 수 없고, 식약처(규제 기관)에서 인증을 받은 시험 대행기관(GLP)에서 수행을 해야 한다. 그러다 보니 많은 제약회사로부터 요청이 쇄도하다 보니 심한 곳은 최소 1년 전부터 예약을 걸어 두어야 한다. 전임상 시험에서는 사람이 복용할 용량의 수십~수백 배를 동물에게 투여하여 어떤 독성과 부작용을 일으키는지 확인하는 시험이고, 그 과정에서 유전독성, 면역독성, 심혈관계, 호흡기계, 신경계 독성 등을 관찰한다. 신약 개발의 과정에서 대부분의 업무들은 내 회사가 아니라 다른 회사에서 수행되는 경우가 많다. 따라서 모든 업무의 일정에서 변수가 생기는 일들이 비일비재하고 그것을 조율하고 맞추는 것만으로도 파생되는 업무들이 아주 많다. 전임상 시험은 1년 전에 예약을 해야 되는데 1년 뒤에 개발에 대한 상황이 어떻게 바뀔지 예상하겠는가? 또, 의약품 생산 일정에 차질이 생겨버리면 어떡할 것인가? 아니면 도중에 효능 평가가 실패한다면? 혹은 타 회사에서 효과가 좋은 경쟁 제품이 개발되면서 사업적인 이슈로 프로젝트를 철회해야 한다면? 개발 과정에서는 이런 다양한 변수들도 늘 신경 써야 한다.

4) 임상시험(1상, 2상, 3상): 임상 시험에 진입하기 위해서는 개발 과정이 담긴 수많은 자료들을 국제 공통 문서(CTD)라는 형식에 맞춰 작성하고 임상시험을 하고자 하는 나라의 식약처(규제 기관)에 제출해야 한다. 식약처는 좋은 약이 개발되기를 응원(?)하면서도 국민에게 위험이 되는 약을 투약하는 것을 막기 위한 기관이다. 그들은 매우 보수적인 입장에서 임상시험 신청 자료를 꼼꼼하게 검수해야 할 의무를 가지고 있다. 임상 시험이 윤리적인지?, 약이 정말 안전한지?, 약을 제조한 곳이 규정대로 잘 운영되는 공장인지?, 약에 대한 평가를 진행했던 비임상 기관이 신뢰가 높게 실험을 진행하는지?, 약이 정말 효과가 있는지?, 독성 평가 결과가 문제가 없었는지?, 임상시험계획은 잘 짜져 있는지?, 임상 시험과 관련된 제반 문서들도 잘 갖춰져 있는지? 등을 평가하고 임상시험 허가 여부를 결정한다. 각 임상시험마다 식약처의 허가를 거쳐야 하며, 임상 3상이 끝나게 되면 최종 신약 등록 심사를 받게 된다. 전임상 과정부터 임상 3상을 성공적으로 끝내고 신약이 되기까지 5% 미만의 확률을 가지고 있으며, 막상 신약이 된다고 할지라도 기존의 약과 마케팅과 영업의 경쟁을 할 수밖에 없다.

보통 임상 1상은 건강한 성인을 대상으로 주로 20~80명 정도에게 투약을 하는 실험이다. 약의 안전성을 파악하고, 적절한 용량(2상을 위한)을 찾는 것이 임상의 주 목적이다. 임상 2상의 경우는 환자를 대상으로 진행하며 주로 80~300명 정도에게 투약을 하는 실험이다. 약물의 효능에 대해 관찰하면서도 용량과 효능 간의 반응을 통해 용량을 설정하는 시험이다. 임상 3상의 경우, 300에서 3,000명 정도의 환자를 대상으로 진행하며 2상에서 선정된 용량에서 효능과 안정성을 확립하고 기존 치료 약과의 비교를 하는 확증 시험이다(모든 과정까지 대략 4~10년 정도 걸린다.) 각 단계마다 수많은 비용과 노동이 들어가고 수많은 문건을 작성하고 검토해야 하는 과정의 연속이다. 한 걸음마다 돌다리라고 생각하면 된다. 신약 개발 첫 단계부터 한 걸음을 건널 때마다 돌다리를 두드려 본다. 거기서 하나의 돌다리라도 무너져버리면 개발은 중단되게 된다. 신약개발자들은 매일 '문제 발생➔해결'의 반복이다. 하루에도 많게는 열 개 이상의 문제들이 생긴다. 999개의 문제를 해결하더라도 단 하나의 문제를 풀지 못하면 당장 회사가 망할 수도 있는 것이다. 그래서 문제 해결 능력이 가장 중요시되는 업무능력이다. 초기에 누군가 하나의 작은 실수를 발견하지 못한 것이 조용히 넘어갔더라도 어느 시점에서 스노볼링처럼 커져서 개발 중단이라는 사태까지 일어나기도 한다.

신약 개발에서는 신경 써야 하는 분야(연구, 분석, 전임상, 임상, 생산, 품질, 유통, 규제)가 너무 많다. 한 명의 천재도 신약을 개발할 수는 없다. 모든 파트에서 전문가들이 본인의 역할과 책임을 잘 수행해야 일이 톱니바퀴처럼 잘 맞아 돌아갈 수 있다. 모든 사람들이 일을 잘해주더라도 외부 의존도가 강하기 때문에 다른 업체(공장, 병원, 식약처, 시험 대행 기관 등)와 소통을 잘하는 것도 중요하다. 또, 대부분의 업체들은 외국에 있는 경우가 많다. 내가 신약을 개발할 때에도 함께 일하는 업체들이 한국 업체보다 외국 업체(독일, 미국, 호주, 중국, 인도, 영국, 스위스 등)가 더 많았다. 그들과 이메일을 주고받고 화상 통화를 하면서 설득하고 소통하고 양해를 구하며 우리 프로젝트가 잘 진행될 수 있도록 이끌어야 한다.

신약개발 업무에는 많은 전문 인력이 필요하다. 그렇기에 약사들이 더 개발을 참여할수록 큰 도움이 된다. 그 이유는 제약산업은 규제산업이기에 약사법과 규제 기관의 가이드라인이 모든 업무의 기준이 된다. 약사법과 가이드라인에 명시된 용어와 문맥 상의 내포된 뜻을 온전히 이해하고 해석하기 위해서는 소위 '약학적 사고'를 할 줄 알아야 한다. 약사들은 6년간 약학에 대한 학문을 배우고 제약 산업에 대한 경험을 바탕으로 이를 자연스럽게 받아들이지만, 비약대 출신들은 적어도 1~2년간 집중해서 강의를 듣고 공부를 해야만 알아들을 수 있게 된다. 제약산업에 오랫동안 있어보면 이미 취업을 한 사람들이 약학적 사고를 키운다는 것은 쉬운 일은 아니다. 그래서 대부분 규제와 관련된 업무를 하는 RA 포지션은 약사들만 우선적으로 채용하고 있으나 워낙 채용이 어려워 비약사들도 뽑고 있는 실정이다. 연구개발의 관점에서도 일반 생명이나 화학 전공자들은 신약을 개발할 때 학술적으로 접근한다. 하지만, 신약을 개발하는 것은 기초연구가 아니라 응용연구이다. 모르던 기전을 밝히고 이해하는 학술의 영역이 아니라 개발하는 신약의 물리화학적 특성을 이해하고, 약동학적 약력학적 특성을 분석하고, 이를 바탕으로 유효성과 차별성을 만들어내는 것에 집중해야 한다. 벤처회사들은 임상개발을 통해 기술을 다국적 제약사에 라이선스 아웃하는 것이 주 목적이기 때문에 연구 개발 수준부터 세계의 시선에서 그들의 Needs에 부합하는 방향으로 개발하는 것이 중요하다.

일은 보통 하면 할수록 익숙해진다고 하지만 신약 개발은 하면 할수록 어렵다는 것을 체감하고 있다. 그래서 많은 제약 업계의 인력들이 이탈하고 있다. 하지만 신약 개발은 대박을 터뜨려서 큰돈을 번다는 생각을 하기 이전에 궁극적으로 난치병이나 희귀병을 치료하거나 아픈 사람들을 위해 제약 산업에 이바지한다는 사명감도 분명히 필요한 일이다. 내가 언제까지 신약 개발을 하게 될지는 모르겠지만 있는 동안에는 최선을 다해볼 생각이다.

11

단기간에 성공률을 높이는 시간 관리법

하루에 우리 모두에게 주어지는 시간은 공평하게 24시간이다.

하지만, 각자 처한 환경에 따라 온전히 공부에 사용할 수 있는 시간은 다를 수 있다. 제한된 시간으로 최대한 많은 성취를 이루기 위해서는 적절하게 선택과 집중을 하는 것이 필요하다. 사실 고등학생 시절에는 공부에 대한 경험이 많지 않고 수업을 듣는 시간이 많다 보니 스스로 시간을 조율하고 배분하는 것이 미숙할 수 있다. 그럼에도 시도해 보고 연습하는 과정들이 쌓여야 대학생이 되어도 효율적인 시간관리를 할 수 있게 된다. 이번 장에서 이야기하는 시간 관리는 수능 이후의 이야기를 다루고 있어서 학생이라면 참고만 하면 좋을 것 같다.

단기간에 성공률을 높이는 시간 관리를 하기 위해서는 어느 정도 능력을 갖춰야 한다. 만약, 내가 하나의 일을 온전히 끝내지도 못하거나 하나의 일을 하는 데 얼마나 걸릴지 판단이 안 선다면 능력을 키우는 것에 집중하는 것이 중요하다.

[효율적 시간 관리를 위한 전제 조건]
1) 본인의 능력을 잘 인지하고 있다.
본인이 1시간당 어느 정도의 양을 어느 수준의 완성도로 달성할 수 있는지를 파악하고 있어야
한다.
2) 여러 계획을 세우고 달성해 본 경험들이 여러 번 있다.
한 가지 일을 잘 달성하는 것이 아니라 여러 가지 일을 순차적으로 해가면서 목표를 달성하
는 지구력이 있어야 한다. 두 가지 전제조건이 만족되지 않은 상태에서 무리해서 여러 가지
일들을 계획하면 늘 시간에 쫓기면서 완성도도 떨어지게 된다. 결국 스스로 자신감을 낮추는
악순환이 일어날 수 있기 때문에 초반에는 객관화와 지구력을 키우는 데 집중해야 한다.

[내신이나 학점 혹은 사회생활에서 필요한 시간관리 비법]

본 방법의 특징은 해야 할 목표가 많지만 내가 해야 할 일들이 여러 가지가 겹쳤을 때 모든 일들을 효율적으로 달성해가는 방법이다.

1. 하나의 일이 생기면 '목표 수준, 일의 중요도, 마감일, 예상 소요 시간'을 파악하여 계획을 정리한다.

2. 장기적으로 해야 하는 일이나 공부라면 단계를 세분화하여 진척도와 상황을 매일 정리해두면 시간 관리에 용이하다.

3. 마감일의 여유가 있더라도 언제 갑자기 새로운 일이 닥칠지 모르기에 무작정 미루기보다는 여유가 있을 때 빠르게 처리하는 것이 좋다.

4. 하루에 할 일을 너무 무리해서 잡지 않는다. 내가 할 수 있는 여력의 120% 정도를 최대치로 두고 마감일을 기준으로 배치를 한다. 만약, 감당하기 버거운 수준으로 시간 관리 계획을 세우면 스트레스와 피로가 누적되고, 컨디션이 악화되어 더 나쁜 결과를 초래할 수 있다.

5. 하루에 여러 가지 업무들이 겹칠 경우 하기의 순서로 일을 처리하는 것이 효율적이다.

→ 마감일이 급한 것을 '우선순위'로 분류한다.

→ '우선순위'로 분류된 업무 중에서는 짧은 시간을 투자해도 빠르게 일정 수준으로 도달할 수 있는 일을 선택해 빠르게 처리한다.

→ '우선순위'는 아니더라도 금방 끝낼 수 있는 일은 중간중간에 빠르게 처리한다.

→ '우선순위'로 분류된 업무 중에서 시간이 오래 걸리는 일을 가장 마지막에 처리한다.

→ '우선순위' 업무들이 모두 마무리되었을 때 다음 순위의 업무들을 위와 같은 순서로 처리한다.

[대학 시절-시험 기간의 시간 활용법 예시]
A (우선 순위, 시간 오래 걸림): 중간 고사 시험 준비-장학금이 달려 있음.
B (우선 순위): 삼성 드림클래스 멘토링(주 10시간 고정)
C (우선 순위): 과외(주 4시간 고정)
D: 학생회 업무(개인적으로는 중요도가 낮지만 하지 않으면 타 학우들에게 피해를 줄 수 있음)
E: 동아리 업무(개인적으로는 중요도가 낮지만 하지 않으면 타 학우들에게 피해를 줄 수 있음)
F: 대외 활동(지금 당장은 중요하지 않지만 목표를 가지고 시작한 일)

시간 관리를 잘 못하는 친구들을 보면 그냥 화끈하게 A를 포기해버리는 경우도 있고, 타 학우들에게 욕을 먹더라도 D, E, F를 포기하는 친구들도 있다. 아니면, 멘토링이나 과외에 양해를 구하고 B, C를 미루는 경우도 있다. 하지만, 중간고사나 기말고사는 계속 반복되는 이벤트인데 매번 무엇인가를 포기하면서 '선택과 집중'을 하는 것은 참 어려운 일이다. 그래서 모든 것들을 다 만족시킬 수 있는 효율적인 시간 관리 비법을 생각해냈다.

1) B와 C는 생활비가 달려있는 문제였고 자주 미루면 신뢰를 잃게 될 수 있다. 처음부터 시간이 고정해버리고 남은 시간들로 계산을 하는 것이 중요하다. 하지만, B와 C를 하기 위해 이동하는 자투리 시간들을 활용해 공부를 해서 A를 조금씩 할 수 있다.

2) D와 E를 우선적으로 처리한다. 애초부터 개인적인 중요도를 계산할 것이었으면 주요 직책을 맡으면 안 되는 것이다. 이 순간 타 학우에게 피해를 주면서 내 이득을 챙기는 것이 장기적으로 볼 때 결코 좋은 선택은 아닐 것이다. 타인에게 피해를 주지 않는 책임감을 기르는 것이 장기적으로 볼 때 더 중요한 가치이다(물론, 빠르게 처리해야 한다).

3) F는 나의 현재의 상황을 판단하여 급하다면 시험 이후로 미룰 수밖에 없다.

4) 가장 중요하지만 A를 맨 마지막에 하는 이유는 끝이 없는 일이기 때문이다. 공부는 시험이

끝이 나야 끝나는 것이기 때문에 공부를 먼저 시작하면 마음이 불안해져 다른 일을 못하게 될 가능성이 크다. 그렇다면 절대적인 공부 시간이 적어서 망하지 않겠느냐?라고 생각할 수 있다. 그래서 시간 관리 외에 평소 공부 습관과 공부 방법도 중요한 것이다. 매일 복습하는 습관을 가지고 있으면 시간 관리를 더욱 유연하게 할 수 있다.

[추론형 시험(수능, 자격증, 국가시험 등)을 위한 공부법]

수능과 PEET를 공부할 때 주로 사용했던 시간 배율 방법이다. 이 방법은 하루가 온전히 나의 스케줄대로 운용이 가능할 때 쓰는 방법이기에 나는 재수나 대학생 이후에나 사용해 볼 수 있었고 꽤 큰 효과를 본 방법이다.

바로 '하루를 이틀처럼' 살아서 뇌를 속이는 공부법이다. 보통 하루 종일 공부를 한다고 했을 때 아무리 열심히 해도 최대 15시간 정도를 공부할 수 있다. 그런데 사람이 정말 15시간을 온전히 집중할 수 있을까? 물론 가능한 사람은 있겠지만 나처럼 순간 집중력만 높은 사람들은 집중 지구력이 낮을 수도 있다. 나 같은 경우에는 하루에 집중할 수 있는 시간은 고작 8~10시간 수준이었고, 남은 시간들은 그저 의자에 앉아서 딴 생각을 하거나 효율이 떨어진 채로 억지로 문제를 풀었던 것 같다. 그래서 하루를 최대한 효율적으로 써보기 위해서 하루를 반으로 나누는 방법을 사용했다.

〈사이클 1〉
1) 07시 - 기상 및 아침 식사
2) 07시 30분 ~ 12시 30분 - 공부(5시간)
3) 12시 30분 ~ 13시 - 점심 식사
4) 13시 ~ 15시 - 공부(2시간)
5) 15시 ~ 17시 - 낮잠(2시간)

〈사이클 2〉
1) 17시 - 기상 및 저녁 식사
2) 17시 30분 ~ 00시 30분 - 공부(7시간)
3) 00시 30분 ~ 01시 - 산책 후 취침

하루를 두 사이클로 나누고 나니 하루에 총 14시간을 공부하고 총 8시간을 잘 수 있었다. '공부→수면→공부' 패턴이 계속되면서 기억이 계속 연결되는 느낌이었고 암기 효율도 상승했다. 낮잠을 잔 후에 공부를 하다 보니 오후 시간의 공부도 효과적으로 집중할 수 있었다. 그래서 나는 공부 계획을 플랜을 사이클 기준으로 세웠기 때문에 남들보다 2배로 공부하는 기분을 느꼈다. 본 방법을 가장 효율적으로 사용할 수 있는 곳이 외부의 유혹이 차단된 '고시원'이었기 때문에 재수와 PEET 준비를 고시원에서 했던 것이다. 두 과정 모두 남들보다 짧은 시간 내에 높은 성과를 내야 했고 본 시간 관리법을 바탕으로 성공했던 경험을 쌓았다. 물론 적응하는 과정도 필요하기 때문에 고등학생들보다는 장기 레이스를 하는 사람들에게 도움이 될 수 있다.

12

혼자 공부하길 좋아하는 학생이 택한 공부법:
메타인지 학습법

중학교부터 고등학교까지 내가 사용한 공부법은 단순했다.

1) 엉덩이를 무겁게 하자(많은 시간을 투입하자)!
2) 무조건 많이 풀자(문제집을 많이 풀자)!
3) 암기는 손으로 써야 한다(연습장을 많이 쓰자).

'Simple is Best'라는 말처럼 기본적인 진리에 입각한 공부를 했고 투자한 만큼 성과가 나오는 공부법이었다. 그래서 높은 성적을 위해서는 더 많은 시간과 노력을 투자해야만 했다. 누구보다 오래 독서실에 남아있어야 하고, 남들보다 많은 문제집을 풀고, 일주일에 4권 이상의 연습장을 써야만 마음이 놓였다. 그리고 대부분의 학생들이 나와 비슷한 공부 방법을 택하고 있었다. 학창 시절처럼 공부 시간이 넉넉하다면 이런 공부법은 나쁘지 않은 방법이다. 하지만, 대학생부터는 이런 공부법이 먹히지 않는 순간이 찾아온다. 대학교는 시험의 종류도 다양하고 시험에만 모든 시간을 할애할 수는 없기 때문이다.

대학생들은 이런 이유로 공부를 하게 된다.
1) 학점을 잘 받기 위해 공부를 한다.
2) 자격증/면허증/국사고시를 위해 공부를 한다.
3) 취업을 위해 공부를 한다.

대학교에 입학하면 유사한 성적을 받은 사람들이 모이는 것 같지만 그 속에서도 역시 1등과 꼴등이 갈리게 되고, 초반에 형성된 순위권은 대게 졸업 시까지 크게 변하지 않는다. 본인이 학창 시절에 해오던 공부법이 잘 안 맞을 수도 있다는 뜻이다. 특히, 일부 의대나 약대와 같은 학과들은 제한된 기간 내에 공부해야 할 시험 범위가 너무 많기 때문에 물리적으로 모든 것을 암기할 수가 없다. 누가 더 교수님의 성향을 파악하는지? 누가 중요한 것을 잘 선별하는지? 누가 많은 양을 잘 요약해서 반복하는지? 누가 선택과 집중을 통해 시간을 잘 배분하는지? 누가 이해가 빠르고 암기를 잘하는지? 등의 요소들도 반영되게 된다.

자격증이나 면허증 시험도 마찬가지다. 통계적으로 보면 전문 자격증에 따라 차이는 있겠지만 일반적으로 시험에서 합격률이 가장 높은 공부 연수는 2~3년이라고 한다. 3년이 넘어가면 오히려 합격률은 급격하게 떨어지게 되는데 붙을 사람은 다 붙었다는 뜻이기도 하다. 즉, 한 자격증 시험의 모든 시험 범위를 전부 이해하고 암기하고 난 후에 당락을 결정하는 것은 '사고력, 추론력, 이해력, 판단력, 분석력' 등과 같은 능력들이라는 뜻이다.

본인이 학창 시절부터 해오던 공부법이 그저 암기만 빠르게 하는 공부법인지? 다른 능력들을 성장시킬 수 있는 공부법인지? 진지하게 고민해 봐야 한다.

[내신이나 학점을 위한 공부법]

두 번의 대학교를 다니면서 내 학점은 늘 최상위권이었다. 첫 학교인 생명과학과에서도 44명 중 2등으로 2학년을 수료했고, 약학과에서는 43명 중 3등으로 졸업을 했다. 하지만, 여기서 중요한 점은 동기들이 생각하는 것만큼 나는 학점 공부를 위해 투자한 시간은 그렇게 많지 않다는 것이다. 시험 기간에도 멘토링, 과외, 봉사를 했고, 심지어 시험 전날에도 친구들과 술 약속을 잡기도 했었다(머리가 좋은 것은 배제하고 공부 습관과 방법의 차이를 이야기하고자 한다).

대학교 시험은 크게 세 가지 유형으로 나뉜다.

1) 암기형 시험
2) 추론형/사례형 시험
3) 논술형 시험

학과마다 시험의 비중은 차이가 클 수 있다. 평균적으로 보면 1번의 유형으로 시험이 출제되는 비율이 가장 높을 것이다. 따라서 수업자료나 전공 서적의 내용을 암기만 하더라도 고득점을 할 수 있다는 뜻이다. 따라서 암기만 잘하면 좋은 성적을 받을 수 있다. 하지만, 추론형 문제는 암기와 무관한 경우가 많다. 경우에 따라 오픈 북을 하더라도 풀 수 없는 문제라는 뜻이다. 우리가 수학 책을 가져간다고 해서 수능 수학을 잘 칠 수 없는 것과 같은 원리이다. 약대에서도 오픈북 시험이 종종 있었는데 그럼에도 C, D, F 학점들이 수두룩했다. 이런 유형은 암기가 아니라 이론에 대한 깊은 이해, 사고력, 판단력 그리고 추론 능력을 요구하게 된다. 따라서, 단편적인 사고가 아니라 복합적인 사고를 해야 하기에 생각하는 힘이 중요하다. 암기형 시험에 익숙한 사람들은 이런 유형을 굉장히 어려워하고 점수가 낮게 받는 경우가 많다. 내가 봤던 시험 중에서는 일반물리학, 미적분학, 약물 치료학, 물리약학, 통계학, 약제학, 약동학 등이 위와 같은 스타일로 출제되었다. 간혹, 암기형 시험은 어려워하지만 이런 유형만 잘 치르는 학생들도 있다. 하지만, 대부분의 시험은 암기형이기 때문에 사실 암기만 잘해도 상위권을 유지할 수는 있다. 마지막으로 논술형 시험은 시험자의 생각이나 논리를 평가하고자 할 때 자주 쓰는 스타일이다. 법대에서 자주 쓰는 시험 스타일로 알려져 있으며 약대에서는 신약 개발 과정에 대한 아이디어를 평가할 때나 약물치료학에서 환자들의 사례를 분석하고 어떻게 치료할지 계획을 평가할 때 사용되곤 했다. 기본적으로 글의 구조를 잘 이해하고 본인의 주장과 근거들을 일목요연하게 쓸 줄 알아야 높은 점수를 받을 수 있다. 무엇보다 사고력과 표현력이 필요한 시험 유형 중

하나이다. 어릴 때부터 책을 많이 읽고 생각을 많이 해본 친구들이 잘 풀 수 있다.

　학점이나 내신 점수를 잘 따기 위해서는 무엇보다 수업을 잘 들어야 한다. 수업을 들으면서 교수님 혹은 선생님의 성향을 잘 파악하면 반은 먹고 들어간 것이다. 특히, PPT 수업자료가 있는 경우라면 교수님들이 중요하다고 생각하는 것들을 요약한 자료이기 때문에 문제의 80%는 PPT 속에서 출제된다고 봐도 무방하다. 가장 중요한 비법은 수업이 끝난 날은 무조건 배웠던 과목을 복습하고 요약정리집을 만들어 두는 것이다(약속이 있으면 주말을 이용해서라도 다음 수업 전까지 꼭 끝낸다). 그렇게 복습을 잘하고 다음 수업 시간에 들어가면 다음 내용을 더 잘 이해할 수 있고, 교수님이 질문하셨을 때 바로 대답할 수 있어서 예쁨을 받을 수 있다(물론 타 학우들의 질투는 감안해야 한다). 성적에서 A와 A＋의 차이를 결정짓는데 그 예쁨이 도움이 되는 경우가 아주 많다(대학원을 다니면서 교수님과 직접 채점을 하고 점수를 매겨본 결과, 예쁘하는 학생의 점수가 딱 걸쳤을 때 그 기준으로 라인이 생기는 경우가 많다). 지켜보면 대학생 10명 중 1~2명 당일에 배운 것을 복습을 하는 것 같다. 나머지는 시험기간이 되었을 때 밤을 새우면서 벼락치기를 하고, 모든 내용을 탄탄하게 공부하기보단 족보만 받아서 겉만 핥게 된다. 그렇게 비싼 학비를 주고 학위만 받아 가려는 모습들이 안타깝게 느껴진다. 당일에 습관적으로 1~2시간만 투자하여 복습을 하고 정리집을 만드는 습관을 들이면 시험기간에 힘들게 보내지 않아도 되고, 기억을 장기기억으로 만드는 효과를 가져오게 된다. 매주 쌓아 둔 정리집을 보면서 6~7주가 지나 중간고사 기간이 되면 나는 6~7번의 반복 공부를 한 효과를 갖게 된다. 다른 친구들과 출발선부터 다른 셈이다. 친구들이 기초부터 다시 이해하기 시작할 때 나는 심화 부분을 공부하거나 아예 다른 학교 외 활동을 할 수도 있다.

　하루에 습관적인 복습을 통해서 시험기간에도 밤을 안 새고 성적 우수 장학금도 받고 일석이조였다.

[나만의 장기 기억 비법은?]

　내가 문과에서 이과로 전향하면서 생물을 배우게 되었고, 우리 몸에서는 기억이 '단기 기억'과 '장기 기억'으로 나뉜다는 것을 알게 되었다. 자세히 공부해 보니 단기 기억은 뇌 속의 해마라는 곳에 일시적으로 저장된다고 한다. 그중에서 유의미한 기억은 대뇌피질로 보내져 '장기 기억'화되는 반면 사소한 기억들(예: 어제 무엇을 먹었는지?)은 모두 사라진다고 한다. 신경과학자들은 장기 기억은 대뇌피질 속 '시냅스'에 저장된다는 헤브 가설을 유력하게 지지하고 있다고 하는데… 사실 내 입장에서 그런 것은 중요한 것이 아니고 어떻게 장기 기억으로 만들 수 있을까? 가 더 중요했다.

　장기 기억으로 전환하는 데에는 가장 큰 역할을 하는 것은 강도와 빈도였다. 당연히 빈도가 높을수록 기억이 오래 남을 수밖에 없다는 것은 이해가 된다. 내가 약국에서 근무를 할 때 하루에 300명의 환자를 마주치지만 자주 오는 환자의 얼굴은 자연스레 기억이 되었고, 또 가끔 오더라도 임팩트가 있었던 환자들도 기억에 남게 된다. 기억의 강도는 감정기억➔절차기억➔서술기억 순으로 강하다고 알려져 있다. 사람의 감정을 담당하는 편도체는 기억을 담당하는 기관인 해마와 물리적으로 가까이 위치해 있는데 여러 감정으로 인해 편도체가 활성화되면 해마도 함께 활성화되어 장기 기억으로 갈 확률이 높아진다는 것이다. 그래서 억지로 공부하는 것보다 즐거운 감정을 담아서 공부하는 것이 더 장기 기억으로 이어질 가능성이 높다는 것이다.

　절차기억은 하나의 흐름으로 연결 지어질 때 장기 기억으로 이어진다는 뜻이다. 예를 들어 우리가 학창 시절부터 앞 글자만 줄여서 노래를 만들어 외우는 것도 이와 유사한 개념이 될 수 있다. 나는 지금까지도 고등학생 때 외웠던 원소의 이온화 경향성인 '칼카나마알아철니주납수구수은백금'을 외우고 있는 것을 보면 노래가 장기기억을 만드는 힘이 크다는 것을 알 것 같다.

정리하자면 나는 암기를 할 때 '빈도', '감정', '절차'라는 방법을 사용하여 시간을 최소화하는 암기법을 사용한다.

1) 요약집을 만들면서 꼭 암기해야 하는 중요한 것은 '말이나 노래를 만들어 연결 짓기'를 하거나 '순서대로 목차화'하여 연결을 지어 둔다(절차).

2) 정리된 요약집을 매주 반복해서 읽는다(빈도).

3) 주말마다 교외 활동이나 알바를 하러 가는 대중교통 안에서 자투리 시간을 활용해 요약집을 반복해서 읽는다(빈도).

4) 어느 정도 수준이 되면 제3자에게 설명해주거나 혼자 벽 보고 강의를 하면서 열띠게 설명을 한다(감정). 나는 친구들을 설명해주고 강의하는 식으로 스스로 복습을 많이 했었다.

[추론형 시험(수능, 자격증, 국가시험 등)을 위한 공부법]

추론형 시험이라고 지칭한 이유는 '이미 알려진 정보를 근거 삼아 다른 판단을 이끌어 내는 행위'를 담았기 때문이다. 물론 일부 암기를 통해 답을 찍을 수 있는 문제들은 점수를 주기 위한 시험이고 실제 변별력을 만드는 문제들은 이해력, 판단력, 사고력을 요하게 된다. 그래서 나는 공부를 하는 과정에서 이런 능력들을 키울 수 있는 공부법이 중요하다고 생각했다. 추론 시험에서 암기는 기본이다.

메타인지는 '나 자신과 내 생각에 대한 판단 능력'을 의미한다. 내가 학습하는 부분에 대해 얼마나 잘 이해하고 있는지? 내 능력이 어느 수준인지? 내 능력을 높이기 위해서는 어떤 전략을 활용해야 하는지?를 아는 능력을 말한다. 수학, 과학, 사회, 영어, 국어… 모든 과목은 다른 것 같지만 학문으로 접근하고 시험을 치른다는 과정에서 본질은 유사하다.

1단계: 개념을 이해하고 암기한다. 그냥 수업을 들었고, 몇 번 문제를 풀어보고 안다고 생각하고 넘어가서는 안 된다. 본인이 얼마나 잘 이해하는지 파악하고 확인하는 일련의 절차가 필요하다. 문제 풀이를 통해서 확인할 수도 있고, 제삼자에게 설명하는 방법이나 자문자답의 형태로도 체크해 볼 수 있다.

나는 독학을 하면서 개념을 공부할 때 모르거나 이해가 안 가는 부분들은 따로 기록해 두었다(배움에서 궁금증은 아주 중요한 감정이다). 그리고 계속 공부를 하면서 그 질문에 스스로 답을 찾아낼 때까지 끊임없이 고민하고 또 고민했다. 답이 나오지 않으면 문제와 해답지를 보면서 추론하거나 다른 책들을 통해 실마리를 찾아가려고 했다. 이런 과정이 반복되고 더 이상 의문이 생기지 않을 때 내가 개념을 완벽히 이해했다고 말할 수 있었다. 그저 강의를 듣고 암기를 해서 문제를 푸는 행위는 '암기력과 응용력'만 성장시킬 뿐 추론의 과정이나 사고의 과정이 포함된 것은 아니다.

2단계: 하나의 개념이 어떻게 문제화되는지 연결 구조를 파악하자. 하나의 개념은 여러 형태의 유형으로 문제화될 수 있다. 나는 하나의 개념을 중심에 두고 마인드맵을 그려서 어떻게 유형화되는지 정리하였다. 수학 같은 경우는 하나의 개념으로 10가지 이상의 문제 유형이 도출되기도 했다. 그 외에도 새로운 방법으로 유형화될 수 없는지 고민하는 시간을 보냈다. 이 단계부터는 나는 학습자의 시선이 아니라 출제자의 시선에서 개념을 바라보고 있는 것이다. 나는 문제를 푸는 것보다 직접 만들어보는 시간을 보내면서 유형들을 익혔다.

"내가 출제자라면 어떤 문제를 낼까?"

3단계: 여러 가지의 개념을 섞어 보는 단계이다. 보통 여러 개념이 섞이게 되면 최고 난이도 문제로 탈바꿈하게 되는데 학생들이 이를 어려워하는 이유는 늘 '수동적인 입장'에서 당하기 때문이다. 우리들이 공포영화를 무서워하는 이유는 언제 귀신이 나타날지 모르기에 불안감이 큰 것이다. 그런데 내가 공포영화를 만드는 경험을 해봤다면 무서울까? 그런 경험이 많으면 공포영화를 보면서 분석을 하기 시작한다. 이쯤에서 딱 귀신이 등장하면 사람들이 무서워할 텐데 말이야 하면서… 우리도 수험생이라는 틀을 깨고 한 차원 위에서 조망하는 경험을 쌓는 것이 중요하다. 문제집 수십권을 푸는 것보다 여러 유형이 섞인 문제를 고심하면서 만들어보는 과정이 더 큰 성장을 가져다줄 것이다(물론 일정 수준 이상의 학생들에게). 이런 연습이 반복된 후에는 어려운 문제를 만나면 겁을 먹는 것이 아니라 샅샅이 분석해보고 파악하면서 흥미를 느끼고 재밌어지기 시작한다.

공포감이 설렘으로 바뀌는 순간이다.

4단계: 누군가를 가르쳐라. 1개를 가르치기 위해서는 10개를 알아야 한다는 말이 있다. 내가 익힌 것들을 누군가에게 쉽게 설명해 주고 이해시키는 과정 속에서 '내가 놓친 부분'을 스스로 깨닫기도 하고 이해도를 증폭시키기도 한다. 나는 재수시절 내 친구를 과외하면서 함께 실력을 쌓았고, PEET를 공부할 때에는 혼자 벽을 보면서 연기를 하며 강의를 했다.

이 4단계의 방법은 홀로 고시원에서 독학을 하면서 깨달은 나만의 '단기간에 최상위권'으로 가는 방법이었다. 물론, 누구에게나 적용되기는 어려울 수 있다. 각자의 방법을 지키면서 해볼 만하다고 생각하는 것들을 착안하여 자기만의 방식으로 개발하는 것도 좋다.

02

인생은 질문의 연속

[한영석 이비인후과 의사/주식투자자]

01

날 왜 이렇게 낳았어? 아니, 왜 낳았어?

초등학교 4학년부터 아토피 피부염이 생겼다.

처음에는 팔꿈치와 무릎 안쪽의 접히는 부분에서 시작해서 목 뒷부분으로 올라왔고 결국 얼굴에까지 심하게 퍼졌다. 가려움이 너무 심해 참지 못하고 온종일 긁어대다 보니 상처도 많이 났다. 상처가 아물면서 생기는 과정은 또 다른 가려움을 유발했고 또 손을 대고 긁는 악순환이 반복되었다. 성인이 된 지금은 병의 자연 경과와 전문 치료제를 사용함에 따라 증상이 상당히 호전되었지만, 그 당시 초등학생이 감당하기에는 너무 버거운 병이었다.

어린 시절의 육체적 또는 감정적인 상처는 흉터처럼 거의 평생을 가는 것 같다. 아토피 피부염으로 갈라진 나의 피부를 보고 파충류 같다고 징그럽다고 툭 던진 또래 아이들의 한마디가 지금까지도 흉터로 남아 뇌리에 박혀 있다. 이때부터였을까? 나 자신을 포함하여 세상 모든 것들을 대하는 마음이 마냥 밝지 않고 얼룩지기 시작했다. 부모님께 감사하는 마음은 점점 불평과 불만으로 변했다.

"도대체 왜 나야? 친구들의 피부는 다 깨끗한데 왜 내 피부만 이래?"

원망이라는 어둠이 스멀스멀 드리우고 있었다.

피부 증상과 원망의 크기는 비례해갔다. 피부가 갈라지고 통증이 심해질수록 평온하고 행복했던 일상도 무너지기 시작했다. 당시의 1차 치료 방법들을 여러 차례 시도해 보았으나 전혀 호전되지 않았다. 육체적인 증상이 심해질수록 정신적인 증상으로 확산되었다. 내 속의 부정적인 감정을 제어하기 힘들어졌고, 매일 '왜 날 이렇게 낳았냐고, 아니 이럴 거면 왜 낳았냐'고 혼자 소리치며 원망했다. 나는 학교 운동회마다 릴레이 달리기와 피구 선수로도 발탁될 만큼 밖에서 뛰노는 걸 좋아했지만, 피부염이 생긴 후로는 그럴 수 없었다. 운동을 통해 몸에 땀이 나기 시작하면 피부는 더 가려워졌고, 괜히 증상이 악화될까봐 심리적으로 위축되었기 때문이다. 그렇다고 공부나 독서와 같은 정적인 활동을 할 수 있는 것도 아니었다. 가만히 앉아서 집중을 해보려 해도 온몸을 자극하는 가려움과 통증은 나를 도저히 집중할 수 없도록 만들어버렸다.

때마침 인터넷 통신과 컴퓨터의 대대적인 보급과 함께 온라인 게임이 선풍적인 인기를 끌었다. 지금도 알 만한 크레이지 아케이드, 메이플스토리, 카트라이더, 스타크래프트와 같은 인터넷 게임이 등장했다. 신기하게도(?) 공부할 때에는 집중이 안되었는데 게임을 하는 순간만큼은 무아지경이 되어 가려움이 느껴지지 않았다. 항히스타민제나 스테로이드도 가라앉히지 못한 것을 게임이 해낸 것이다. 게임이 주는 자극과 몰입감은 나에게 유일한 진통제였기에 점점 의존하게 되었다. 결국 게임을 하지 않는 순간에도 머릿속에는 늘 게임 생각으로만 가득했다.

그렇게 게임 중독 상태에 이르렀다.

중독은 삶의 어려움이나 고통에서 쉽게 벗어날 수 있는 탈출구처럼 보이지만 사실은 아주 위험한 함정이다. 실제로는 문제를 근본적으로 해결하는 것이 아니라 오히려 원인을 보지 못하게 가려버리고 또 다른 문제를 야기시킨다. 게임에 빠지기 시작한 내 삶은 즐거움만으로 가득 찰 것만 같았지만 오히려 게임으로 잠식되었다. 하루하루가 점점 피폐해졌고 현실에 대한 왜곡된 인식이 생기기도 했다. 그때는 몰랐지만 삶의 중요한 가치(건강, 학업, 대인 관계) 등은 더욱 등한시하게 되었다. 현실을 살기 위해 게임을 시작했지만 실제로는 점점 현실과 멀어지고 있었던 것이다.

가장 실패한 일은 쓸데없는 일에서 성공하는 것이라 했던가.

아이러니하게도 게임 세계에서 어느 정도 인정받는 수준에 오른 순간에 비로소 깨 달았다. 인정하기 싫었지만 현실 속의 나는 한없이 초라해져 있다는 것을… 지금 생각해 도 그 당시 게임에 쏟았던 무수한 시간들이 너무나 아깝게 느껴진다. 한 가지 깨달은 것은 어떤 형태의 중독이든 이를 고통의 탈출구를 활용하는 것은 피해야 한다는 것이다

나에게 당면한 현실에 정면으로 맞서 해결하려고 노력하는 것이 필요했다. 그것 이야말로 인생에서 닥친 고통을 가장 올바르고 효율적으로 해결할 수 있는 지름길이 기 때문이다. 또한, 문제를 직면하고 극복할 때 진정으로 성장하고 나아가 삶의 성취 감도 경험할 수 있다. 게임이 주는 즐거움으로 가려움과 피부염의 고통을 일시적으로 잊을 수는 있겠지만 게임으로 근본적인 치유는 절대 불가능한 것이다. 게임에 빠져 가려움과 피부염이 해소되기를 바라는 건 그저 '밑 빠진 독에 물 붓기'일 뿐이었다.

따라서 '오늘보다 나은 내일을 위한 삶'을 향한 가장 중요한 것은 소모적으로 갉 아먹는 생각 및 좋지 않은 습관과 중독된 것을 끊어내는 일이다. 혹시 당장의 고통을 외면한 채 다른 일에 취해 있지는 않은가? 현실의 문제를 회피하기 위해서 무엇인가 에 '중독'되어 있는 것은 없는지 반드시 점검해 볼 필요가 있다. 본질적으로 중독은 잘못된 안도감을 제공하고 결국 고통과 괴로움에 더 취약하게 만들 뿐이다.

'도대체 왜 나야? 왜 날 이렇게 낳았어? 아니, 이럴 거면 왜 낳았어?'라고 불평하 는 것은 무의미했다. 누구에게나 일생 동안 어떤 형태로든 '삶의 시련과 고난(아토피 피부염)'이 찾아온다. 닥친 고통의 깊이와 정도는 매우 다양하겠지만 중요한 것은 우 리가 고통을 인식하고 해결하기 위해 어떤 방법을 선택할 것인가이다. 인생이라는 계 절에는 봄, 여름, 가을, 겨울과 같은 다양한 경험들이 반복된다. 그 희로애락의 연속에 서 '나'라는 존재는 '내가 삶에 반응하는 방식'으로 정의된다. 그렇기에 현재의 문제를 불평하거나 원망하기보다는 긍정적인 미래가 올 것이라는 믿음을 유지하고 더 나은 내가 될 수 있는 기회로 삼아야 한다.

인생은 그저 기복이 가득한 여행이며,
고통을 아는 자가 기쁨의 소중함도 아는 법이다.

02

'너'는 어떤 삶을 살고 싶니?

의사인 나를 처음 만난 사람들은 말하지 않아도 어릴 때부터 공부를 잘했을 것이라는 색안경을 쓴다.

하지만 나는 중고등학교 시절 반에서 공부로 상위권에 들지 못한… 천재나 수재도 아닌 그저 평범한 학생이었다. 부모님은 막내였던 내가 경제적으로나 사회적으로 안정적인 직업을 가지길 바라셨으나 강요하지는 않으셨다. 다만, 가능하면 좋아하는 일을 하면서 즐겁게 살았으면 좋겠다고 입버릇처럼 말씀하셨다.

"인생을 살아보니 사람은 결국 본인이 하고 싶은 걸 하면서 살게 되더라. 그게 일일 수도 있고 다른 것일 수도 있고…"

학생 땐 좋아하는 일을 찾아서 즐겁게 사는 것이 어려운 일이라는 것을 이해하지 못했다. '다들 좋아하는 일 하면서 사는 게 아닌가?' 하지만 동시에 '내가 좋아하는 일은 뭐지?'라는 의문이 생겼다. 그런데 내 속에서 명확한 대답이 떠오르지 않아 당황했다.

뭐지? 나는 누구지?

　대학생이 되기 전까지도 나는 앞으로 어떤 인생을 살고 싶은지? 무엇을 하고 싶은지? 확신이 서지 않았다. 장래 희망이 무엇이냐는 물음에는 늘 '글쎄요'였고, 속으로는 진지한 고민 없이 '뭐라도 되겠지'라고 여겼었다. 뚜렷한 목표가 없으니 공부 시간에도 생각 없이 비효율적으로 멍때리는 시간이 많았고, '아 지루해, 내가 왜 공부를 해야 하지?', 'PC방 가고 싶다', '마치고 뭐 먹지?'라는 생각들을 하고 앉아있었다. 주변에서 다들 하는 공부 분위기가 있다 보니 반강제적으로 함께 앉아서 공부를 하긴 했지만 '툭 까놓고' 책상에 앉아서 수학 공식 하나를 더 외워야 할 뚜렷한 내적 동기가 없었다. 그렇게 어영부영 고등학생 시절을 보내고 수능 시험을 보니 당연히 결과가 우수할 리 없었다.

　그렇게 받은 수능 점수로는 인 서울 대학은 어림도 없었다.

　공부 외에 운동 능력이 뛰어난 것도 아니고 대학 진학을 포기하고 기술을 배울 자신도 없던 터라 그저 성적에 맞추어 대학을 지원했다. 당시 부모님께서는 내가 하고 싶은 건 뭐든지 할 수 있도록 지원해 주셨고 늘 믿어 주셨다. 그러면서도 혹여나 하고 싶은 것이 없다면 의사가 되어보는 것도 고려해 보라고 하셨다. 그래서 수능이 아닌 다른 방법으로 의사가 될 수 있는 방법을 찾아보다가 의학전문대학원(이하 의전원) 제도에 대해 알게 되었다. 그래도 과목 중에서는 과학에 대한 흥미가 있었고 나름 소질도 있었기에 의전원 진학 가능성이 높아 보이는 지방의 한 생명과학과에 지원하여 합격하게 되었다.

　중고등학생 시절 책상에 앉아 공부하는 일은 너무도 재미없었고 지루했다. 그러다 보니 공부에 대한 열정도 줄었고, 성적은 자연스레 점점 떨어지기 시작했다. 당연히 공부에도 관심이 없어지는 악순환에 빠지기 시작했지만 그 와중에서도 과학만큼은 재밌었다. 특히, 과학은 다른 과목과 다르게 내가 살아가는 세상을 이해하는 데에 실질적인 도움을 준다고 느꼈다. 과학은 우주와 자연을 지배하는 법칙 등 일상 생활에 일어나는 현상들을 이해가 되게 설명해 주었기에 과학을 공부하는 시간만큼은 크게 지루하지 않았다. 과학은 나에게 '질문 여행' 같았다. 작은 원자에서 우주까지 그리고 그 사이에 있는 모든 것들에 대한 호기심이 넘쳐났고 그것들을 하나씩 알아가는 재미가 쏠쏠했다.

과학적 지식의 즐거움을 좇던 어느 날, 과학에 대한 특별한 점을 발견했다. 그건 바로 '미래를 예측할 수 있는 능력'이었다. 과학은 현재에 관찰한 것과 과거의 지식을 바탕으로 미래의 특정 방향에 대해 예측해 볼 수 있다. 물리 법칙과 수학적 모델을 이용하면 던진 공의 궤적이나 행성 궤도와 같은 가깝거나 먼 미래에 일어날 여러 물리 현상을 예측할 수 있었다. 기후 과학과 같은 분야에서는 과거 데이터와 현재에 관측되는 대기 현상을 기반으로 미래의 날씨 패턴과 기후 변화를 예측하기도 한다. 물론 일기 예보가 실제 기상 상태와 일치하지 않듯 과학적 예측이 100% 정확하지는 않다. 아마 과학적 예측에 사용되는 이론의 한계성, 과거 데이터의 부정확성, 분석 기기의 정밀도에 따른 오차 등 때문일 것이다.

대학 시절, 생명과학에 대해 학문적으로 깊이 파고들면서 과학의 예측력에 대한 관심은 더욱 커졌다. 유전학 연구를 통해 한 개인이 미래에 유전병으로 이환될 가능성을 예측하고, 의학 연구로 특정 질환에 걸릴 위험 요인을 판별해 질병을 예방하고, 팬데믹 상황에서 예상 확산도를 계산해 공중 보건 조치를 조기에 만들어 더 나은 대비를 가능하게 하는 일들처럼 과학적 지식을 잘 활용하여 우리 삶에 응용시킬 수 있다는 것에 점차 매료되었다. 사람의 삶이 가지는 미래에 대한 본질적인 불확실성과는 대비되게 과학이라는 학문이 주는 '미래 예측에 대한 흥미' 덕에 하루 종일 지루하지 않게 내 의지로 책상에 앉아 있을 수 있게 되었다. 늦었지만 스스로 학문의 즐거움을 깨닫고 보니 학창 시절 뚜렷한 동기 없이 억지로 책상에 앉아서 공부하던 것은 매우 비효율적이었다는 것을 알게 되었다. 처음으로 공부가 재밌다고 느꼈고 하루 종일 공부를 해도 질리지 않았다. 공부를 더 깊이 하면 할수록 진정한 배움과 학문의 진가는 단순히 정보를 암기하는 것에 있지 않음을 알게 되었다. 알려진 지식을 토대로 새로운 것을 발견하겠다는 열정이 학문에 대한 내적 원동력이 되었고, 나의 지적인 호기심을 자극할 수 있는 새로운 관점과 아이디어를 끊임없이 갈망하기 시작했다. 이러한 열정은 나를 '수동적인 학습자'에서 '능동적인 참여자'로 변화시켰고 지금까지 와는 다른 시각으로 세상을 바라보게 해 주었다.

대학교 1학년을 마친 겨울 방학, '어떻게 하면 더 능동적으로 세상에 참여할 수 있을까' 고민하기 시작했다. 한 달쯤 지났을까… 전문직을 권하셨던 부모님의 바람에 영향을 받은 것도 있지만 학과 특성상 동기 중에는 의전원 진학을 준비하는 사람이 많다 보니 자연스레 의사라는 직업에 더욱 관심이 생기기 시작했다. 의사는 재정적으로 부족하지 않은 삶을 살뿐더러 의학적 지식과 기술로 다른 사람들의 건강과 복지를 개선하는 데 직접적인 도움을 주는, 즉 '능동적인 참여자'로 평생 살아갈 수 있겠다는 점이 나를 매료시켰다. 그래서 본격적으로 진지하게 의사가 되겠다는 꿈을 품기 시작했다. 하지만 꿈을 좇아 의사가 되는 길은 결코 쉽지 않았다. 예상대로 많은 노력과 헌신, 희생이 필요한 길고 긴 도전이었고, 오랜 시간의 공부는 물론이고 수많은 시험들의 압박감이 숨 쉴 틈 없이 밀려왔다. 이해하기 까다롭고 난해한 서적들을 소화해야 했고, 치열한 경쟁으로 인한 스트레스의 연속을 견뎌야 했다.

인생의 여정은 얼마나 빨리 가는지 보다 어디로 가는지 잘 선택하는 것이 더욱 중요하다. 본인의 열정과 가치를 추구하는 것은 다른 사람들이 제시한 길을 따라가는 것 이상의 추진력을 가져온다. 내가 진심으로 좋아하는 일은 무엇인지, 어떤 가치관을 가지고 무엇을 하는 사람이 되고 싶은지 깊이 생각해 본 적 있는가? 진정으로 나를 움직이는 것이 무엇인지, 나를 설레게 하는 일이 무엇인지, 내 인생의 핵심 가치가 무엇인지에 대해 고민하지 않고 살아가면 방향타 잃은 배처럼 하염없이 바다 위를 표류할 위험이 크다. 학생일 때에는 어떤 진로를 따라야 할지 알기 어려울 수도 있다. 또, 나처럼 대학생이 되어서야 뒤늦게 깨달을 수도 있다. 하지만 늦었다고 조급해하며 주변에 휩쓸리기보다는 본인의 열정과 가치에 맞는 직업을 찾는 것이 우선이다.

관심사를 탐색하는 효과적인 방법 중 하나는 학업, 취미, 자원봉사 그리고 여행과 같이 다양한 활동을 도전해 보는 것이다. 다양한 경험을 해보면 내가 무엇을 즐기고 좋아하는지 발견하는 데 도움이 될 뿐만 아니라 그 과정에서 나의 강점과 약점이 드러나면서 자기 자신에 대해서도 더 잘 이해하게 된다. 관심 있는 분야나 직업군이 생기면 가능하다면 해당 분야에서 종사하는 전문가를 최소 세 명 이상 찾아가서 이야기해 보는 것을 권한다. 이를 통해 해당 분야가 현실적으로 어떠한지에 대한 값진 통찰을 얻을 수 있고, 실질적인 정보에 입각해 미래에 대한 결정을 내리는 데에 큰 도움을 받을 수 있다.

자신의 열정과 가치관에 맞는 직업은 어느 순간 불현듯 떠오르는 것이 아니며, 이 역시 시간과 노력이 필요한 과정이다. 아직도 목적지 없이 남들 가는 대로 그저 따라다니고 있다면 지금이라도 열린 마음을 가지고 다양한 직간접 경험을 통해 본인이 무엇을 할 때 진심으로 만족하고 성취감을 얻는지 적극적으로 찾아 나서야 한다. 그리하여 다양한 경험을 통해 마음의 울림을 주는 일을 발견했다면, 그 설렘을 따라 용기 있게 도전하며 인생을 살아 보자.

살다 보면 꿈과 열정을 가로막는 강한 바람이나 높은 파도를 수도 없이 직면하게 될 테지만, 이런 힘든 과정들 또한 성장의 밑거름이 되고 귀중한 배움의 기회임을 인지해야 한다. 실패하거나 실수를 했더라도 절대 낙심하지 말자. 설렘이 이끄는 곳을 좇아 살아갈 때 반드시 그 꿈이 열정의 파도를 타고 현실로 다가올 것이다.

성공한 삶이란 무엇일까?

의사로 일하며 '성공'이라는 것이 지극히 개인적이고 주관적인 개념이라는 것을 더욱 명확히 알게 되었다. 90년대 이후 지금까지도 자연계열 최고 경쟁 학과가 의예과인 이유가 무엇이라 생각하는가? 인구 고령화와 만성 질환의 유병률 증가로 인한 의료인에 대한 수요 증가 때문일까? 안정된 직업, 편안한 집과 경제적 안정이 보장되기 때문일까? 자신의 분야에서 인정과 존경을 받으며 지위나 명예를 누릴 수 있기 때문일까? 다른 사람을 돕는 데서 오는 깊은 만족감 때문일까? 의학 연구를 통해 세상에 긍정적인 영향을 미칠 수 있기 때문일까? 성공은 자신의 설렘이 이끄는 열정으로 성취한 것들에 대해 어떻게 느끼는지에 대한 것이므로 지극히 개인의 신념과 가치관에 달려 있다.

설렘과 열정을 따라 열심히 살다 보면 때론 여러 가지 역경에 부딪히고 육체적, 정신적으로 고갈되어 고단할 때면 '내가 뭘 위해 이렇게까지 살아야 하나?'와 같은 회의적인 생각이 들기도 한다. 무언가를 쟁취하는 것만이 성공이고 행복한 삶을 이르는 길이라고 생각했다. 그 누구도 본질적인 성공이 무엇인지? 왜 성공해야 하는지? 진지하게 이야기하거나 가르쳐 주지 않았다. 꼭 경쟁에서 승리해야만 성공한 인생인 걸까? 성공의 의미는 대체 무엇일까?

성공을 향해 달려가기 이전에 '본인이 원하는 성공'의 정의에 대해 생각해 보는 것은 만족스러운 삶을 이루는 데 너무도 중요하다. 자신의 가치관과 목표를 명확하게 이해하는 것, 즉 '본인이 정의하는 성공'이 무엇을 의미하는지 아는 것은 삶의 로드맵이 되어 일상의 사소한 행동마저 장기적인 인생의 목표와 일치하도록 도와주기 때문이다.

'본인이 원하는 성공'을 정의를 내리는 데에 충분한 고찰을 하지 않는다면 자신이 무엇을 위해 노력하고 있는지 명확하게 이해하지 못한 채 '성공을 위한 성공'을 추구하는 데에 사로잡힐 수 있다. 그러한 성공은 남들이 보기엔 성공적인 삶일지 몰라도 스스로는 만족하기 어려우며 허무맹랑한 끝을 마주할 가능성이 높다. 이런 의미에서 성공에 대한 본인만의 가치관을 정립하는 일도 미래의 자신을 위해 반드시 거쳐야만 하는 자기 관리나 투자의 한 형태인 셈이다.

그렇다면 자신이 정의한 '본인이 원하는 성공'을 달성하는 것은 행복한 삶에 이르는 길인가? 일과 커리어의 목표를 달성하는 성취에서 즐거움을 찾는 것도 중요하지만 이것이 행복한 삶의 유일한 측면은 아니다. 성공에 지나치게 집착하면 오히려 불안과 공허함이 생길 수 있다. 성공이 인생의 유일한 초점이 되면 사람들과 관계나 현재의 소중함과 같은 행복을 가져다주는 삶의 많은 다른 측면이 무시된다. 주변의 소중한 사람들이나 아름다운 세상과 단절되어 있다고 느끼고 있다면, 성공을 위한 성공을 추구하고 있지는 않은지 혹은 너무 성공만을 바라보고 있지는 않은지 돌아볼 필요가 있다.

성공도 행복한 삶을 위한 하나의 길일 뿐이다. 사랑하는 사람과 시간을 보내는 일, 흥미를 느끼는 취미 활동, 자연을 즐기고 건강을 유지하며 자신을 돌보는 일 등을 포함한 활동들도 삶에 행복을 가져다준다. 삶은 다채롭기에 특정한 한 가지 요소만으로 행복에 이를 수 없다. 성공을 추구하는 것과 현재의 기쁨과 만족을 찾는 것 사이에서 고민 중이라면, 한쪽으로 치우치지 말고 자신만의 균형을 찾으려고 노력하자.

진정으로 성공한 삶은 자신이 좋아하는 일을 하면서
일상에서 기쁨과 성취감을 찾으며 사는 것 아닐까?

03

게임만 하면 행복할까?

이전에 한창 게임에 빠져 헤어 나오지 못할 때 이대로 게임만 평생 할 수 있으면 정말 행복하겠다고 생각한 적이 있다.

성인이 되어서도 '아~ 평생 놀면서 살고 싶다'는 웃지 못할 탄식(?)을 주변에서 종종 듣는다. 정말일까? 놀기만 하면 진짜 행복할까? 인생이 단지 즐거움과 편안함에 관한 것이 아님을 빨리 깨닫는 것이 좋다. 지금 당장은 이해되지 않아도 괜찮다. 나이가 들면서 도전에 직면하고 위험을 감수하고 희생하는 것이 모든 인간의 숙명임을 언젠가는 자연스럽게 받아들이게 될 것이다. 근육을 단련하는 고통이 없다면 근육은 결코 강해질 수 없으며, 씨앗을 심고 물을 주는 정성이 없으면 결코 아름다운 꽃이 필 수 없다.

성공을 위해서는 도전에 직면하고 계산된 위험을 감수하며 희생이 따라야만 하는 것이다. 게임에서 조차도 어려운 퀘스트를 달성하거나 나보다 높은 등급을 가진 실력자를 이겨야만 비로소 의미 있는 성과가 생기고 높은 단계로 성장할 수 있지 않은가. 그것이 운동이든, 정원을 가꾸는 일이든, 심지어 게임이든 의미 있는 결과를 달성하기 위해서는 극복해야 하는 장애물에 직면하고, 더 강해지기 위해 고통과 불편함을 견디며 각종 헌신과 노력이 수반되어야 한다.

　　사람은 종종 현실 도피를 통해 위로를 얻는다. 게임뿐 아니라 영화나 책과 같이 우리를 다른 세계로 데려가는 모든 형태의 콘텐츠 속엔 분명 어느 정도의 즐거움과 평안이 존재하기에 쉽게 외면하기 어렵다. 하지만 이런 현실 도피에서 행복을 찾을 수 있다는 생각은 잘못된 생각임을 알아야 한다. 행복은 도달하는 종착지가 아니라 여행하는 과정이기 때문이다.

　　물론, 인터넷 게임도 부정적으로만 바라볼 이유는 없다. 게임을 통해 가상 세계에 몰입함으로써 일시적으로 현실 세계의 문제를 잊고 즐겁고 가벼운 마음으로 무언가에 집중할 수 있다. 이는 스트레스를 낮추고 기분을 좋게 하며 생산성을 높이기도 한다. 또한, 일상의 지루함과 단조로움에 틀에 박힌 느낌이 들 때 게임을 하면 상쾌한 기분 전환과 적절히 필요한 흥분을 가져다주어 창의성을 높이고 일상에 지치지 않도록 도와준다. 많은 게임들에서 빠른 사고, 문제 해결 능력이나 전략이 필요하며, 이는 마음을 예리하고 활동적으로 유지하는 데에도 도움이 된다.

　　치매 방지를 위해 고스톱을 치라는 말이 괜히 있는 것은 아닐 것이다.

　　다만 게임을 즐길 때, 과도한 시간을 소비하면 여러 해로운 문제가 발생할 수 있음을 충분히 인지하고 있어야 한다. 경험적으로 게임은 블랙홀과도 같아서 빠지면 나의 시간과 관심을 모두 무자비하게 빨아들였고, 학교나 인간관계와 같은 삶의 다른 중요한 부분들을 위한 시공간을 남겨두지 않았다. 과도한 게임으로 나쁜 자세가 유발되어 목과 허리 통증이 생겼고 시력은 악화되었다. 하루의 대부분을 앉아서 생활하다 보니 근력과 체력 저하로 조금만 계단을 조금만 올라도 숨이 차게 되었다. 게임을 하는 동안 식사를 소홀히 하게 되니 과자나 라면으로 때우기 일쑤였고, 밤늦게까지 게임하면서 정상적인 수면패턴에도 악영향을 주었다.

　　게임 후 남는 감정이 '뿌듯함'인지 '현타'인지는 사실 본인이 제일 잘 알 것이다. 본인의 삶에 대한 열정이 게임 그 자체에 있는 것이 아니라면 그저 현실을 회피하기 위한 도피처에 불과한 것은 아닌지 곰곰이 생각해 보는 것이 좋다. '뿌듯함'이 남는다면 열정을 좇아 프로게이머가 되는 것을 진지하게 고민해 볼 것이 좋겠고 '현타'가 남는다면 더 이상 게임에 시간을 낭비하지 말고 현실을 직시하자. 내가 진정 성장하길 원하는 것이 게임 속 캐릭터인지 현실 속 나인지 구분해야 한다.

게임 말고 뭐 하고 놀지?

게임에 빠진 아들의 모습이 걱정되어 부모님이 내게 잔소리하곤 했다.

"엄마, 왜 항상 나를 컨트롤하려고 해요? 친구들도 다 하는데, 왜 못하게 해요? 나는 그저 조금 놀고 싶을 뿐이야."

그 시절에는 그저 이렇게 말대꾸하곤 했다. 게임은 똑같은 놀이이자 누구나 쉽게 접할 수 있는 여가 활동 아닌가? 우리나라에서는 게임을 어떻게 분류하고 있을까? 팩트 체크를 해보자면 '국민여가활성화 기본법' 제3조에 의하면 여가란 자유 시간 동안 행하는 강제되지 않는 활동을 말하며, 각각 문화예술진흥법, 문화산업진흥 기본법, 관광기본법, 국민체육진흥법에 따른 활동들을 포함한다고 한다. 게임은 이 중에 문화산업 분야에 속하는 여가 활동임은 사실이다.

그렇다면 게임은 '좋은 여가 활동'일까?

여가 활동은 일상의 피로를 덜어줄 뿐만 아니라 정신과 영혼을 수양하는 수단으로써 풍요로운 삶에 필수적인 활력소로 몸과 마음에 휴식을 주고 스트레스를 경감시킨다. 긴 하루 또는 한 주의 일이나 학업을 마친 후 지친 내가 재충전되도록 도와준다. 새로운 것을 배우며 자신감, 자존감, 목적의식을 높이거나 본인도 몰랐던 능력을 발견할 수 있는 기회를 제공해주기도 한다. 또한, 여가 활동을 하는 과정에서 다른 사람들과 교류하며 의미 있는 관계를 형성하고 유지하는 데에도 큰 도움이 될 수 있다.

이렇듯 여가 활동은 본질적으로 일상의 단조로움에서 벗어나 새로운 관심사를 탐색하고 도전하게 해 준다. 또한, 삶을 균형 있게 만들고 있는 삶의 중요한 요소이기에 인생이 즐겁지 못하고 성취감이 부족하다고 느껴진다면 깊고 풍요로운 삶을 만들어가기 위해 다양한 여가 활동에 관심을 가져보는 것이 좋겠다.

하지만 모든 여가 활동이 삶에 긍정적인 영향을 미치는 것은 아니다. '좋은 여가 활동'이란 즐길 수 있으면서 정신적, 육체적 건강에 긍정적인 영향을 주고 동시에 성취감을 주는 활동인 반면, '나쁜 여가 활동'은 반대로 신체적, 정신적, 정서적 건강에 부정적인 영향을 미치는 활동이다. 여기서 좋고 나쁨은 여가 활동의 종류의 문제가 아니라 개인에 따른 차이와 정도에 따른 차이가 반영된다. 특정 사람에게는 좋은 스포츠가 몸이 약한 사람에게는 신체에 대한 부상을 유발할 수도 있다. 또, 적당히 게임을 조절할 수 있는 사람에게는 교류의 수단, 문제 해결 능력 함양, 스트레스 해소 등으로 작용하지만 과도하게 할 경우 부정적인 영향을 주게 될 것이다. 따라서 여가 활동을 할 때는 그것이 자신의 삶에 미치는 영향을 실시간으로 평가하면서 객관적으로 판단할 줄 아는 자세가 필요하다. 더 나아가서 여가 활동이 각자의 가치관이나 관심사 혹은 인생의 목표와 그 방향이 일치하는지도 생각해 보면 좋다.

나이가 들어보면 다들 하나같이 '어렸을 때 악기하나 제대로 배워둘 걸' 하는 아쉬움을 토로하곤 한다.

사실 나이가 들수록 점점 새로운 것을 배우기가 어려워지기에 대부분의 동호회나 동아리 모임을 하더라도 술 모임으로 전락해 버리는 경우도 많은 것이다. 그래서 학창 시절 공부에만 온 에너지를 쏟기보다는 평생 취미로 삼을 하나쯤은 가져가는 것이 인생 전체를 보면 분명 긍정적인 도움(즐거움, 성취감, 만족감)을 준다고 생각한다. 또, 취미와 함께 뒤섞인 추억들은 인생을 살아가는 순간마다 행복감을 느끼게 해준다. 개인적으로 추천하는 좋은 여가 활동으로는 신체적, 창의적, 지적, 사회적 성장을 추구할 수 있으면서 동시에 즐거움과 만족을 가져다주는 활동이다.

1) 경쟁형 스포츠(축구, 농구, 탁구 등)
2) 자신과의 싸움형 스포츠(걷기, 수영, 요가 등)
3) 창의적인 활동(글쓰기, 그림 그리기, 음악 연주 등)
4) 배우는 활동(독서, 강연 등)
5) 베푸는 활동(자원봉사)

성장하고 발전함에 따라 삶의 그릇은 조금씩 변화한다. 좋고 나쁨은 내가 처한 상황에 따라 얼마든지 달라질 수 있기에, 그때마다 인생에 필요한 것과 우선순위를 판단해 내게 적합한 여가 활동인지 지속적으로 재평가하고 재조정하는 것도 필요하다.

노는 것도 지속적인 업데이트가 필요하고
다방면으로 잘 놀아야 한다.

115

04

내 시간의 가치는?

게임에 빠졌던 큰 이유 중 하나는 바로 '시간의 가치에 대한 무지' 때문이었다.

그 시절에는 오늘 해야 할 일을 미루어도 내일 달라지는 게 별로 없다고 느꼈다. 당장의 스트레스를 게임으로 해소하는 것이 다른 일들보다 의미 있다고 여긴 것은 아니었지만, 그렇게 흘러간 시간들이 얼마나 소중한지 알지 못했다. 꽤 오랜 시간 동안 하루 중 가장 소중한 시간은 그저 점심시간이라 생각했고 중요하지 않은 일에 많은 시간을 낭비했다. 한국은 자본주의 사회이기에 시간이 얼마나 가치 있는지 돈으로 환산해 보면 시간의 가치가 꽤 잘 와닿는다. 간혹 유능한 펀드 매니저들이나 스포츠 선수의 연봉에 관한 기사를 보면 재미 삼아 그들이 1초에 얼마씩 버는지 '초봉'을 계산해 보곤 부러워하곤 했다.

대한민국 노동자의 1초는 평균 얼마의 금액으로 환산될 수 있을까?

주말과 공휴일을 고려하지 않고 하루 종일 일한다고 가정하고 한번 단순하게 계산을 해보자. 하루는 86,400초이고 1년은 365일이므로 1년은 31,536,000초이다. 1초에 1원이라 하면 연봉이 약 3,000만원인 셈이다. 국세청이 공개한 2022년 4분기 국세통계에 따르면 근로자의 1인당 평균 급여는 4,024만원이고, 이를 31,536,000초로 나누면 1.28원이다. 즉, 2022년 근로자의 1인당 1초의 평균 가치는 휴무일 포함하여 대략 1.28원이었다고 할 수 있다.

시간의 경제적 가치에 대해서 대략 감이 오는가?

1초의 가치가 10원인 사람이 있다면 그 사람의 연봉은 평균의 10배인 약 3억 원이라 할 수 있다. 100원이면 연 30억 원이고, 1,000원이면 연 300억 원이다. 한편, 연봉이 1억인 사람의 1분당 근로 가치는 약 190원인 셈이고, 10억 연봉이면 1분에 약 1,900원, 100억 연봉이면 1분에 약 19,000원이 된다. 지금부터 우리 모두 본인의 1분의 경제적 가치를 19,000원으로 여기고 시간을 소중히 소비한다면 머지않아 100억의 연봉을 달성할 날이 오지 않을까?

시간을 경제적 가치로 환산할 수 있다면 시간을 살 수도 있을까? 우리는 이미 시간을 사고파는 것에 사실 익숙하다. 월급 받아 필요한 물품을 사거나 식당에서 외식을 하는 것과 같은 일상도 시간을 사고 파는 관점에서 보면 사실, 나의 노동 시간을 팔아 번 돈으로 물건이나 음식을 만드는 타인의 노동에 대한 시간을 사는 행위이다. 이렇듯 누군가에게 돈을 주고 우리를 위해 일을 하게 함으로써 우리의 시간을 다른 일에 자유롭게 쓸 수 있다는 점에서 시간도 간접적으로 '구매 가능한 상품'일 수 있다.

물론 오해하지 말아야 하는 것은 시간은 상대적으로만 구매 가능할 뿐이지 절대적인 시간은 그 누구도 살 수 없다. 한 번 흘러간 시간은 되돌릴 수 없으며 우리는 '시간' 그 자체로 존재한다. 일반적으로 시간을 흐르는 강물처럼 '앞으로 나아가는 순간 혹은 순간들의 연속'으로 인식한다. 하지만 우리는 단순히 시간의 흐름에 종속된 것이 아니다. 오늘의 나는 어제들의 나의 집합이며, 과거의 내가 했던 생각, 행동, 경험과 기억의 합이다. 따라서 시간은 단순히 흐름에 따라 소모되는 자원이 아니고 우리 존재의 근원이 되며, 우리는 단지 시간 속에 살고 있는 것이 아니라 시간 그 자체인 셈이다. 그렇기에 내 시간을 대하는 나의 태도는 곧 나의 인생을 대하는 마음가짐이라 할 수 있다.

시간은 일방통행과 같아서 한 번 지나가면 되돌릴 수 없기에 우리가 가진 시간을 최대한 효율적으로 활용해야 한다. 살면서 '조금만 시간이 더 있었으면 좋겠다'고 생각한 적 있는가? 이는 하루가 25시간 이상으로 늘어나는 것을 이야기하지만, 이 이면에는 스스로 자기 시간 관리를 더 잘하길 바라는 마음이 깔린 것이다. 경제적 혹은 사회적 지위와 관계없이 시간은 모든 사람에게 하루 24시간이 동일하게 주어지며, 이를 어떻게 사용하느냐는 전적으로 본인에게 달려있다.

나날이 따라가기 힘든 기술 발전과 정보의 홍수 속에 사는 현대인들의 시간은 너무도 빠르게 흘러가기에 효과적인 시간 관리 방법은 개인 생활이나 일에 큰 영향을 미칠 수 있는 중요한 기술이다. 여러 가지 시간 관리법이 있겠지만 효율적인 시간 관리의 핵심은 쓸데없는 일을 피하여 '낭비되는 시간을 최소화' 하는 것이다. 이를 위해서는 먼저 처리해야 할 일의 긴급성과 중요성에 따라 우선순위를 정하는 게 좋다. 우선순위를 정하는 것은 시간이 중요하지 않은 일에 낭비되지 않도록 구조적으로 예방해 준다. 그리고 무언가 하기로 마음을 먹었으면 '생각 없이 일단 시작' 해보자. 대부분의 일은 시작 전에 심리적 초기 저항이 존재하는데, 이를 심리적으로 극복하려다 되려 꾸물대며 낭비되는 시간이 상당하다. 일하고 싶은 기분은 가지기 쉽지 않은 감정이므로 의지나 결단력으로 이기는 것보다 몸으로 이기는 것이 수월하다. 정신력으로 극복하려고 시간을 낭비하지 말고 마음먹는 즉시 '그냥 시작'하고 몸이 일하도록 해보라.

몸이 마음을 그리고 행동이 생각을 이끄는 것을 경험할 것이다.
꾸물대는 1분도 19,000원임을 기억하자.

05

수학 공식 하나 더 외우면 뭐가 달라지는데요?

학창 시절 공부가 하기 싫을 때면 '살아가는데 별 도움도 안 되는 이 수학 공식 하나 더 외운다고 뭐가 달라질까?' 하고 푸념하곤 했다.

게임이 주는 즉각적인 만족과 심리적 보상에 비하면 공부는 너무 지루하게만 느껴졌다. 함수의 그래프나 방정식의 해를 구하는 것이 무슨 소용인가 싶었고, 힘겹게 책상에 앉아 암기한 지식의 대부분은 일상에 활용되지 않아 언젠가 휘발되어 사라질 것이 뻔했다. 학교에서 배우는 과목 대부분이 암기 과목들이어서였을까 차라리 체육, 음악과 미술 시간이 즐겁고 좋았다. 반복적인 학습, 인내와 끈기가 필요했던 대부분의 공부 시간들은 지루하고 힘들게만 느껴졌다. 게다가 일상에 잘 활용되지 않는 복소수의 개념이나 미적분 공식과 같은 지식을 공부하고 암기하는 건 바보 같은 짓 같았다. 공부 외의 분야에 재능이 있거나 관심이 있던 건 아니었지만 공부는 그저 시험을 위한, 학생들을 성적순으로 줄 세우기 위한 하나의 방법 정도로만 생각했다.

공부는 상당한 끈기와 인내, 집중력, 성실함을 요구하면서 동시에 놀고 싶은 마음을 제어하는 절제력이나 자기 통제력을 필요로 하는 에너지 소모가 많은 행동이다. 밥을 먹는 시간, 화장실에 가는 시간, 다른 생각 하는 시간 없이 순수하게 공부만 한 시간을 타이머로 측정해 본다면 학습에 집중하는 시간이 얼마나 짧은지 그리고 오랜 시간 공부하는 것이 얼마나 힘든 일인지 알 수 있다. 그래서 '공부가 가장 쉬웠어요'라는 말에 쉽게 동의할 수 없다. 공부도 분명 어려운 일이다. 물론 이 세상에 쉬운 것은 정말 하나도 없지만... 공부하는 모든 학생과 수험생들은 가장 쉬운 일을 하는 것이 아니라 모두 어려운 일을 해내고 있는 것은 틀림없는 사실이다.

공부는 지루한 암기의 연속이지만 그렇게 암기된 지식들은 일상이나 일을 함에 있어서 '기본'이 된다. 예를 들어 영어 단어를 많이 암기하면 다른 언어를 배우는 데도 도움이 되고, 취업해서는 외국 업체와 이메일을 주고받거나 미팅하는 데 도움이 되고, 하다못해 해외여행을 가서도 유용하게 사용될 수 있다. 암기는 지금 본업으로 하고 있는 의학 분야에서도 다르지 않다. 다양한 질병과 그에 관한 병태생리, 진단과 치료법 등의 지식을 암기하는 것이 결국 업무를 하는 것의 기본이 되어 환자를 적절하게 진료할 수 있는 것이다.

한편 암기가 단순히 '특정 지식을 습득하는 행위'인 것은 아니다. 암기한 지식을 기반으로 새로운 문제를 이해하고 해결하는 과정에 우리 뇌는 저절로 업그레이드가 된다. 뇌과학에 의하면 우리 뇌는 일정한 기간 노출된 정보를 반복적으로 받으면, 이를 기억하고 유지하기 위한 신경 네트워크를 형성한다. 무언가 암기하고 학습할 때, 우리 뇌는 기억과 관련된 뇌 영역인 해마와 대뇌 피질 간의 연결이 강해지고 정보를 기억하는 능력이 향상되어 점점 스마트해지는 것이다(치매 예방을 위해 괜히 고스톱을 권하는 것이 아니다). 학습 활동 중에 우리 뇌 속에서는 신경전달물질인 세로토닌(serotonin)과 뇌유래 신경영양인자(brain-derived neurotrophic factor, BDNF)가 분비된다고 알려져 있다. 세로토닌은 뇌 속 신경전달 물질 중 하나로 뇌의 기능과 감정을 규제하는 데 중요한 역할을 하며, 세로토닌 수치가 낮으면 우울증과 같은 정신 건강 문제가 발생하기도 하는데, 이는 암기 능력과도 관련이 깊다. 세로토닌이 높을수록 더 좋은 암기 성과를 보인다는 결과들이 많다. 뇌유래 신경영양인자인 BDNF는 뇌에서 생성되는 단백질 중 하나로 신경세포의 성장 및 생존에 중요한 역할을 한다. 미로 탐색 능력이 좋은 생쥐일수록 뇌에서 BDNF 분비도 증가하는 것이 확인되었고, 인간을 대상으로 한 연구에서도 암기 활동에 따라 BDNF 분비가 증가하는 것이 관찰되었다.

이렇듯 암기 행위를 통한 학습을 하면 세로토닌과 뇌유래 신경영양인자에 의해

뉴런 간 연결이 강화되어 암기와 학습 능력 등 다양한 뇌 기능이 지속적으로 발달할 수 있는 것이다. '공부' 그 자체가 기억력뿐 아니라 인지 능력, 집중력 등을 성장시켜 준다. 다시 말해, 특정 지식을 습득하는 데에 그치는 것이 아니라 뇌에서 연상력, 추론력, 문제해결능력, 판단력 등을 발전시키며 궁극적으로 뇌의 전반적인 성장과 발전에 긍정적인 영향을 준다는 것이다. 또한, 비판적 사고 능력, 즉 암기한 정보를 바탕으로 유사한 여러 가지 정보를 비교하고 분석하는 능력까지도 향상된다.

'무엇을 공부하는가'도 중요하겠지만, 우리들의 삶 속에서 '배움을 계속해서 이어가는 것'에 더 주목할 필요가 있다. 우리는 망각의 동물이기에 무언가 배우고 학습하는 것도 중요하지만, 그것을 얼마나 꾸준히 하는지도 중요하다는 뜻이다. 독일 심리학자 에빙하우스의 망각 곡선에 따르면 우리는 학습 후 1시간이 지나면 기억한 내용의 50% 이상을 망각하고, 일주일 후에는 70%, 한 달 후에는 80% 정도가 망각된다고 한다. 공부를 잘한다는 것은 학습한 것을 잘 기억해내고 덜 망각했다는 것인데, 이는 책상에서 '꾸준하고 성실한 태도'로 임했음을 의미하기도 한다. 꾸준하고 성실한 태도는 사실 공부뿐 아니라 우리 삶에서 원하는 바를 이루는 데 너무나 중요한 역할을 한다. 공부를 좀 해본 사람들은 어떤 일이든 끝까지 이어나가는 끈기와 인내, 꾸준하고 성실한 태도를 가진 경향성이 있다. 1등이라는 큰 목표를 위해서는 하루 공부량을 채우는 작은 목표를 매일같이 꾸준히 달성해야 하는 것이다. 이런 지속적인 노력과 인내하는 태도는 어떤 분야에서든지 목표를 이루기 위해서 필수적인 요소이다. 운동으로 건강을 유지하고 싶다면 매일 적당한 운동을 하며 꾸준히 이어가는 것이 중요하듯, 살면서 크고 작은 프로젝트나 일을 할 때도 꾸준하게 노력하고 성실하게 일을 해야 원하는 결과를 얻을 수 있다.

결국 공부는 우리 뇌의 성장과 더불어 성실, 자기 절제, 끈기와 인내 같은 살아가는 데에 필수적인 삶의 태도와 기본기를 다지는 하나의 '훈련'인 셈이다. 당장 함수의 그래프와 방정식의 해를 구하는 일이 무의미하게 느껴질지라도 이를 이해하고 분석하는 과정에서 얻은 논리적인 사고력과 문제해결 능력은 살아가면서 어느 분야에서도 유용하게 활용될 수 있다. 책상에서 힘겹게 이해하고 암기하며 보낸 고된 시간들이 다양한 형태로 본인의 삶에 소중한 자양분이 되는 것이다.

그러니 '살아가는데 별 도움도 안 될 것 같은
수학 공식' 하나 더 외우는 일은
향후 원하는 바를 더 잘 이룰 수 있도록
나를 발전시키는 '지성의 훈련'이면서 동시에 '성실의 훈련'인 셈이다.

06

학벌이 뭐가 중요한데?

공부는 평생 하는 것이지만 대한민국 학생들에게 공부는 수능을 계기로 일단락된다.

나도 특정 대학이나 학과를 꼭 가고 싶다는 뚜렷한 목표는 없었지만 그래도 고3 때는 너도나도 공부하는 분위기를 타서 나름대로 열심히 해보긴 했었다. 수능 결과는 만족할 수 없었지만 그래도 재수를 크게 고민하지 않았다. 다시 1년 아니 몇 년을 준비한다고 하더라도 최상위권 성적을 얻어낼 것이라는 보장도 없었고, 당시까지만 해도 명확한 꿈이 없었던 터라 목적지 없이 길고 고통스러운 N년을 보낼 리스크를 감당할 자신이 없었다.

'노력은 당신을 배신하지 않는다'는 걸 알고 있었기에 내 노력이 남들보다 부족했다는 사실을 인정하고 받아들였다. 그리고 나는 나대로 인생의 다음 단계로 넘어가고 싶었다. 그래서 재수보다는 부모님과 담임 선생님의 상담 끝에 정시 지원을 하기로 결정하였고, 두 곳의 국립대 화학과와 지방 대학의 생명과학과에 지원하였다.

며칠 후, 감사하게도 세 곳 모두 합격했다. 어떤 곳을 선택해야 할지 고민이 많았다. 안정적인 전문직을 권하셨던 부모님의 조언으로 의학과 과학의 기초를 두루두루 배울 수 있는 지방 사립 대학의 생명과학과로 진학하게 되었다. 고등학교를 졸업하며 친구들이 대학 어디 가냐고 물어보곤 했는데 학교 이름을 이야기하면 다들 '응? 어디?'라는 표정을 지었다. 그러면 한 번 더 구체적으로 설명해야 했던 불편함이 있었지만, 그때까지만 해도 학교 타이틀이 그렇게 중요한가? 하고 대수롭지 않게 생각했다. 명문대가 아니더라도 내가 하고 싶은 일을 찾고 노력해서 능력을 키워 이루고 싶은 것들을 해내면 되는 것 아닌가.

명문대와 학벌을 논하기 전에 대학교는 무엇을 위해 존재하는지, 우리는 대학을 왜 가는 것인지 생각해 볼 필요가 있다. 대학은 기본적으로 학문적 지식을 연구하고 발전시키며 이를 바탕으로 인재를 양성하는 곳이다. 그렇다면 명문대와 그렇지 않은 대학의 차이는 무엇일까? 학벌은 정말 중요할까? 프로 스포츠에도 1부 리그와 그 하위 리그가 있으며, 하위 리그에 소속한 선수라고 해서 그 역량이 1부 리그 선수보다 못하다고 단정 지을 순 없다. 마찬가지로 모든 명문대학은 우수하고 그 외의 대학들이 좋지 않은 것은 아니지만, 일반적으로 명문대학은 하드웨어와 소프트웨어에서 그렇지 않은 대학과 수준 차이가 나는 건 사실이다.

우선 하드웨어적으로 학교 시설 및 학교와 관련된 인프라를 보면, 좋은 대학일수록 논문 열람 가능수, 연구실 시설, 도서관 등 학문을 발전시키는 데 중요한 시설에서 차이가 크다. 명문대학은 많은 예산으로 대개 규모가 크고, 많은 학과와 전공, 연구소를 보유하여 학생들이 광범위한 학문적 경험과 지식을 얻을 수 있게 한다. 반면, 그렇지 않은 대학은 자금과 예산 부족으로 노후된 시설이나 인프라를 개선하기 어려운 경우가 많다. 내가 다녔던 대학도 열람되지 않는 논문이 많아서 다른 명문대에 다니는 친구에게 부탁해서 받아 본 경우도 많았고, 도서관이 낙후되고 보관하고 있는 서적 종류도 제한되어 도서관에서 공부하는 학생들을 찾아보기 어려웠다(그냥 공부를 안 했던 것일 수도 있고...).

더 중요한 차이는 대학의 소프트웨어인 '교수진과 학생들'에 있다. 명문대학은 자신의 분야에서 세계적으로 인정받는 수준 높은 연구를 하는 우수한 교수진을 모시며, 이들이 학생들을 지도할 수 있도록 학문 발전과 인재 양성 관점에서 최선의 환경을 제공한다. 반면 그렇지 않은 대학에서는 교수진의 수준이나 자격이 다양한 경우가 많다. 학생들은 자신이 수강하는 교수의 수업에 만족하지 못하고, 학교 생활에 회의감이 생기는 등 학문적 성장에 어려움을 겪을 가능성이 크다. 내 경험으론 정말 이게 대학 강의인가 싶은 수업도 더러 있었는데 학생들이 차라리 뒤에서 자습하는 게 낫겠다고 여겨 오히려 뒷자리 경쟁이 심하기도 했다.

학벌은 단순히 학생의 자존감을 높여주는 명품 브랜드 로고 같은 것이 아니라 실질적으로 학생이 제공받는 '기회의 수'를 의미한다. 세계적인 교수님으로부터 깊은 학문적 지식을 전수받을 기회, 명문대에 들어가기까지 나와 비슷한 노력을 했을 뛰어난 친구를 사귈 기회, 우수한 교육 시설이나 방대하고 역사 깊은 도서관과 같은 인프라를 이용할 수 있는 기회 말이다. 물론 명문대가 아니더라도 이런 기회들이 없는 것은 아니며 성공에 있어서 분명 한 개인의 역량이 훨씬 직접적인 영향을 미치겠지만, 학벌의 차이는 결국 다양한 '기회'의 차이라는 점은 명백한 사실이다.

이런 기회의 차이가 무슨 의미를 가질까? 롤(League of Legends)이라는 게임에서 이기기 위한 전략으로 '스노볼링(snowballing)'이라는 개념이 있다. '스노볼링'은 경쟁하는 상대편과 작은 차이가 생겼을 때, 그 기회를 놓치지 않고 작은 차이를 이용해 점점 더 큰 차이를 눈덩이처럼 불려 나가 승리로 이끄는 전략을 말한다. 학벌의 차이로 인해 기회의 차이가 생겨나고, 이는 학생의 학문적 발전과 성공에 있어서 유의미한 '스노볼링'의 시작이 되는 것이다. 대학 진학과 관련해 고민 중이라면 본인에게 어떤 학교가 자신에 맞는 적절한 '스노볼링'의 스타팅 포인트가 될 수 있을지 다방면으로 충분히 비교하고 선택하는 것이 좋을 것이다.

대학을 졸업해 보면 실제로는 전공대로 살지 않는 사람들이 대부분이긴 하지만, 그럼에도 여전히 학벌이 중요한 역할을 하는 경우가 많다. 특히, 취업 시장에서 더욱 그렇다. 이것은 학벌은 전공과 무관하게 '학교 타이틀' 그 자체가 가져다주는 브랜드로서의 가치를 지니기 때문이다. 우리 사회는 대학이 일종의 신뢰 지표로서 작용하는데에 어느 정도 공감대가 형성되어 있다. 좋은 대학에 입학하기 위해서는 열심히 노력하여 높은 성적 기준을 만족해야 하는 것은 누구나 아는 사실이기에, '좋은 대학의 졸업장'이 학창 시절 남들이 놀 때 자기를 통제하며 인내와 끈기로 성실하게 공부했었다는 것을 어느 정도 보장하는 일종의 '증표'로 여겨지기 때문이다.

내가 직접 소위 '지잡대' 나와보니 인정하기 싫어도 학벌은 다방면으로 중요하게 작용하는 것은 사실이다. 학교 타이틀이 인생의 전부는 당연히 아니니 집착할 필요는 없지만, '학교 타이틀이 뭐가 중요해~ 다 각자 하기 나름이지~'라고 치부해 버리는 말 따위는 별생각 없는 현실감각 떨어지는 조언일 가능성이 높으니 걸러 들을 필요도 있다.

'스노볼링'을 통해 인생의 여러 유익한
다양한 '기회'를 얻을 수 있다는 점에서
좋은 대학을 가는 것만큼 효율적인 길도 없기에
미리 준비하는 것이 필요하다.

07

인생에 정답은 없다.

'나는 누군지, 무엇을 하고 싶은지, 어떤 학교에 진학할지'와 같은 질문을 통해 삶의 로드맵을 설정하는 것도 중요하지만, 이보다 더 중요하고 우선되어야 하는 것은 '삶' 그 자체에 대한 본질적인 고찰이다.

원하는 대학에 입학해서 원하는 직업을 가지며 살아가는 것은 어떻게 보면 인생의 아주 단편적인 목표에 불과하다. 인생이란 무엇인지, 인생이 어떤 의미를 갖는지에 대해 고민하고 스스로 답을 찾아야만 목표들을 달성한 후에도 더 큰 가치를 추구하고 의미 있는 삶을 살아갈 수 있다. 숲을 아름답고 풍성하게 가꾸고 싶다면, 정신없이 나무만 심어댈 것이 아니라 '숲이란 무엇인지'에 대한 깊은 고찰이 선행되어야 하는 것이다.

인생, 즉 모든 사람의 삶은 생물학적으로 태아 발달, 분만과 출산의 과정을 통해 세상에 태어나면서 시작된다. 생물학적 관점에서는 남녀의 육체적 만남으로 여성의 자궁에서 발생한 단 하나의 세포인 상태, 수정란이 곧 '인생'의 첫 시작인 셈이다. 사람의 인체를 구성하는 세포 수는 연령, 신체 조건이나 건강 상태 등에 의해 달라지나 평균적으로 약 30−40조 개로 구성된다. 하나의 세포가 분열하여 수십조 개의 세포가 되는 과정에서 특정 세포들은 분화되어 조직, 기관과 기관계를 형성하며 인체가 완성

됨으로써 삶이 시작된다. 이렇게 탄생한 사람은 생명체이자 동시에 사회적 존재이기도 하다. 우리는 가족, 친구, 동료와 시민으로서 다양한 역할을 가지며 사회 속에서 살아간다. 따라서 사회에서 어떤 역할을 담당하고 어떤 가치를 추구하며 살아갈지에 대한 고민도 필요하다. 개인적인 목표뿐 아니라 사회적 가치와 영향력을 고려한 자신의 삶에 대한 비전을 가지고 있어야 한다.

비전, 즉 '삶의 이유'에 대한 물음도 사실 지극히 개인적이고 주관적인 질문이다. 각자의 성향, 경험, 신념이나 사회문화적 배경에 따라 다양할 수밖에 없다. 어떤 이들은 가족과 사랑하는 사람에게서, 어떤 이들은 일이나 취미에서, 어떤 이들은 종교와 신앙생활에서, 또 어떤 이들은 세상에 긍정적인 영향을 미치거나 자아실현을 추구하는 데에서 그 이유를 찾는다. 중요한 것은 삶의 이유를 찾기 위해 '스스로' 자신의 내면을 관찰하고 탐구하여야 하는 것이다. 남들이 만들어 놓은 비전이나 목표를 그저 따르지 말고 진정 스스로 원하는 인생이 무엇인지 생각하는지에 대한 깊은 자아 성찰이 필요하다.

누군가는 뭐든 빨리 결과물을 만들어 내야 하는 시대에서 영어 단어나 수학 공식 하나라도 더 외우기 바쁜 학생들에게 삶의 이유에 대해 고민하거나 자아 성찰을 할 여유는 없다고 할지도 모르겠다. 허나 이런 속도전의 시대이기에 더욱 느린 사고를 하는 습관이 오히려 중요하다. 남들 하는 대로 따라가다 보면 이유도 모른 채 하는 일들이 반복되고 결국 '잃어버린 나'와 후회와 미련만 남는다. 그렇게 낭비된 시간은 절대 돌아오지 않는다.

인생은 질문의 연속이다.

우리는 끊임없이 자신에게 질문하여야 한다. 어떤 삶을 원하는 걸까? 무엇을 하고 싶은 걸까? 산다는 것은 뭘까? 이러한 질문들을 던져야 의미 있는 나만의 삶을 만들어 나갈 수 있다. 인생에 정답은 없지만 끊임없이 자문하고 그에 대한 답을 찾는 과정에서 '진정한 나'를 점점 발견할 수 있을 것이고, 궁극적으로 인생의 진리에 가까워질 것이다.

08

이비인후과 레지던트의 일상

새벽 5시 30분. 알람이 울린다.

피곤하다고 꾸물거릴 틈을 주지 않기 위해 가장 먼저 시끄러운 기상 음악과 형광등을 킨다. 이내 화장실을 다녀오고 공복 체중을 측정한 뒤, 수분을 보충하기 위해 미지근한 물을 벌컥벌컥 마신다. 새벽 수영 모임 '물개들' 단체 톡방에 '45'라고 메시지를 보내고 옷과 수영 장비를 챙겨 나갈 준비를 한다. 5시 45분, 물개들은 병원 뒷길에 모여 병원 10분 거리의 수영 센터로 출발한다.

6시부터 한 시간의 수영이 끝나고 집에 돌아온다. 오전 콘퍼런스가 있어 아침을 대충 허겁지겁 흡입하고(아침 거르는 날도 많다) 당직실 같은 나의 원룸에서 도보 1분 거리의 병원으로 뛰어간다. 콘퍼런스는 30분에서 1시간가량 발표자를 정해 이비인후과 교과서 및 최신 국제 이비인후과 저널 리뷰를 하며 서로 지식과 의견을 공유하는 시간이다. 콘퍼런스 이후엔 입원 환자분들이 밤중에 병의 경과는 어땠는지, 특별한 이벤트는 없었는지 확인하기 위해 오전 회진을 돈다.

회진 후 각 입원환자에 알맞은 처방을 낸 뒤, 그날 맡은 일인 외래 진료나 수술에 참여한다. 외래는 오전과 오후, 두 타임으로 나뉘는데 한 타임당 하루에 50~100명 정도의 환자가 방문한다. 교수님께서 진료하시는 것을 참관하며 배우기도 하고, 직접 환자를 진료하며 진단하고 치료하기도 한다. 수술실에서는 교수님께서 수술에만 집중하실 수 있게 모든 과정을 준비하고, 어시스턴트로 수술을 가장 가까이서 보조하며 모든 과정을 직접 보고 배운다. 수술은 종류에 따라 다르지만, 다른 과와 함께 협업하는 대수술은 오전 8시에 시작해서 자정이 넘어 마치기도 한다.

오후 외래나 담당했던 수술이 끝나면 하루 동안 입원 환자의 경과를 체크하기 위해 오후 회진을 돌고, 외래나 응급실을 통해 새로 입원한 환자를 면담하고 필요한 처방을 낸다. 수술 환자들도 보통 수술 전날 오후에 입원하는데, 보호자를 함께 모시고 수술의 구체적인 방법과 수술과 관련된 부작용 및 합병증, 수술 전후 경과를 설명하며 질의응답 시간을 가지고, 작성해야 하는 의무 기록과 검사 및 처방을 챙긴다. 레지던트 한 명당 하루에 1~3명의 수술 환자를 담당하고 있다.

이렇게 할당된 일을 다 마치면 보통 오후 6~8시. 귀가하여(당직인 날은 당직실로 향한다) 저녁 식사 후 콘퍼런스 발표 준비를 하거나 담당하고 있는 논문을 작성한다. 또, 예정된 수술에 대해 미리 공부하는 등 늦은 밤까지 해야 할 일들을 하다가 기력이 다하면 다음 날 오전 5시 30분 알람을 맞추고 하루를 마무리한다.

의사라는 직업이 어울리는 사람은 기본적으로 공부와 배움을 즐거워할 줄 아는 사람이다. 의사는 정말 평생 공부를 병행해야 하는 노동자이고, 무수히 많은 시험과 경쟁을 거쳐 의사 면허를 받는다고 공부가 끝나는 직업은 아니다. 전문의가 되기까지 의대 입학 후 졸업까지 6년, 인턴 1년, 레지던트 4년(내과, 외과, 소아청소년과, 가정의학과는 3년)이라는 긴 시간을 노력하고 많은 것들을 희생해야 하며, 20대 후반까지 아니 그 이후로도 인간의 건강과 생명을 다루는 전문가로서 최신 연구와 기술에 뒤처지지 않으면서 환자를 치료하기 위해 끊임없이 공부해야 한다. 빠르게 발전하는 최신 의료 기술과 첨단 장비를 익혀 환자들에게 적용하고 건강한 삶을 선물하는 일에 큰 성취감을 느낄 줄 알아야 한다.

의사는 기본적으로 사람을 대면하는 직업이다. 진료는 환자와 대화를 통해 질환에 대한 힌트를 얻는 것에서 출발한다. 대화로 얻은 몇 가지 정보를 토대로 진단 방법과 치료 방법을 결정하는 것이기에 의사와 환자 사이에 의사소통이 원활해야 성공적인 치료가 가능하다. 때로는 아무리 자세하고 명확한 설명을 해도 환자나 보호자가 이해하지 못하거나 무리한 요구 혹은 기대하는 경우가 있는데, 굉장히 답답하고 회의

감이 들기도 하지만, 전문적인 지식으로 진단에 필요한 적절한 대화를 유도하여 환자들의 건강한 삶을 되찾아 줄 때마다 적지 않은 성취감과 보람을 느낄 수 있다. 게다가 직업이 가져다주는 사회적 인정과 경제적 안정도 의사가 되기까지 많은 것들을 희생하며 공부한 시간들을 보상해 준다.

　의사로서 힘든 점은 시간에 쫓기듯 사는 바쁜 일상이 아니다. 과중한 업무에서 오는 스트레스는 꾸준한 운동과 규칙적인 생활 패턴으로 스스로 페이스를 조절하면 오히려 적응하면서 어느 정도 극복이 가능하다. 개인적으로는 의사로서 알고 있는 전문적인 지식으로 환자에게 최선을 다했음에도 불구하고 예기치 못하게 질병이 악화되거나 치료 결과에 대한 만족도 차이(완벽한 치료가 어려운 난치성 질환도 치료받으면 완치될 것이라는 믿음이 강한 분들) 때문에 발생하는 환자 및 보호자와의 마찰이 있을 때면 의사로서 한계를 느낀다. 현실적으로는 낮은 의료 수가 등으로 노동 환경과 보상 등에 대한 문제로 인해 전반적인 의료 체계에 불만을 느끼는 경우도 많다.

　결론적으로 의사는 면허를 발급받기까지 고되고 지루한 무한 경쟁의 과정을 거쳐야 하지만, 공부한 지식으로 다른 이들에게 건강에 선물을 줄 수 있다는 점과 사회경제적 안정감이 상당 보장된다는 점이 매력적인 직업이다. 의사를 꿈꾸는 이들에게 의사는 정말 평생 공부가 중요한 직업임과 동시에 사람을 대하는 직업임을 잊지 않기를 바라고, 이 경험담이 당신의 미래를 결정하는 데에 하나의 인사이트가 되었으면 좋겠다.

09

투자는 세상과 나의 연결고리

사회초년생이었던 인턴 시절, 하루하루 열심히 일하고 월급이 은행에 조금씩 쌓여가고 있었다.

어느 날 대형 보험 회사의 직원 셋이 인턴들 대상으로 '비과세 연금형 종신보험'을 홍보하기 위해 병원에 방문한 적이 있었다. 똑똑한 사람은 노후를 일찍부터 대비한다며 매달 10만 원에서 많게는 100만 원까지 적금하듯 20~30년 이상 장기 납입하면 복리로 이자가 붙어 돈이 눈덩이처럼 불어나고, 만기 시 연금처럼 돌려받을 수 있으며 이렇게 납입한 돈에 대해 100% 비과세 혜택을 받을 수 있다고 했다.

이 제안이 본인에게 득이 되는지 실이 되는지 판단할 수 있겠는가? 상품의 우수성을 떠나서 연금형 종신보험. 비과세 혜택. 똑똑한 노후 대비. 낯선 단어들과 능숙하고 현란한 프레젠테이션, 연금형 종신보험과 연금 보험의 차이도 모르면서 혹했던 나 자신을 보며 스스로 얼마나 금융에 대해서 무지한지 심각하게 체감했다.

무슨 이유에서인지 학교나 사회에서는 사람들에게 돈, 금융, 투자에 대해 강조하지도 않고 혹은 깊은 교육을 제공하지도 않는다. 하지만, 우리는 모두 육체에 속한 자들이기에 언제까지 나 노동으로만 삶을 지속할 수 없다는 점을 고려한다면, 보험 회사의 직원 말처럼 노후 대비를 일찍 시작할수록 유리하다는 말은 타당하다. 다만,

똑똑한 노후 대비는 어떤 특정 상품을 가입하는 것으로 시작하는 것이 아니라 금융과 투자에 관심을 가지고 공부하는 것으로부터 시작해야 한다. 현대 사회에서 돈은 우리가 얼마나 많은 시간을 확보하며 살아갈 수 있는지 결정하는 중요한 요소이다. 자본주의 사회이기에 경제적으로 자유로울수록 '시간적 자유'도 누릴 수 있기 때문이다. 원하는 삶을 살고 삶의 질을 높이기 위해서 돈에 대한 관심은 선택이 아닌 필수이다. 투자에 대한 관심은 돈의 노예가 되는 것과는 전혀 무관하며, 보다 풍요로운 인생을 살고, 경제적 안정성을 높이기 위한 수단일 뿐이다.

돈이 없으면 오히려 더 '돈돈'거리게 된다.

금융과 투자에 대해서는 직업의 종류와 상관없이 남녀노소 무관하게 모두가 관심을 가져야 한다. 각국의 중앙은행에서 돈을 계속 찍어내기 때문에 현재 자본주의 사회에서 돈의 가치는 자연적으로 시간이 지남에 따라 떨어질 수밖에 없는 '인플레이션'이 발생한다. 그래서 이 인플레이션을 고려하지 않고 돈을 관리하면 나중에 큰 손해를 입을 수도 있다. 매일 바뀌는 환율과 유가는 무엇에 영향을 받고 변동하는 것인지, 돈이라는 개념이 어디서부터 발생한 것인지, 왜 미국 달러가 기축통화인지 등 일상생활과 밀접한 돈의 흐름에 대해 당연하게 여기지 않고 '왜?'라고 묻기 시작할 때 비로소 진정한 노후 대비가 시작되는 것이다.

투자에 관심을 가지는 것은 노후 대비뿐 아니라 곧 세상 전반에 관심을 가지는 것이기도 하다. 올바른 투자를 위해 다양한 시장과 산업에 대한 정보와 지식을 쌓다 보면 세상을 바라보는 자신만의 안목이 생기며, 개인적인 삶의 비전이나 사회 속 본인의 위치나 역할에 대해 고민했던 것들이 더욱 또렷하게 보일 수 있다. 또한, 발전을 기원하는 기업에 투자하는 일은 해당 기업의 성장에 기여하는 일이기도 하다. 기업은 투자받은 자금으로 새로운 사업을 시작하거나 기존 사업을 확대하며, 기술 개발과 연구를 진행하여 더 나은 제품과 기술을 만든다. 이 과정에서 일자리가 창출되기도 하므로 투자는 거시적으로 지역사회나 국가 경제 발전에도 기여하는 일이기도 하다.

이렇듯 세상의 발전과 자아의 재발견 그리고 노후 대비,
세 마리 토끼를 효율적으로 잡기 위해서는
꼭 금융과 투자에 관심을 가지고 살아가야 한다.

10

안정을 좋아하는 학생이 택한 공부법: 대충대충 학습법

MBTI가 ISTJ인 나는 안정적이고 체계적이며 예측할 수 있는 일 처리 방식을 좋아한다.

수능이 끝나고 나서야 뒤늦게 의사가 되고 싶었다. 그래서 대학교에 진학하여 의학전문대학원에 입학하기 위해 처음부터 공부를 새롭게 시작해야 했다. 내가 어떤 목표를 세웠는지? 어떤 마음가짐을 가졌는지? 그리고 어떤 방법으로 공부해서 의학교육입문검사(MEET) 시험에서 상위 100등 이내의 성적을 받았는지 공유해보려고 한다.

안정적으로 합격하는 것이 중요했기에 우선 합격하기 위한 구체적인 계획과 목표를 우선 설정했다. 그 당시 MEET 시험 전체 시험 응시생 수가 약 6,000명이었고, 선발인원은 약 1,200명 정도로 경쟁률이 약 5:1이었다. 전체 응시 인원의 상위 10%이자 선발인원의 50%인 600등 내에는 들어야 어디든 안정적으로 지원해 볼 수 있으리라 생각했고, 전년도 자료를 보니 상위 10% 중 1/3 정도만 초시생(처음 시험을 보는 수험생)이었다. 즉, 상위 10%가 되려면 초시생 중에서도 최소 200등은 해야 한다는 뜻이었다. 당시 의전원 선발 인원을 점점 축소하는 시점이기도 해서 N수생들의 뒷심이 발휘되리라 판단했고, 초시생인 나는 목표의 기준을 높여야 한다고 생각했다. 결론적으로 안정적 합격을 위해서 100등 이내의 성적을 목표로 정하였고, 항상 내 책상

앞에는 '100등 안에 들자'라고 적힌 다짐이 적혀있었다.

목표를 수립한 후에는, 100등 이내의 성적을 받으려면 구체적으로 어느 정도의 노력을 해야 하는지 정보를 찾아보았다. 이미 우수한 성적으로 의전원에 진학한 학교 선배님들과 과거의 시험 수석의 인터뷰들을 참고했다. 사실 상위권 성적을 받는 사람들의 성공 비법에는 특별한 것이 없다.

공통된 점은 빠르게 자신만의 '단권화 개념서'를 만들고, 그것을 '다회독' 하면서 모의고사를 통해 실전 경험을 기르는 것이었고… 이것이 내 비법의 전부다.

많은 이들은 공부하는 분위기를 느끼겠다는 이유로 학원에 다니며 공부했다. 나는 성향상 공부는 결국 혼자 하는 것이라고 생각했기에 학원 이동 시간을 최소화하면서 언제든지 재시청할 수 있는 인터넷 강의를 선택했다. 인터넷 강의의 장점은 이해가 가지 않는 부분은 연속해서 들을 수 있고, 쉬운 부분은 배속을 높여서 빠르게 시청할 수도 있었다.

안정적인 시험 결과는 안정적인 공부에서 오고, 안정적인 공부는 안정적인 환경에서 만들어진다.

6개월 이상의 마라톤과 같은 긴 싸움이었기에 안정적인 공부를 위해서 일정한 '공부 시간' 패턴을 만들었다. 우선 체력적으로 안정될 수 있도록 취침 및 기상 시간을 정하였고, 충분한 수면 시간을 한결같이 유지하려고 노력했다. 또, 실제 시험 시간과 동일하게 맞추는 공부를 했다. 사실 특별히 공부법이라고 할 것도 없는 나의 공부 방식은 다른 수험생들과 같이 그저 시험 범위의 지식을 단권화하여 나만의 것으로 정리하고, 공부에 집중할 수 있도록 안정적인 환경을 조성한 후 무한 복습했을 뿐이다.

그렇다면 무엇이 높은 성적을 가져다주었을까?

나는 수험 기간만큼은 정말 그 누구보다도 '대충' 살았다. 뭘 먹을지 혹은 뭘 입을지에 전혀 관심을 두지 않았다. 유튜브, 드라마, 영화에도 관심이 없었고 세상이 어떻게 돌아가는지조차 알려고 하지 않았다. 시험공부에 대한 나의 정신이 흐트러지지 않도록 외적인 것들에 대해서는 가능한 대충대충 생각했다. 배움에 하루가 늦으면,

깨달음은 열흘이 늦다는 마음가짐으로 그저 오늘 한 가지라도 시험과 관련된 내용을 더 공부하고 배우려고 했다. 공부를 위해 내가 낼 수 있는 모든 에너지를 매일같이 쏟아부었고, 기진맥진한 채로 밤에는 침대에 눕자마자 1분 이내에 잠이 들었다. 더 이상 평범하게 살고 싶지 않아서 평범하게 노력하지 않았고, 나보다 열심히 노력한 수험생이 있다면 당연히 나 대신 합격해야 한다고 생각했다.

모든 수험생들에게 주어지는 시간은 동일하다. 공부할 시간, 먹고 자는 시간, 시험 치는 시간 등 모든 시간이 공평하게 주어진다. '시험을 잘 보는 일'을 하나의 '현상'으로 보면, 이 현상은 시험 시간이라는 같은 단위 시간 속에 누가 더 지식을 잘 끄집어내느냐로 결과가 달라진다. 지식을 잘 꺼내 쓰는 것은 물론 타고나는 부분도 있겠지만, 결국 누가 더 많은 지식을 머릿속에 넣고 있는지가 중요한 전제이다.

동일한 시간 속에 더 밀도 있게 머릿속에 지식을 효율적으로 넣는 방법은 사람마다 학습환경, 학습 능력, 학습 습관 등에 따라 얼마든지 달라질 수 있다. 하지만 공부법보다 우선적으로 고려해야 하는 점이 있다. 바로 '공부 내용'에 대한 고려이다. 기본적으로 '시험을 위한 공부'와 '학문을 위한 공부'는 구분되어야 한다. 학문을 위한 공부는 개인의 성장과 발전을 위하는 공부인 반면, 시험을 위한 공부는 사실 학문의 깊이와 넓이를 파헤치기보다는 '시험에 합격하기 위한 내용'을 파악하는 것이다. 시험에 나올 만한 내용에 집중하는 것이 훨씬 효율적인 것이다. 학문에 정진하듯 하지 말고 시험공부는 시험공부답게 어느 정도 '대충'할 필요도 있다. 그렇지 않으면 시간 낭비인 경우가 많다.

모든 일에는 때가 있고 기회비용이 존재한다. 지금 인생에 중요한 공부를 할 예정이거나 하고 있다면 스스로 '공부를 대충 하는지' 아니면 '공부 외적인 것들을 대충 하는지' 늘 점검해야 한다. 그렇게 후회가 없는 하루하루들을 시험날까지 만들어가며 최선을 다하기를 진심으로 응원한다.

03

우물 밖으로 나갈 준비

[임익현 재활의학과 의사/두 아이의 아빠]

01

우물 밖의 세상을 알지 못한 거만한 개구리

서울 북부의 평범한 중학교… 그곳은 목동이나 강남만큼 학구열이 불타는 곳은 아니었다.

나는 중학생이 될 때까지 특별한 종합학원에 다닌 적이 없었다. 그렇다고 방과 후에 혼자 공부를 하던 것도 아니었다. 그저 학교 수업시간에 졸지 않았고 선생님께서 내주시는 숙제를 열심히 했을 뿐이다. 시험기간에는 특별한 방법 없이 바보처럼 통 암기를 해버렸다. 그렇게 얼떨결에 나는 첫 중간고사에서 반 1등을 하게 되었다. 가족도 선생님도 친구들도 그리고 나조차 예상하지 못했던 일이다. 혹시 내가 공부에 재능이 있었던 건가? 담임 선생님은 성적표를 나눠주면서 나에게 학교가 끝나고 교무실로 들리라고 하셨다. 나는 칭찬받을 생각에 입에 미소가 떠나지 않았다.

하지만, 교무실에 갔을 때 선생님의 표정은 밝지 않았다.

"1등 하니 좋지?"

"네?"

"네가 1등인데 전교에서는 몇 등인 줄 아니? 20등이야. 한 학년에 12반인데 20등이란 말은 우리 반이 꼴찌라는 뜻이지. 그러니 자만하지 말고 더 열심해서 전교 1등을 해

보자고! 알겠어?”

선생님은 새로운 목표를 만들어주려고 하셨던 것 같지만 사실 내 귀에는 선생님의 조언이 하나도 들어오지 않았다. 다른 반이 무슨 상관이지? 어쨌든 반에서 1등인 건 좋은 것 아닌가? 공부에 그렇게 열정과 욕심을 가지고 있지 않았던 시절이었기에 충분히 만족하고 심취(?)한 채로 지냈다. 그 이후로도 어느 수준 이상만 공부하면 꽤 괜찮은 성적이 나왔다. 컨디션이 좋으면 반에서 1등을 했고 가끔 실수를 하면 2~3등을 했다. 이런 페이스면 고등학교에 진학해도 괜찮은 성적이 나올 것 같았다. 그렇게 나는 서울대, 연대, 고대를 가게 되겠지?라는 상상을 하며 지냈다. 때마침 내가 살던 지역으로 사교육의 열풍이 서서히 불어오기 시작했다. 나와 함께 놀던 친구들도 점점 방과 후에 먼 곳까지 학원에 다니기 시작했다.

“그냥 교과서로 열심히 공부하면 되는 것 아닌가? 왜 비싼 돈을 들여서 굳이 힘들게 멀리 있는 학원까지 다니려고 하지?”

이런 생각에 사로잡혀 주변에서 다른 친구들이 사교육을 받더라도 어떤 위기의식조차 느끼지 못했었다. 아니, 거만했다고 볼 수 있다. 이 때부터 나는 혼자 땅을 파기 시작했고 나만의 우물을 만들어서 자진해서 그 속으로 들어갔다. 그것이 마음이 편했다.

중학교 3학년이 되었을 때 내 거만함이 하늘을 찌르게 되는 일이 생겼다. 바로 전교 1등을 하게 된 것이다. ‘역시 내 생각은 옳았어. 이제 선생님들도 나에게 뭐라고 못하겠지? 나보다 앞섰던 친구들은 그렇게 큰 학원에 오래 다녔는데 왜 오히려 성적이 더 떨어지는 거지? 기본에 충실하지 않아서 그렇겠지.’라고 생각했다. 하지만 한편으로 불안한 마음이 있었다. 다들 무언가 정신없이 하는데 나 혼자 여유 있게 지내는 듯했다. 타고난 머리를 가지고 있다고 치부하기에는 사실 내가 천재가 아니라는 것을 스스로 잘 알고 있었기 때문이다.

거만한 개구리는 살포시 우물 밖으로 빠져나와 동태를 살피기 시작했다. 두리번… 두리번… 그들은 수업시간에도 특목고(과학고 및 외국어고) 입시 준비를 하고 있었다. 아니 저건 뭐지? 나는 정말 자연스럽고도 당연하게 집 주변에 일반고를 진학하려고 했었다. 특목고를 가보고 싶다는 생각조차 해보지 않았다. 아니, 잘 몰랐다고 해야 맞을 것이다. 그렇게 갑작스럽게 알게 된 사실은 뭔가 불안감을 증폭시켰다. 그래서 거만한 개구리는 관심을 거둔 채 다시 우물 속으로 들어갔다.

"특목고가 무슨 소용이야… 일반고에서도 충분히 SKY 가는데… 난 전교 1등인데…"

사실 상위권인 친구들은 특목고 입시를 준비한다고 내신 준비에 에너지를 살짝 뺏던 것이고 나는 그로 인한 반사이익을 누렸던 것이다. 그저 이 본질적인 현상들은 무시한 채 내 실력이 쑥쑥 커간다고만 생각했다.

언젠가 우물은 매워지기 마련이다. 고등학교에 진학하면서 우물 속 거만한 개구리가 나였다는 사실을 깨닫게 되었다. 처음 치르는 전국 모의고사 성적표에는 전국 고등학생의 순위를 매기는 '백분위 성적'이 기재되었다. 하지만, 중학교 전교 1등에 대한 기대감을 무색하게 만드는 점수가 쓰여 있었다.

'백분율 75%'

고작 전국에서 중위권에서 약간 높은 정도의 성적이었다. 당시 전국 상위 10% 내의 학생만 인서울 대학에 진학할 수 있었으니 나는 서울권에 원서조차 내밀 수 없는 수준이었다. 중학교 때는 잘 나오던 내신도 고등학생이 되면서 점점 뒤처지기 시작했다. 중학생 때는 보이지도 않았던 친구들이 이제는 나를 뛰어넘어 저 앞을 달리고 있었다. 심지어 '한일고등학교'라는 곳에서 전학을 온 친구가 다음 시험에서 전교 1등을 해버리는 사건도 발생했다. 1등을 했다는 사실보다 더 큰 충격을 받은 것은 그 친구는 이전 학교에서는 하위권이었다는 사실이었다(나중에서야 알게 되었지만 당시 한일고등학교는 자율형 사립학교였고, 매년 SKY를 포함한 상위권 대학을 100명 넘게 배출하는 학교였다).

'그래. 나는 우물 속 개구리였구나… 근데 뭐 잘하면 되는 거 아냐?'

현실을 마주했음에도 나는 여전히 빛나던 과거 시절에 사로 잡혀 있었다. 성적이 안 나올 때면 약점을 체크하기보단 자존심을 찾는 것이 더 급급했다.

'난 원래 1등이었어, 아는 문제였는데 그냥 컨디션이 안 좋아서 실수한 거야! 난 원래 이런 성적을 받을 사람이 아냐? 모의고사는 다 연습 아냐? 수능만 잘 보면 되지.'

마음은 계속 불안해졌지만 그 숙제를 계속 수능까지 미루면서 살았다. 그렇게 이 핑계 저 핑계를 댔지만 결국 수능에서 언어, 수리, 외국어를 4, 4, 2 등급이라는 처참한 점수를 받아버렸다.

결국 우물은 매워져 버렸고 거만한 개구리는 차디찬 세상과 마주하게 되었다. 어디서부터 꼬였을까? 다시 생각해 보면 공부를 제법 한 것은 맞다. 하지만, 애매한 중상위권 수준의 여우가 호랑이가 없을 때를 빌려 왕 노릇을 했던 것이었다. 내가 부족했던 점은 과거의 명성에 집착하여 '현재의 나의 위치'를 계속해서 마주할 용기가 없었던 것이다. 그렇게 간단하고 단순한 사실을 나는 수능을 3번을 치르고 나서야 뼈저리게 느끼게 되었다. 재수와 삼수… 2년의 시간과 재수 비용을 지불했다. 절대 가벼운 것은 아니었으나 아깝지도 않았다.

그 무게는 내 삶에 겸손을 가르쳐주었다.

02

꿈은 명사가 아니라고?!

___

아이를 키우는 부모가 되어 보니 내 자녀가 청소년기에 본인이 원하는 꿈을 찾기를 간절히 바라는 마음이 생겼다. 이런 마음에서 꿈을 이룬 사람들을 만나면 항상 물어보는 질문이 있다. 다만, 직장이 병원이다 보니 주로 동료 의사선생님들께 질문을 많이 했었다.

"선생님은 어릴 때의 꿈은 뭐였나요?"

놀랍게도 열명 중 여덟, 아홉은 의사가 되고 싶었다고 말했다. 정말 의사가 되고 싶었던 사람들이 다 의사가 된 것일까? 아니면 학창 시절 누구나 의사가 되고 싶었던 것일까?

그러면 다른 선생님들도 내게 되묻는다.

"선생님은요?"
"사실 저도 어릴 적 장래 희망은 의사였습니다."

의사라는 직업에 관심을 가진 것은 중학생 때 읽은 장기려 박사님의 이야기 때문이었다. 현재 고신대학교 의대의 모태였던 부산복음병원의 설립자이자, 가난한 사람들이 치료비를 내지 않고 도망치게 도와주는 원장님이었던 장기려 박사님은 나에게 의사라는 꿈이 얼마나 멋진 꿈인지 알게 해주었다. 내가 가진 능력으로 힘들고 아픈 사람들에게 도움을 줄 수 있다는 것이 얼마나 멋진 일인가!

하지만 의사라는 직업을 갖는 것 자체가 우리나라에서 얼마나 어려운 것인지 깨닫는 데에는 오래 걸리지 않았다. 그럼에도 나는 꿈을 그저 '명사'로 두지 않았고, 불가능해 보일지라도 이를 현실화하기 위한 구체적인 행동과 자세를 가지고자 했다. 그리고 그저 꿈을 향해 묵묵히 전진을 했다. 물론 마지막 난관은 바로 수능이었다. 이것을 넘지 못하면 꿈을 이룰 수가 없기에 계속해서 삼수까지 도전을 했다. 그저 꿈을 과거의 기분 좋은 상상으로만 남겨두고 싶진 않았기 때문이다.

성공한 사람들은 '꿈은 명사가 아니다' 또는 '꿈은 직업이 아니다'라는 말을 한다. 이 말에 전적으로 공감하지만 아쉽게도 학생들의 입장에서는 크게 와닿지 않을 것이다. 교육부에서 발표한 '2021년 초·중등 진로교육 현황조사'에 따르면 중학생 중 36.8% 그리고 고등학생 중 23.7%가 '자신의 희망 직업이 없다'고 답변했다고 한다. 코로나19 시대를 겪으면서 비대면 수업과 사회적 거리두기 등으로 진로체험들이 부족한 아이들을 대상으로 한 통계라고 하지만 현재 우리나라의 아이들의 상황을 반영한 것이라고 느끼고 있다. 이런 아이들에게 "꿈은 명사가 아니다"라고 이야기해 주는 것보다 우선적으로 꿈을 찾아가는 방법에 대해서 가르쳐주어야 하지 않을까?

꿈이 없는 우리가 어떻게 꿈을 찾아야 할까? 다음의 방법들을 통해 꿈을 구체화시켜 보자.

구체화 1단계: 나는 누구인가?

어떻게 꿈을 찾아야 할까? 결코 쉬운 질문은 아니다. 당연히 하나의 정답은 없고 다양한 답변이 있을 수 있다. 하지만 가장 먼저 해야 하는 것은 있다. 꿈을 찾기 전 '나'에 대해서 생각해 보는 것은 가장 중요하다.

내가 좋아하는 것, 싫어하는 것, 잘하는 것, 어려워하는 것이 무엇인지, 인생에서 중요하다고 느끼는 것은 무엇인지, 내가 처한 환경을 잘 인지하고 있는지 등을 자유롭게 다각도에서 생각해 보는 것이 필요하다. 혼자서 해도 좋고 자신과 가까운 사람과 함께 진행해도 좋다. 타인의 입장에서 보는 것이 더 객관적인 경우도 많고, 내가 인지하지 못하는 장점들을 알게 될 때도 많기 때문이다.

이런 활동은 청소년들에게만 필요한 것은 아니다. 현재 취업을 준비하는 청년들이나 이미 직장을 가지고 있는 사람들에게도 해당될 수 있다. 자신이 정말 원하고 바라는 일들을 지금 하고 있는가? 당장은 아니더라도 하고 싶은 것들이 생기고, 나만의 장점을 찾는다면 충분히 서브–직업으로도 가능한 시대가 왔다. 정말 바라고 원하던 꿈을 많은 사람들이 이루기를 바랄 뿐이다.

구체화 2단계: 직업에 대해 알아보자!

이제는 조금 더 구체적이고 본질적으로 본인에게 체감이 되는 방향으로 꿈을 찾아야 한다. 즉, 어떤 직업이 나에게 맞을지 고민해 보자는 것이다. 이 단계에서는 당장 구체적인 이유를 만들 필요는 없다.

관심이 가는 직업군이 생겼다면 나에게 잘 맞는 직업인지 알아보는 시간이 필요하다. 학창 시절에는 잘 와닿지 않을 수는 있으나 직업의 전문성, 앞으로의 전망, 대략적인 월급 분포, 업무의 강도, 일과 삶의 균형 등과 같은 현실적인 부분을 미리 알아보는 것도 도움이 된다. 최근에는 유튜브에 특정 직업에 대해 검색하기만 해도 현직에 근무하는 사람들이 아주 자세하게 본인들의 직업을 소개해주곤 한다. 실제 세부적인 요소들을 파악하다 보면 막연하게 생각했던 이미지와 현실이 많이 다르다는 것을 알게 될 것이다. 만약, 기회가 된다면 현재 직업을 가진 사람과의 이야기를 나누는 것도 큰 도움이 된다.

구체화 3단계: 인기 있는 직업은 다 이유가 있다!

많은 학생들이 장래희망이 없다고 말하고 있다. 이럴 땐 어떻게 해야 할까? 인기 있는 직업들을 살펴보는 것도 도움이 될 수 있다. 대다수의 사람들이 원하고 바라는 직업이 있다면 분명 그 직업은 다양한 장점이 있다는 뜻이고 많은 사람들에게 매력적으로 작용했다는 뜻이다. 인기 직업부터 자세히 알아보다 보면 관심이 가는 직업군이 생길 수 있다.

2022년 희망직업 순위	중학생 희망직업 상위 10위	고등학생 희망직업 상위 10위
1	교사	교사
2	의사	간호사
3	운동선수	군인
4	경찰관/수사관	경찰관/수사관
5	컴퓨터공학자/소프트웨어개발자	컴퓨터공학자/소프트웨어개발자
6	군인	뷰티디자이너
7	시각디자이너	의사
8	요리서/조리사	경영자/CEO
9	뷰티디자이너	생명과학자 및 연구원
10	공무원	요리사/조리사

출처: 2022 초·중등 진로교육 현황조사-교육부.

위 통계 자료를 살펴보면 상위 직업의 대부분은 사회적으로 인정을 받거나 안정적인 직업군이다. 또한, 면허증이나 자격증이 있는 직업들은 본인의 능력을 가지고 다양한 곳에서 근무를 할 수 있다는 것도 알고 있는 것이 좋다. 흔히 간호사가 병원에서만 근무를 한다고 생각하는데 병원 외에도 공공기업(건강보험심사평가원, 보건복지부), 보건산업체, 제약회사, 임상 CRO, 학교 등에서도 근무를 할 수 있다. 따라서, 전문성을 높이면서도 선택의 폭을 다양하게 하려면 면허증이나 자격증을 취득해 보는 것도 좋은 선택이 될 수 있다. 하나의 자격증이나 면허증을 취득하더라도 그를 스펙으로 삼아 다른 분야로 도전하는 사람들도 많기 때문에 고민만 하기보다는 우선 실행하고 도전하는 것이 중요하다.

저는 원하는 직업도 없고 전문직도 싫어요.

교육 봉사를 하던 시절 위와 같은 말을 하던 친구들이 많이 있었다. 이런 학생들에게는 "때를 기다려야 한다"라고 말해주는 편이다. 더 정확히 말하자면, 본인이 원하는 것이 생길 때까지 기다려보자는 것이다. 이 말을 들었을 때 누군가는 '네? 당신 지금 무슨 소리를 하는 거야?'라고 생각할지도 모른다. 하지만, 특별히 원하는 것이 없는 학생이라면 당장 억지로 무엇인가를 할 필요는 없다는 것이다. 사람마다 적절한 때가 있는 법이다. 다만, 그때가 올 때까지 준비를 하자는 뜻이다. 바로 준비에 중요한 포인트가 있다. "나는 네가 뭘 좋아하는지 몰라서 다 준비해 봤어~"라는 말처럼 내가 하고 싶은 꿈 혹은 목표가 생겼을 때 본격적으로 에너지를 쏟고 행할 수 있는 환경을 준비해 두자는 것이다.

성경에 이와 관련된 이야기가 있다.

'마태복음 25장'에 보면 '기름을 준비한 신부' 이야기가 나온다. 기름을 준비하지 않은 5명의 신부와 기름을 준비한 5명의 신부가 있었는데, 신랑들이 예기치 않게 나타났을 때 기름을 준비한 신부들만이 결혼을 진행하게 되었다는 이야기다.

즉, 기회를 잡기 위해서는 준비가 필요하고 그것이 바로 공부 혹은 배움이다. 명확히 무엇을 해야 할지 모를 때 가장 범용적으로 쓰일 수 있는 것이 바로 공부다. 이것은 모든 어른들이 세상을 살아보면서 겪은 '불변의 진리'이고, 그렇기에 많은 부모님들이 그렇게 귀에 피가 나도록 '공부해라'라는 소리를 하는 것이다.

막상 부모가 되어보니 똑같은 잔소리를 하고 있다는 것이 부끄럽지만, 여러분들에게 진심으로 전하고 싶은 이야기는 마음가짐을 조금 바꿔보라는 것이다. 미래의 내가 투자할 수 있도록 그 밑거름을 만들어주자는 뜻이다.

직업(꿈)을 얻은 당신, 이제는 비전을 찾아라!

꿈을 가지고 있거나 이미 이룬 사람들에게 꼭 전해주고 싶은 말이 있다. 나는 다행히도 청소년 시절에 원하는 직업을 정했고 남들보다 많은 시간이 걸렸지만 끝내 그 꿈을 실현시켰다. 솔직히 말하면 꿈을 이뤘지만 마냥 행복만 있던 것은 아니다. 막상 의사가 되고 병원에서 근무하면서 내가 뭘 하려고 의사가 된 것인지? 혹시 나는 돈을 벌기 위한 기계인가?라는 생각이 머릿속을 가득 채우기 시작했다. 그렇게 번아웃과 허무함이 찾아왔다.

아마 많은 명문대 학생들 또는 전문직들이 나와 비슷한 경험을 한 적이 있을 것이다. 학창 시절 본인이 원하는 직업 또는 학과에 도달하고 보니 더 이루어야 할 목표가 없어져 버린 것이다. 목표에 도달하면서 성취감을 쌓던 사람들이 한순간에 갈 길을 잃고 허무함에 빠지는 것이다. 여기서 우리는 '꿈은 명사(직업)로 끝나는 것이 아니다'라는 말을 떠올려야 한다. 꿈이 직업으로 제한되어 버린 순간, 삶을 이끌어가는 동력도 함께 사라질 수밖에 없기 때문이다.

이제는 앞으로의 비전(vision)을 생각하고 고민할 시기이다. 내 꿈은 의사로 끝나는 것이 아니라 어떤 가치관을 추구하는 의사가 될 것인가? 어떤 비전을 담는 의사가 될 것인가? 그리고 그것을 실행하기 위해 어떻게 살아갈 것인가를 생각해야 한다. 내가 생각하는 비전의 뜻은 '내 마음속에 보이는 그림'이다. 나는 앞으로 어떤 그림을 그려 나갈 것인지 고민해야 할 것이며 그것이 앞으로의 인생을 이끌어갈 동력이 될 것이다.

꿈을 이루기 위해 노력하되, 마음속에 늘 자신이 이룬 꿈이
누군가의 또 다른 꿈이 된다는 사명감과 책임감을 가지라는 말이다.

이도준 작가의 〈내가 꿈을 이루면 나는 누군가의 꿈이 된다〉 중에서

이 구절을 보면서 나도 꿈을 꾸기 위해 노력했다. 그리고 내 이야기를 통해 또 누군가 꿈을 꾸고 이루기를 바라며 글을 쓰고 있다. 그런 기적이 모두에게 일어나기를 기도한다.

03

META(Most Effective Tactic Available)를 알아야 게임을 이긴다

메타(META)라는 용어는 컴퓨터 게임에서 자주 사용되는 신조어로 '현재 가장 강세인 전략, 추세 또는 대세'를 의미한다.

따지고 보면 이 단어는 단순히 컴퓨터 게임에서만 적용되는 의미는 아니다. 구체적인 목표가 있고 그것을 달성하기 위한 계획이 있다면 메타라는 용어를 적용해 볼 수 있을 것이다. 예를 들어 마케팅의 주요 메타는 인플루언서를 통한 홍보가 될 수 있고, 축구 포메이션의 메타는 윙백을 활용하는 것이 될 수 있고, 점포 운영에서의 주요 메타는 키오스크를 활용하여 인건비를 절약하는 것이 되기도 하다. 나는 입시에도 메타가 있다고 생각했고 어떻게 전략을 세웠는지 이야기해보려고 한다. 수능에서 언수외 4, 4, 2등급이 받았던 내가 어떻게 의사가 될 수 있었을까?

메타를 파악한 입시 전략 1: 의예과 대신 의학전문대학원으로!

의학전문대학원(이하 의전원) 시스템의 도입에 맞추어 입시 전략을 바꾸었던 것도 내가 '메타'를 충분히 이해했기 때문이다. 2005학년도부터 의과대학의 의전원으로 전환이 되면서 점차 수능으로 의대를 갈 수 있는 정원이 줄기 시작했고, 내가 수능을 쳤던 2010년도에는 의전원 정원이 오히려 의대 정원보다 많아졌다. 2010년을 기준으로 대략 전국 1371등 안에는 들어야 의대를 갈 수 있다는 단순한 계산이 도출되었다.

구분	2010	2011	2012	2013	2014
의예과	1,371	1,371	1,371	1,538	1,538
의전원	1,641	1,687	1,687	1,687	1,687

이러한 상황을 인지한 나로서는 현실적인 전략 수립이 필요했다. 당시 의전원에 대한 T.O가 많았음에도 의전원 커리큘럼상 대학교 과정은 4년 마친 후에 다시 본과 4년 과정을 해야 한다는 것이 학생들에게 큰 부담으로 느껴졌고, 생각보다 선호도가 높은 분위기는 아니었다. 내 경우로 생각해 보면 4수, 5수를 반복하면서 수능 전국 1300등에 드는 것보다 의전원을 도전하는 것이 더 가능성이 높을 것 같다고 판단했다. 게다가 몇몇 의전원(강원대, 건국대, 차의과대)은 지역인재전형이라는 특별전형이 있었다. 해당 전형의 모집인원은 강원대는 5명, 건국대는 8명, 차의과대는 2명이었고 경쟁률은 평균 5% 이하였다. 이 정도의 경쟁률은 일반전형의 경쟁률보다 훨씬 낮은 수준이었고, 나에게는 의사가 될 수 있는 가능성을 높일 수 있는 기회로 작용한다는 의미이기도 했다. 그래서 나는 '지역인재'가 되기 위해 전략적으로 지방대에 진학하기로 결정했고 4년 뒤 계획대로 특별전형에 합격하여 의학전문대학원에 입학할 수 있었다.

합격 후에 주변 사람들에게 물어보면 이런 전형이 있던 것조차 모르는 사람들이 대다수였다. 결국 많은 정보를 취합한 후에 나에게 잘 맞는 전략을 세우는 것이 중요하다는 것을 의미한다.

메타를 파악한 입시 전략 2: 본인에게 맞는 시험을 골라서 쳐라?!

1993년 처음 대학수학능력시험이 치러진 이래로 정말 오랫동안 고등학생들의 학업 능력을 평가하는 시스템으로써 자리를 잡고 있다. 수능 시험에 대한 변별력 문제가 여러 차례 제기되었으나 이를 보완하기 위한 수시제도 혹은 입학사정권제도 등이 등장했을 뿐 수능은 여전히 권위를 유지하고 있다. 사실은 시스템을 대체할 만한 대안이 없을 수도 있다. 어쨌든 하나의 시험이 모든 사람에게 적합할까? 분명 그것은 아니라고 생각한다. 누군가에게는 서면 평가가 유리할 수 있고, 누군가에게는 실기 평가가 유리할 수 있고, 누군가는 토론하고 발표하는 것을 더 잘할 수도 있다. 나름 평계를 대보자면 나도 수능과 궁합이 잘 맞는 편은 아니었다.

수능 예비소집일 날의 일이었다. 찾아간 시험장은 다소 특이했다. 넓은 교실에 배치되어 있는 책상은 꼴랑 2개뿐이었다.

"어라? 왜 책상이 2개밖에 없지? 배정이 잘못된 건가?"

하지만 정말 그 시험장에서는 나를 포함하여 2명만 시험을 치르는 것이 맞았다. 시험지도 홀수형과 짝수형 하나씩 나눠 받았고, 2분의 시험 감독관 선생님은 들어오셔서 1:1로 우리를 밀착 마크하셨다. 이렇게 부담되는 시험을 부담되는 환경에서 봐야 하다니… 지금은 재미있는 상황이지만 정말 울고 싶었다. 1교시 언어영역이 끝나기 직전 문제가 터졌다. 문제를 다 풀고 마지막 OMR 마킹을 하며 시험을 마치려던 중 뒤에 4문제가 마킹이 되지 않았다는 것을 확인했다. 다시 확인해 보니 15페이지까지 시험 문제가 있었는데 나는 13페이지까지만 시험을 풀고 끝났다고 착각했던 것이다. 시험 종료까지 3분 남짓 온몸에 식은땀이 흐르며, 손끝과 발끝에 전기가 흐르며 몸이 저려오는 것을 느꼈다. 급하게 본문을 읽기 시작했는데 하필 비문학도 아닌 고전 산문 [박씨전]이었다. 이미 심리적으로 부담감을 느낀 상태에서 글씨가 전혀 머릿속에 박히지 않았다. 결국 나는 4문제를 찍으면서 시험을 마치게 되었다.

인생 첫 수능에서 처음 경험해 보는 아찔한 상황이었다. 그렇게 멘탈이 나간 상태로 시작한 2교시 수리영역을 맞이했다. 그 해는 1등급 컷이 75점을 기록한 역대급 불수능이었다. 이미 제정신이 아닌 상태에서 고난도의 문제들이 나의 자신감을 더욱 떨어뜨렸고 평소의 실력도 발휘되지 못했다. 2교시가 끝나니 창문 밖으로 일부 학생들이 짐을 싸고 집에 가는 것을 보았다.

나도 집에 갈까…

하지만 그럴 용기는 없었다. 이미 마음속으로는 '재수 확정'을 새긴 채로 끝까지 수능을 완주하였다.

> 다시 본론으로 돌아와서 나는 3번의 수능을 통해 깨달은 사실이 있었다.
> 1) 수능을 준비하는 동안 나는 정말 최선의 노력을 다했다.
> 2) 수능 성적을 지금보다 더 올리는 것은 정말 어려운 일이다.
> 3) 3번의 수능에서 모두 1등급을 받았던 과학이 나의 유일한 강점 과목이다.

위 세 가지 사실을 통해 내놓은 결론은 '만약 과학만 치르는 시험이 있다면 나에게 유리할 텐데…'였다. 그리고 열심히 찾아보면서 알게 된 사실이 의전원에 입학하기 위해 치르는 의학교육입문검사(MEET)의 시험과목이 과학으로만 구성된다는 사실이었다.

찾았다! 나에게 적합한 메타는 수능이 아니라 MEET였다.

대학교마다 다양한 방법으로 학생들을 선발하고 있다. 수시와 정시만을 간단히 구분하던 과거와는 달리 학생부교과, 학생부종합, 논술 등으로 수시 전형도 세분화되고 있으며, 각 전형별로 점수의 반영 방법, 비율, 선별 정원 등이 모두 다르다. 본인에게 유리한 전략을 찾는 것도 실력이다. 그러기 위해서는 정보를 누가 잘 취합하여 활용하는지가 중요하다. 과거와 다르게 최근에는 인터넷이나 유튜브를 통해서도 양질의 정리된 정보들을 얻을 수 있다.

본인의 강점과 약점을 잘 분석하고
본인에게 맞는 최선의 전략, 메타를 찾는다면
나의 잠재력의 최상단의 결과를 만들어낼 수 있을 것이다.

04

SKY 과잠을 입고 싶었던 삼수생,
모든 것을 내려놓고 산으로 들어가다!

3월 새학기가 시작되면 대학교 과잠을 입고 다니는 학생들이 보이기 시작한다. 지금도 이런 학생들을 보면, 재수학원에 다닐 때 학원 선생님들이 늘 하시던 말이 떠오르곤 한다.

"너희가 나중에 대학교 과잠을 입고 당당하게 밖을 돌아다닐 수 있다면 그게 수능에서 성공한 거다."

선생님들이 말한 뜻은 우리나라 대다수 사람들이 인정해 주는 SKY에 들어가서 과잠을 입고 다니라는 뜻이었다. 하지만 나는 충분히 만족할 만한 성적을 받아서 대학에 들어간다면 자신 있게 과잠을 입고 다닐 수 있다고 생각했었다. 그렇게 나는 3년의 수험생활 동안 늘 마음 한 편에 '과잠을 입고 싶다'라는 꿈을 간직하고 있었다.

하지만 대학생이 된 나는 과잠을 입고 다닐 수 없었다. 아니, 입고 다니기 싫었다는 게 더 정확하다. 학교가 지방 산골에 있다 보니 강제로 기숙사 생활을 할 수밖에 없었고 주변에는 논과 밭뿐이었다. 과잠을 입고 돌아다녀봐야 나를 봐줄 사람은 지나가는 똥개가 전부였기도 했지만, SKY대학에 진학하겠다며 떵떵거리던 삼수생에게 '지방대'를 다닌다는 사실은 부끄럽고 자존심이 상하는 일이었다. 아무리 전략적인 선택으로 진학을 했더라도 그것은 이루기 전까지는 주변 지인들에게는 핑계나 자기 합리화에 불과했다. 내 자체가 학교에 대한 부정적인 생각을 가지고 있다 보니 가족들에게도 티가 많이 났던 것 같다. 보다 못한 아버지는 대학 입학하고 한 달 뒤쯤 나를 학교까지 데려다주겠다고 하시면서 조심스럽게 말을 꺼내셨다.

"지금 학교가 그렇게 마음에 들지 않니?"

"네…"

"네가 원하는 꿈을 위해 스스로 계획하고 준비하던 과정에 있음에도 그렇니?

"네… 제가 삼수까지 했는데 지방대를 다닌다는 게… 이제는 고등학교 친구들하고도 연락하지 못할 정도로 부끄러워요."

"아빠도 네가 고생하는 모습 보면 마음이 아프지만, 네가 목표하고자 하는 일을 위해 온갖 어려움과 괴로움을 참고 견디는 과정이… 앞으로의 너의 인생에 큰 도움이 될 거야!"

"…"

"그리고 이번 기회를 통해서 그동안 과거를 다 내려놓고 다시 처음부터 새로운 마음을 가지고 시작해 보자! 새로운 기회를 잡으려면 지금 잡고 있는 것들을 내려놓는 것이 필요하단다."

대화를 나누는 당시에는 전혀 와닿지 않았지만 그날 이후로 나는 힘들 때마다 아버지의 말씀을 계속 곱씹어보았다. 그 속에는 인생을 살아가는데 꼭 필요한 지혜들이 담겨있었다. 너무나도 부끄럽고 괴로운 대학 생활은 사실 내 꿈을 이루는 과정에서 아주 중요한 시절이었기 때문이다. 수능을 여러 번 준비할수록 성적은 잘 오르지 않았음에도 나의 기대치는 점점 더 높아졌었다. 아마 보상심리 때문이었을 것이다. 앞서 언급했던 이유들로 나는 지방대학교를 입학하였으나 준거집단과 소속집단의 불일치로 나는 괴리감을 느끼고 있었다. 심지어 주변에서의 시선들을 의식하면서 스스로 패배자라는 낙인을 찍으며 자존심에도 큰 상처가 되었다. 이런 상황에서 모든 것들을 내려놓고 새로운 마음으로 시작하는 것이 결코 쉽지 않았다. 특히 실패를 경험하고 난 뒤 내려놓는다는 것 자체가 현실에 타협하는 것 같았고, 그 동안의 노력도 다 물거품이 된 것처럼 느껴졌기 때문이다. 그래도 다행스러운 것은 산속으로 들어오면서 시간이 흐르고 나도 그 환경에 적응을 하기 시작했다. 얼떨결에 외부와 단절되는 환경 속에서 외부의 시선에 신경 쓸 일들도 적어졌고, 내 속의 고집과 자존심은 천천히 내버릴 수 있게 되었다. 2년이 지났을 즈음 나는 모든 것을 비우고 새로운 목표를 위해 채워갈 준비를 마치게 되었다.

삶을 살면서 세상이 내 뜻대로 되지 않는 경험을 할 때가 많다. 그리고 그럴 때마다 우리는 좌절하거나 실패라고 규정해버리고 만다. 사람이 물에 빠졌을 때 허우적거릴수록 물에 뜨지 못하고 더 깊이 가라앉는 것처럼 이런 순간들이 우리들에게 찾아온다면 힘을 꽉 주기보다는 힘을 빼 보자. 심리적으로 힘을 빼기 어렵다면 그런 환경을 인위적으로 조성하여 힘이 빠지기를 기다려보는 것도 좋다.

분명히 시간은 약이 되었다.
그 시간이 지나고 다시 일어서서
가벼운 몸과 마음을 가지고 시작하면 된다.

05

선택과 집중! 그리고 또 집중!

의전원 입학을 위한 MEET 시험을 보기 위해서는 대학교 4학년 1학기를 마쳐야 했다. 그리고 입학을 위해서는 대학교 졸업장이 필요했다. 의전원이라는 목표를 세우고 대학에 진학을 했지만 4년이라는 시간을 온전히 집중하는 것은 정말 어려웠다. 4년이라는 시간 속에는 다양한 사건들이 발생하고 내 마음도 계속 변하기 때문에 이를 잘 잡는 것이 필요했다.

그럼에도 내 마음이 흔들리는 사건이 있었다. 바로 약학대학입문자격시험(PEET)이 시행되는 2학년 때의 일이었다. 의전원과는 다르게 약대는 대학교 2학년을 마치고 PEET라는 시험을 치고 약학대학으로 입학할 수 있는 제도가 있었다. 당연히 대학교 동기들 중에는 PEET를 준비하던 친구들도 많이 있었다. PEET나 MEET의 시험 과목이 거의 동일했기 때문에 2학년부터 PEET를 치면서 붙으면 약대로 가고 4학년때까지 못 붙으면 MEET를 치는 사람들도 있었다. 사실 MEET보다 PEET가 인기가 더 많았던 이유는 지방의 산골짜기에서 4년을 버티는 것은 정말 괴로웠기 때문이다. 꽃 같은 20대 초반을 홍대나 신촌에서 즐기며 보내는 것이 아니라 시골에서 나방과 지네들과 보내야 했으니 말이다. 그러다 보니 우리 과에서도 MEET가 아닌 PEET를 봐야 한다는 분위기가 휩쓸기 시작했고, 괜히 나도 마음이 불안하고 조급해져 고민이 되기 시작했다.

　'친구들도 다 준비하고 있는데 따라서 준비해야 하지 않을까?'
　'내가 4학년 때 MEET를 떨어지면 나는 뭐가 되는 거지?'
　'지금 PEET를 안 보면 나는 2번의 기회를 날리는 것 아닌가?'

　혼자 계속 고민을 하다가 나도 PEET를 준비해야겠다고 결심하고 부모님께 인터넷 강의를 듣겠다고 말씀드렸다. 그러더니 부모님께서 이렇게 물으셨다.

　"아들아, PEET 시험을 준비하려고 하는 이유는 뭐니?"
　"아 그게… 주위 애들이 다 준비하고 있고, 4학년까지 굳이 기다리지 않고 더 빨리 편하게 끝낼 수 있는 시험이라고 해서요."

　자신 없어하는 나의 대답에 부모님은 다시 물어보셨다.

　"네가 정말 원하는 목표를 위한 준비 과정이 맞니? 주위 환경에 흔들리지 말고 정말 원하는 목표를 생각하고 거기에 집중하는 것이 중요하단다. 다시 한번 고민해 보고 결정해 보렴."

　부모님의 말씀을 듣고 난 뒤 나는 목표를 다시 생각해 봤다. 어린 시절부터 내 꿈은 의사였는데… 현실과 주변 환경에 휩쓸려서 이렇게 쉽게 목표를 바꿔도 되는 것인가? 약대를 진학할 거면 내가 굳이 전략적으로 지방대까지 온 보람이 없는 것 아닌가? 그런 생각이 들자 나는 다시 생각을 재정립하고 MEET만을 위한 공부를 시작했다.
　두 번째 위기는 4학년을 올라가면서 본격적으로 MEET 시험을 준비하면서 겪었던 일이다. MEET 시험을 준비하는 동기들 사이에서는 학원 강의는 기초강의, 기본강의, 심화강의, 문제풀이강의 등등 다양한 강의를 꼭 필수적으로 들어야 하고, 대학 생물학 교과서들도 정독하면서 여러 번 봐야 한다는 소문이 돌기 시작했다. 그런 분위기에 휩쓸려 일부 학생들은 대학교 수업을 거의 듣지 않고 학원에 다니기 시작했다.

이 소문을 들으니 나는 또 다시 흔들리기 시작했다. 모든 학원 강의를 다 들으면서 학교 수업을 병행하는 것은 물리적인 시간으로 불가능했다. 더군다나 생물학 대학 교과서들을 다 읽는 것은 말도 안 되는 일이었다. 과거의 교훈을 삼아 나는 분위기에 휩쓸리지 않겠다고 결정했다. 대학생의 본분은 학교 수업을 듣는 것이다.

'학교 수업을 빼먹으면서 의사가 되는 것이 과연 내가 꿈꾸던 의사가 맞을까?'

그래서 나는 선택과 집중을 하기로 결심했다. 기초 및 기본 강의들은 모두 패스하였고 학과 수업을 열심히 들으면서 교과서 위주로 기초를 쌓았다. 이후, 밤에는 인터넷 강의를 이용하여 심화와 문제풀이 강의를 시청하였다.

[사람은 주위 환경에 영향을 많이 받는다]라는 뜻을 가지고 있는 근묵자흑, 근주자적, 마중지봉, 맹모삼천지교 등의 옛말만 찾아봐도 사람은 정말 주변 환경에 쉽게 영향을 받는 존재인지를 알 수 있다. 사실 나도 주변 환경에 영향을 많이 받는 타입이었다. 미래의 결과는 알 수 없기에 늘 마음이 조급하고 흔들렸고, 과거 우물 안의 거만한 개구리의 경험 때문인지 내가 모르는 것이 있지 않을까?라는 불안감이 늘 내재되어 있었다. 사람은 누구나 흔들린다. 여기서 중요한 것은 [환경에 흔들리지 말아라]가 아니라 [나에게 맞는 상황들을 잘 분별하고 그 과정에 더 집중하자]라는 것이다.

동화 < 토끼와 거북이 > 이야기에서 거북이가 토끼를 이길 수 있었던 이유는 '상대가 누구냐'의 차이였다. 토끼에게 있어서 경주의 상대는 거북이였다. 거북이가 느린 것을 아는 토끼는 최선을 다하지 않고 그저 여유를 부리게 된 것이다. 반대로 거북이는 처음부터 자신이 토끼보다는 느리다는 것을 알고 있었다. 거북이는 토끼를 상대하기보단 스스로의 도전을 위해 경기에 임하게 되었다. 그렇게 묵묵하게 걸어갔기에 결국 완주를 이루게 되었고, 자만했던 토끼를 경기에서 지게 된 것이다. 사실 대부분의 사람들은 토끼로 시작하지 않고 거북이부터 시작을 한다. 그래서 우직하게 자신만의 길을 걷는 자세가 올바른 선택이나 현대 사회는 소셜미디어와 OTT 서비스 등의 비약적인 발전으로 인해 주변의 '토끼' 사례들을 쉽게 접할 수 있게 되었다. 그러다 보니 나의 삶 혹은 속도에 집중하기보다 주변의 빠르기와 속도에 집중하게 하고, 나의 경주가 너무 늦은 것이거나 무의미한 행동으로 느껴지게 만들곤 한다. 나도 주변 환경에 휩쓸리기도 하고 걸어가는 길에 대해 불확실함을 느낄 때가 많았지만, 그때마다 다시 나의 목표와 꿈에 집중하고 또 집중했다. 그리고 정말 후회 없는 한 걸음, 한 걸음을 걷기 위해 노력했고 지금도 계속 노력하고 있다.

원하는 목표를 정하고 그 길을 걸어가는 당신에게.

아직은 멀어보이는 목표점이지만
오늘 하루도 최선을 다해 앞으로 나아가는 과정은
너무나 소중하고 아름다운 것이다.

마지막까지 포기하지 않고 노력한 '오늘'의 당신에게
'미래'의 당신은 고마워 할 것이다.

06

먹고, 자고 싸는 것의 소중함 (재활의학과 이야기)

'재활의학과'는 도대체 뭐 하는 과일까? 일부 사람들에게는 대충 물리치료나 도수 치료를 하고 아픈데 진료해 주는 파트 정도로 알려져 있는 것 같다. 틀린 이야기는 아니지만 조금 더 자세하게 살펴보자. 다음은 재활의학회에서 말하는 재활의학의 정의다.

재활의학이란? 각종 질병 및 사고로 인하여 장애가 생긴 사람으로 하여금 주어진 조건 하에서 최대한의 신체적, 정신적, 사회적 능력과 잠재적 능력을 발달시켜 가능한 한 정상에 가까운 또는 남에게 도움을 받지 않는 생활을 할 수 있게 해주는 분야이다.

쉽게 말하자면, 여러 이유로 몸에 장애가 생겼을 때, 본인의 상태에 맞추어 최대한의 기능을 끌어올려서 독립적인 생활을 목표를 이끌어 내는 의학분야인 것이다. 위 내용을 보면 굉장히 장황한 일을 수행하는 진료과로 보이지만, 한편으로는 굉장히 작은 일에도 집중하는 소심한(?) 의학이다. 한 예로, 질병으로 인해 손가락이 전혀 움직이지 않던 환자가 회복되면서 살짝이라도 까딱하는 일이 확인되면 좋아지고 있다며

161

크게 기뻐하고 호들갑을 떨기도 한다. 이러다 보니 타전공 의사들은 '에휴, 저거 뭐 살짝 움직이는 거 가지고 뭘 저렇게 좋아하냐'라며 놀리기도 한다.

다른 사람들이 놀리든 말든, 내과적 또는 외과적인 처치를 마친 환자가 일상으로 회복하는 것을 위해 다방면으로 도와주는 재활의학과를 전공으로 선택한 것에 대해서 나는 너무나 만족하고 뿌듯함을 느낀다.

지금부터는 전공의 시절부터 정말 다양하고 많은 환자들을 돌보면서 의사로서 경험하고 고민했던 개인적인 이야기를 풀어보려고 한다.

어떻게 이런 일이…?

갑작스러운 뇌졸중 또는 사고로 인한 척수 손상으로 대학병원을 오게 되면 응급 처치 또는 응급 수술을 받게 된다. 이후, 안정기에 돌입하면서 재활치료를 시작하게 된다. 처음 병원에 오게 되면 환자나 보호자도 모두 정신이 없고, 수술이나 처치를 받을 때도 결과에만 초점이 맞춰져 있다. 그렇게 정신없는 시간을 보내고 난 뒤 환자와 보호자들은 재활치료를 받으면서 그동안에 쌓여있던 질문들과 고민들을 재활의학과 의사에게 털어놓곤 한다.

"제 아이를 봐주시는 우리 어머니와 육아 문제로 크게 다퉜는데, 그날 오후에 갑자기 뇌출혈로 쓰러지셨어요. 뇌출혈 생긴 건 아마 저 때문이겠죠? 별일 아니었는데 제가 너무 과민하게 반응해서… 선생님! 우리 어머니 다시 좋아지실 수 있겠죠?"

"우리 아내가 최근에 과로하고 무리하긴 했는데… 정말 이렇게까지 될 줄은 몰랐어요. 저희 두 아이들이 아직 초등학교도 안 갔는데… 아이들이 놀랄까 봐 엄마가 출장 갔다고 말했는데… 얼른 깨어나서 아이들은 알아봐야 할 텐데… "

"하루하루 겨우 막노동하면서 일하는데 제 몸이 이렇게 되면 앞으로 저는 어떻게 살아야 할까요? 다시 일할 수 있을까요?"

사연 없는 삶이 어디 있으랴라는 말처럼 사연 없는 환자들은 없었다. 환자들마다 다양한 이야기들이 있었지만 공통적으로 하는 말은 있다.

"어떻게 이런 일이 저희한테 생겼을까요… 응급실 오기 전까지만 해도 아무 일 없이 잘 지냈었는데… 앞으로 장애를 가진채 살아야 하는 건가요…?"라며 말하곤 한다.

하루아침 사이에 오른쪽 팔과 다리 그리고 몸통 근육의 힘이 다 빠졌다고 생각해 보자. 상상이나 될까? 여기서 끝이 아니다. 밥을 삼킬 때 사용하는 근육들도 이상이 생겨 식사도 제대로 못하게 되고, 심한 경우 숨 쉬는 것조차 어려워 목에 구멍을 뚫어 호흡하는 기관절개술도 시행받는 환자들이 있다. 대변이나 소변 가리는 것도 어려움이 생겨 기저귀를 차게 되거나 소변줄을 연결한 채로 생활하게 될 수도 있다. 평생 너무나 당연히 해오던 일상들이 당연하지 못하는 바뀌는 순간이 찾아오는 것이다. 이런 신체적 문제를 겪은 환자들은 멘탈도 흔들리게 된다. 그래서 우울감, 좌절감을 느끼는 사람들이 많고, 결국 '뇌졸중 후 우울증'이라는 정신적인 질병도 가지게 된다.

당사자는 당사자대로 몸과 마음이 다 무너져 버린 상태에… 보호자들도 간병 및 비용 등의 문제로 경제적인 난관에 마주하게 된다. 갑작스럽게 발생한 질병은 이렇게 개인을 무너뜨릴 수 있을 뿐만 아니라 한 가정에도 너무나 큰 어려움을 가져온다.

내가 가진 것이 이렇게 소중한 것이라니…

전공의 1년 차에 담당했던 환자가 했던 '이 말'은 지금까지도 마음에 박혀서 잊지 못하고 있다. 당시의 나는 끊임없이 쏟아지는 업무와 공휴일에도 쉬지 못하고 일한다는 스트레스로 육체뿐만 아니라 심리적으로 지칠 대로 지친 상태였다. 그러다 보니 삶에서 무기력함을 느끼고 아무런 활력 없이 살아가고 있었다.

어느 한 공휴일, 한 환자분이 병실 복도에서 난간을 잡고 계단을 오르는 연습을 계속하고 있었다. 힘이 빠져 잘 움직이지 않는 다리를 겨우 끌어가면서 단 한 개의 계단을 오르기 위해 10분 이상을 땀 흘리며 연습하고 있었다.

나는 환자에게 다가가 말을 걸었다.

"환자분 휴일에도 굉장히 열심히 운동하고 계시네요. 아주 잘하고 있으십니다. 더 열심히 하시면 계단을 올라가실 수 있을 거예요."

환자분을 위하는 말을 했지만 사실은 피로에 찌든 채로 형식적인 어투로 말을 건넸다. 그러자 환자 분이 말했다.

"네, 선생님 감사합니다! 연휴에도 쉬지 않고 일하시느라 많이 힘드시죠?"

힘든 업무를 공휴일까지도 쉬지 못하면서 일하다 보니 기분이 썩 좋지 않았던 것이 많이 티가 났던 모양이다.

"아, 아니에요…"
"힘내세요! 선생님은 정말 위대한 분이세요! 지금도 아주 어려운 일을 잘하고 계신걸요."
"네? 제가요?"
"네! 손잡이를 잡지 않고 혼자서 계단을 올라가실 수 있잖아요. 그것도 결코 쉬운 일이 아니랍니다!"

라고 밝은 표정으로 웃으며 말해주셨다.

이 말을 듣고 난 뒤 한동안 환자분이 연습하는 모습을 멍하니 바라만 보면서 사색에 잠기게 되었다.

아침에 눈을 뜨고 일어나 침대 밖으로 걸어서 나온 뒤, 거울에 비친 나의 모습을 살펴보며 세수를 하고, 고소한 빵 한 조각과 향긋한 커피를 들고 출근하는 아침… 반복되는 삶에 지쳐버린 우리에게는 너무나 당연하고 힘든 하루의 시작이지만 사실 정말 소중한 순간들이다. 건강하게 잠자리에서 일어난 것, 양쪽 팔다리를 문제없이 사용하는 것, 두 눈을 통해 세상을 볼 수 있는 것, 맛있는 음식을 맛보고 향을 느낄 수 있다는 것, 그리고 이 모든 것들을 누리는 건강한 생명이 있다는 것… 우리가 매일의 삶 속에서 경험하고 누리는 것들이 사실 누군가에게는 간절히 바라는 소중한 것들이었다.

감사함

2023년 새해 우리 부부가 다짐한 것이 있다. 매주 일요일 저녁, 지난주 서로가 감사했던 일들에 대해 이야기를 나누는 시간을 보내는 것이다. 물론, 아직 시작한 지 얼마 되지 않아 선뜻 감사의 내용들에 대해 쉽게 말하지 못했던 적도 있다. 그럴 때마다 다시 가장 기본적이고 당연한 것들을 생각하면서 대화를 이끌어 갔다. 지난 일주일, 건강한 몸과 마음으로, 삶 속에서 아름다운 것들을 볼 수 있고, 향긋한 꽃 향기를 맡을 수 있고, 맛있는 음식들을 먹을 수 있고, 좋아하는 음악을 들을 수 있고, 사랑하는 가족들을 안아줄 수 있었던 매일의 삶… 그리고 쉽지 않았던 세상 속에서 또 하루를 버텨가며 이겨낸 힘이 있었다는 것… 이렇게 감사한 것들을 쥐어짜면서(?)까지 말로 표현하다 보면 우리 부부는 서로의 억지스러움에 웃기도 하지만, 그러한 억지스러운 감사를 통해 또 내일 몰려올 태풍을 버틸 수 있는 힘을 얻기도 한다.

그리고 감사함을 생각하는 것만으로 멈추지 말고 말로 표현하는 것이 중요하다. 스스로 '생각만'하는 것은 더 빨리 잊게 마련이다. 그래서 여러분도 편하게 이야기할 수 있는 누군가와 '감사함'에 대해 매일 또는 매주 이야기를 나눠보면 좋겠다. 정말 감사한 것들이 없었다면, 소소하고 아주 간단한 일에서부터 감사함을 표현해 보자! 매번 '감사'를 잊지 않기 위해 다짐하고 일상에서도 자주 표현하려 하지만 쉽지 않은 것도 사실이다. 힘든 전공의 수련시절 동안 하루에도 부정적인 생각에 수십 번도 넘게 하면서 일을 때려치우고 싶었던 적도 있었다. 정말 힘들었을 때는 '전공의 수련'을 선택한 것에 대한 회의감도 생겼다. '이렇게 힘들게 수련하는 게 맞나?', '주변 친구들은 훨씬 적게 일하고 수입은 더 많다던데…' '돈'만 생각했다면 굳이 힘든 전공의 수련을 하지 않고 바로 로컬 시장에 나가는 것이 훨씬 유리했으니 말이다. 이런 부정적인 생각에 빠지려 할 때, 더 의식적으로 '감사'의 내용들을 생각하며 병원 옥상에 올라가 소리치곤 했다.

'오늘 나는 숨 쉴 수 있는 생명이 있기에 감사하다!'
'사랑하는 우리 가족이 있기에 행복하다!'
'나는 어린 소아부터 노인까지 다양한 환자들에게 도움을 줄 수 있는 재활의학과 의사이기에 행복하다!'

이렇게 소리치더라도 힘든 현실은 바뀌지 않지만
내 마음과 생각이 '감사함'으로 가득 차면서
현실을 이겨낼 힘이 생기기 시작한다.

07

평평한 길만 걷다 보면 너의 관절은 굳어버린다

재활의학과 의사들이 환자들에게 자주 하는 잔소리 중 "관절이 굳지 않게 최대한 많이 움직이셔야 해요"라는 말이 있다. 이 잔소리는 특히 관절 수술 후 통증으로 인해 움직이기 힘들어하는 환자 또는 마비로 인해 움직임에 어려움이 있는 환자들에게 더 많이 한다. 수많은 연구 논문에서 이미 수술 후 통증이 있는 상황뿐만 아니라 마비가 있는 관절에도 관절운동을 해주는 것이 얼마나 중요한지를 설명하고 있다.

하지만, 여러 환자분들이 이 말을 듣고 난 후 이렇게 반문한다. "아니, 이제 막 수술하고 통증도 심한데 쉬는 게 맞지 않나요?" 또는 "팔에 힘이 없는데 어떻게 관절운동을 하나요?"라며 의아해하기도 한다. 관절 수술 후 또는 마비가 있는 뒤 관절 운동을 하게 되면 일부 통증이 동반되는 것은 당연하다. 하지만, 각 관절은 계속 사용되지 않으면 결국 굳어버려 평생 움직이지 못하게 되기도 하고, 때로는 관절 내 염증을 유발되어 더 심한 통증까지 일으킬 수 있다. 그렇기 때문에 통증이 있음에도 불구하고 관절이 굳지 않게 하려면 꾸준히 운동을 하는 것이 필요한 것이다.

굳어버린 관절을 되돌리기까지의 노력

교수님의 진료를 돕기 위해 외래 접수실에서 일하고 있던 어느 날이었다. 긴 침대카트에 한 여자 환자분이 누워있는 상태로 대기실로 들어왔다. 한눈에 봐도 20대 젊은 여자 환자였다. 나는 진료를 보러 온 이유에 대해 궁금해져 차트를 확인해 보고 안타까운 마음이 들었다. 낙상사고로 인한 십자인대 파열과 무릎 관절 손상으로 응급수술을 진행하였으나 이후 여러 문제들이 겹치면서 3개월 이상 재활치료를 전혀 받지 못하였다고 차트에 기록되어 있었다. 젊은 나이에 이런 상황에 놓여있다는 것 자체만으로도 환자는 스트레스를 많이 받았다고 했다. 진료를 함께 보러 온 어머님도 이런 상황들을 알기에 적극적인 재활치료를 간절히 원하는 상황이었다. 외래 진료를 마친 후 교수님께서도 환자의 딱한 상황을 고려하여 빠르게 입원을 진행시켜 주셨다. 환자가 입원한 후에 환자의 상태를 평가해 보니 수술받은 무릎의 상태는 정말 심각했다. 스스로 무릎을 구부릴 수 있는 각도가 10도 내외 수준이었고, 더 구부릴 경우 통증이 심하게 발생했다. 또한 오랜 기간 병상에 누워서 생활하다 보니 햄스트링과 아킬레스건도 짧아져서 근육의 유연성도 거의 없는 상태였다. 이런 상태로는 걷는 것은 물론 서있는 것도 거의 불가능하였다. 이러다 보니 환자도 주변 사람들이 "다시는 혼자서 걷지 못할 것이다"라는 말을 많이 들었다고 한다. 그래서 심리적으로 위축되었고 재활에 대한 희망도 없었던 것 같다.

재활 치료를 본격적으로 시작하면서 오랫동안 사용하지 않았던 관절과 근육에는 자연스레 통증이 더 발생하기 시작했다. 재활 치료에서는 환자의 마음, 즉 의지가 매우 중요하다. 우리는 환자의 신체적인 상황을 고려할 뿐 아니라 그들이 발전하고 있음을 꾸준히 격려하고 응원해야 했다. 의지를 회복한 환자는 진통제를 거의 매일 먹으면서까지 통증을 참아가며, 포기하지 않고 더 열심히 치료에 임하였다. 치료시간 이외에도 환자는 스스로 운동하며 매일 2시간 이상씩 운동을 하였다. 눈물겨운 노력 덕분일까? 놀랍게도 점점 무릎이 움직이는 각도가 좋아지기 시작했다. 처음에는 10~20도 수준까지 구부러지다가 4주 차쯤 되었을 때 스스로 40도까지 구부리는 것이 가능하게 되었다. 드디어, 보행을 위한 최소한의 무릎 운동가동범위까지 도달한 것이다! 또한, 4주 치료 기간 동안 점차 스스로 서있기, 앉았다 일어나기 등 훈련들도 소화하면서 환자의 신체 기능이 좋아지고 있었다. 환자는 조금씩 발전하는 스스로의 모습에도 계속 동기부여를 받으며 적극적으로 치료에 따라주었다.

그리고 치료 후 3개월쯤 지났을 때 환자는 워커를 이용해 스스로 걷기 시작했다.

"선생님! 저 드디어 걷기 시작했어요! 6개월 만에 처음으로 제가 스스로 움직인 거예요. 수술 후 운동을 전혀 못하고 누워만 있던 때를 생각하면 지금 제가 이렇게 다시 걸을 수 있게 될 거라고는 상상도 못 했어요."

라고 말하며 스스로도 정말 감격한 모습을 보여주었다.
그리고 이러한 모습을 보며 환자의 어머니는 눈물을 흘리셨다.

"선생님… 우리 아이가 다시는 혼자 못 걸을 줄 알았는데… 이렇게 걷게 된다니…. 너무 감사해요."
"저희가 대단한 일을 한 게 아니에요. 환자분께서 포기하지 않고 정말 열심히 저희를 따라와 주셔서 이 결과를 이룬 거죠."

환자의 좌절, 아픔, 다짐, 노력, 성장의 과정들을 옆에서 지켜봐 온 모든 치료진들도 마음이 뭉클해지는 순간이었다. 환자는 결국 지속적인 재활 훈련을 통해 관절과 근육들은 많이 회복되었고 워커 없이 걸어서 퇴원하게 되었다.

평평하지 않은 길을 걷는 것이 당신에게 축복이다!

병원 레지던트 합격 결과 발표가 났던 어느 날, 한 친구가 연락이 왔다.

"저녁에 잠깐 시간 되나? 고민이 좀 있어서…"
"그래?! 이따가 차 마시면서 보자."

친구의 힘없는 목소리만으로 좋지 않은 상황임을 직감했다. 카페에 문을 열고 들어갔을 때 친구는 넋을 잃은 표정으로 앉아 있었다.

"기분 전환할 겸 달달한 거 마실까?"
"아, 아니야…"

최대한 밝은 분위기를 만들려는 나의 노력은 전혀 먹히지 않았다. 가벼운 근황에 대해 이야기 나누다가 갑자기 친구가 속에 담아둔 이야기를 꺼냈다.

"나 이번에 레지던트 떨어졌어… 이제 어떻게 해야 하지…?"
"아, 그랬구나… 최선을 다했을 텐데 아쉽겠다... 지금 머리도 복잡하고 고민도 많겠다."
"휴… 학창시절부터 인턴시절까지 쉬지 않고 열심히 노력했는데… 내가 이번에 붙은 친구보다 성적도 더 좋았던 거 같은데 왜 떨어졌는지 도저히 모르겠어… 아니, 이 상황을 받아들이는 것 자체도 너무 힘들어…"

라고 말하며 울기 시작했다.

의대 또는 의전원에 다니는 대부분의 학생들은 '중학교 때부터 전교 1등을 놓친 적이 당연히 없었죠', '특목고 조기졸업하고 SKY 대학 졸업하고 왔어요', '대학도 우수한 성적으로 조기졸업 했어요' 등등 어렸을 적부터 다들 한 가닥(?) 했던 이야기를 가지고 있다. 그리고 의료 현장에서 많은 의대생 또는 의사들을 만나보면서 알게 된 사실이 있었다. 완벽한 과거를 가질수록 아이러니하게도 치명적인 약점이 생기기 쉽다는 것이다.

그 약점은 바로 '인생의 장애물'에 마주할 때 비로소 드러났다.

항상 우수한 학생으로 본인이 원하는 것들을 다 성취하다 보니 원치 않게(?) 실패를 경험하지 못했고 성인이 되었다. 그러나 인생을 살다 보면 본인의 뜻대로 되지 않는 상황을 맞이하는 순간들이 찾아오게 되는데 완벽에 가까운 삶을 살아왔던 사람은 첫 실패 속에서 심한 무력감을 느끼거나 남들보다 더 과한 좌절감에 빠지는 경우를 많이 보았다.

앞선 이야기의 친구는 인생에서 처음으로 '레지던트 불합격'이라는 큰 장애물을 맞닥뜨리게 된 것이다. 지금까지 이런 실패를 겪어보지 못했기에 유연하게 넘어갈 준비 혹은 마음의 여유가 없었던 것이다.

다른 의대생들에 비하면 지극히 평범하게(?) 살아온 나는 학창 시절부터 평탄한 인생길을 걷지 못했다. 힘들었던 재수와 삼수생활 그리고 고독했던 4년간의 지방대에서의 학업기간까지... 수차례 실패와 좌절을 맛본 상황에서 성장해 왔다. 이러한 장애물들에 부딪혀 넘어지고 좌절했지만, 다시 일어서서 앞으로 나가는 방법을 배우게 되었고 그런 과정들이 자랑스러운 현재의 모습을 이루는 가장 중요한 밑거름이 되었다고 자신 있게 말할 수 있다. 세상을 살면서 계획한 대로 이루어지지 않는 경우가 더 많고, 성공보다는 실패를 더 많이 경험할 것이다. 이러한 평탄치 못한 인생의 경험들은 비록 현재 당신 몸에 통증을 유발하며 힘들게 할지라도, 당신의 근육과 관절들은 이를 통해 더 튼튼하고 유연하게 성장할 것이고 앞으로의 더 큰 어려움을 이겨낼 '내력'을 키워줄 것이다.

평평하지 못한 인생길을 걷고 있다면
지금의 난관은 미래의 당신을 더욱 빛나게 해 줄 것이다.
오늘도 고생하는 당신을 응원하며 축복합니다.

08

집중력이 부족한 학생이 이용한 공부법: 샷건 학습법

집중력이 부족했던 내가 사용했던 공부 방법 중 가장 효과가 좋았던 것을 소개해 보려고 한다. ESFJ의 성향이 강했던 나는 집중력이 그리 좋지 못한 편이었다. 특히 글자로만 이루어진 내용들을 주야장천 외우는 것은 매우 힘들어했다. 이런 공부 성향을 가지고 있던 나는 처음 대학교 전공과목들을 공부하면서 심각한 문제를 마주하게 되었다.

분자생물학 성적: B

시험 성적표를 받아 들었을 때 나는 아주 큰 충격에 빠졌다. 대학 시절 내 별명은 도서관 죽돌이였다. 시험기간과 무관하게 하루도 빠짐없이 도서관에서 공부를 했다. 공부를 위해 누구보다 많은 시간을 투자했음에도 나는 중위권 성적을 받은 것이다.

'남들보다 훨씬 도서관에도 오래 있었고 공부하는 시간도 많았는데... 왜 성적이 이것밖에 안되지? 내가 이렇게 비효율적인 두뇌를 가지고 있었나? 뭔가 잘못된 거 같은데...'

대학교 2학년 즈음, 내 공부법에 무언가 문제가 있다고 생각하면서 다시 공부법을 고민해 보기 시작했다. 남들보다 절대적인 투입량이 많았음에도 결과가 좋지 않은 것은 무슨 이유였을까?

1) 머리가 좋지 않아서?
2) 암기력이 떨어져서?
3) 집중력이 떨어져서?

대학 생물학의 경우 영어로 된 원서를 기반으로 강의가 진행된다. 그러나 나는 원서를 어떻게 공부해야 할지 몰랐기에 일단은 무작정 본문을 읽기 시작했다. 한 페이지쯤 읽었을까? 당연히 재미없는 대학 전공 서적을 읽다 보니, '내가 오늘 웹툰은 봤었나?', '손흥민 선수가 오늘 골을 넣었다던데 유튜브로 찾아볼까?' 등등 정말 오만 가지의 다른 생각이 들기 시작했다. 신나게 딴짓거리를 하다 보니 결국 한 페이지를 읽는 데도 20분 정도의 시간이 들었다. 더군다나 읽었던 페이지의 핵심 내용은 무엇인지도 파악하지 못했으면서 그저 읽었다는 행위만으로 공부를 했다고 만족했었다. 매주 수업마다 적게는 20페이지에서 많게는 60페이지 이상의 진도를 나가고 있었는데, 대략 40페이지 정도를 한 번 읽어보는 복습을 하려고 해도 이런 공부 방식으로는 약 10시간 이상이 걸렸던 것이다. 하지만, 다른 것에 정신이 팔려서 공부를 하고 있었으니 시간은 시간대로 날리고 정작 머릿속에 남는 내용은 하나도 없었다.

결론적으로 오래 앉아 있으면서 공부에 투자하는 시간만 많았던 것이 문제였음을 알게 되었다. 공부는 단순히 엉덩이로만 하는 것이 아니라 효율성이 중요하다는 것을 몸소 깨달았다. 그래서 나에게 맞는 공부법을 찾아보다가 슈팅게임에서 나오는 [샷건]에서 학습법에 대한 아이디어를 얻게 되었다.

샷건(산탄총)은 위의 그림처럼 큰 탄환 안에 수십 개의 쇠구슬들이 들어 있는 총알이 발사되면서 넓은 범위에 흩뿌리듯이 과녁을 맞추는 총이다. 때문에 샷건은 원하는 곳을 집중하여 사격하는 것에는 취약해 보일 수 있었다. 하지만 이러한 단점을 해결하는 방법이 있다. 그것은 바로 샷건을 여러 발 쏘는 것이다. 한 지점을 향해 여러 차례 발사된 샷건은 결국 흩뿌려져 보이는 구멍들이 점차 조밀조밀 모이게 되면서 큰 구멍을 만들 수 있게 된다.

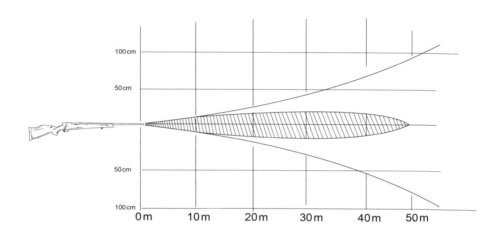

　　이 방식을 이용한 공부법이 바로 샷건 공부법이다. 그렇다면 정확히 어떻게 하는 공부법일까?

- 최소 5회 이상 반복하여 공부할 생각으로 접근한다.
- 초기 공부 단계에서는 각 단원의 큰 제목부터 세부 제목까지를 천천히 읽어보고 전반적인 흐름에 대한 큰 틀을 잡아간다.
- 초기에 눈에 잘 들어오지 않는 내용들은 과감하게 스킵하고 일단 끝까지 공부한다
- 본문에 밑줄, 굵은 글씨, 색깔 있는 글씨 등의 강조 표시가 되어있는 내용들은 반복할 때마다 집중해서 파악한다.
- 반복을 시작하면, 이전에 눈에 들어오지 않았던 부분들은 조금 더 신경써서 찾아보고 체크해 놓는다. 그리고 이전 공부과정에서 눈에 잘 들어왔던 부분은 자연스럽게 한 번 더 체크하며 넘어간다.
- 반복이 늘어날 때마다, 놓쳤던 부분이 줄어드는 것을 확인하면서 이전에 읽어 두었던 내용들은 빠르게 읽고 넘어가면서 공부의 효율을 높인다.

처음 공부를 시작할 때 모든 내용을 세세히 다 파악하면서 해가려는 습관을 버리는 것이 도움이 될 수 있다. 사람은 모르거나 어려운 내용을 처음부터 세부적으로 이해하려고 할 때 집중력이 흐트러지고 졸리게 된다. 그래서 처음에는 큰 덩어리부터 시작하면서 우리의 뇌에게 맛보기를 보여주어야 한다. 그렇게 친숙해진 과정을 거친 후에는 조금 더 세부적으로 들어가도 처음처럼 어려움을 느끼지 않게 된다. 그래서 조금 더 수월하게 세부적인 내용들을 집중해서 공부할 수 있게 된다.

새로운 공부법을 실제 공부에 적용했을 때 특히 암기과목에서 굉장히 높은 효과를 보았다. 한 예로, MEET 시험 중 [유기화학] 파트를 공부하면서 실제 경험했던 일이다. MEET의 유기화학파트는(어떤 물질에 어떤 반응이 일어나면 어떤 결과물이 나오는가?)라는 식으로 문제가 많이 나오는 편이었고, 이를 맞추기 위해서는 정말 많은 반응식들을 외워야 했다. 당연히 처음부터 수많은 반응식을 외우는 것이 불가능했기에 산탄총 공부법으로 차근히 시작했다. 처음에 반응식을 보면서 원리나 내용이 이해되는 것들 위주로 체크하면서 친숙해지는 것들을 만들어 놓고 일단 한 챕터씩 마무리해 갔다. 한 챕터가 끝났다면 다시 처음으로 돌아가 세부적인 내용들을 살펴보고, 이전에 이해되지 않았던 것들을 더 신경 쓰면서 공부했다. 하지만 2번 반복해서 보더라도 당연히 이해되지 않는 것들이 있었고 그것들은 다시 과감하게 넘어갔다. 이렇게 여러 번 반복을 하다 보니 한 챕터의 모든 내용을 다 훑어보게 되었고, 이해되지 않았던 반응식들도 다음 사이클에서는 신기하게도 점차 이해되기 시작했다(그래도 이해가 안 되는 것들을 교수님께 질문하면 된다). 이 공부법을 사용하다 보니 과거에 1~2회 읽었을 때 7~8시간 걸리던 것이 7~8회 반복한 뒤에는 모든 내용을 다 이해하고 파악하는데 30분 밖에 걸리지 않는 경지에 이르게 되었다. 새롭게 적용한 방법으로 공부하다 보니 MEET 시험에서 가장 많은 암기력을 필요로 했던 [유기화학] 파트에서 만점을 기록하여 전국 2%에 해당하는 점수를 얻을 수 있게 되었다.

집중력이 부족한 경우에 적용하는 공부법이라고 했지만 적응하기까지는 결코 쉬운 것은 아니다. 먼저, [최소 5회 이상 반복한다]라는 것도 남들보다 물리적으로 더 공부 시간이 필요하다. 즉, 남들이 놀고 있을 때 조금 더 공부를 해야 할 것이다. 본인의 부족한 점이 있다면 결국 노력으로 극복해야 하지 않겠는가? 다만, 앞서 이야기했던 나의 대학생활에서의 공부처럼 마냥 시간만 버리는 방식으로는 절대! 안된다. 2번

항목은 막상 공부에 적용해 볼 때 쉽지 않은 경우가 많다. 처음 1~2번 읽었을 때 큰 맥락을 이해하거나 파악하는 것이 누군가에게는 쉽지 않을 수 있다. 그래서 많은 연습들이 필요하며 학창 시절부터 자기만의 공부법을 연마해갈 수 있다면 성인이 된 후에도 많은 공부에 활용할 수 있을 것이다.

[이해되지 않는 부분을 스킵하자]를 공부에 적용하는 것은 참 어려운 과정이었다. 과거 시절의 나는 지금 보고 있는 부분들을 다 알아야만 할 것 같은 심리적 부담감이 있었고, 이것을 보지 않으면 괜히 시험에 나올지도 모른다는 불안감이 생겼다. 그래도 공부법을 바꾸겠다는 마음을 먹은 후에는 '이번에 이해하지 못하면 다음에 복습할 때 다시 한번 이해해 보자!'라는 생각으로 과감하게 넘겼다. 이런 방식을 의식적으로 수행하다 보니 진도가 나가는 속도도 빨라지게 되면서 약간의 성취감도 느끼게 되었다. 신기하게 그렇게 넘기면서 앞장의 내용들을 훑어보고 다시 처음으로 돌아왔을 때 그 내용들이 연결되면서 이해되지 않던 부분들이 쉽게 이해되는 경험도 많았다.

오늘 해결하지 못한 장애물이 있더라도.
더 발전된 내일의 당신이 멋지게 뛰어 넘어갈 것이다

09

자녀가 어긋나가지 않게 만드는 세 가지 말

처음 함께 글을 쓰자는 강준 작가의 제안을 받고 어떤 이야기를 풀어야 할지 고민이 많았다.

정말 피나는 노력 끝에 딱! 성공했다는 이야기를 아주 장황하게 써야 할까? 아니면 내가 경험했던 의사로서의 삶을 적어볼까? 그렇게 책을 쓰고 나면 나도 작가가 될 수 있는 건가? 혹시 운이 좋아 베스트셀러가 되면 어떡하지?... 혼자만의 허황된 상상의 나래를 펼치고 있었다. 그러다 그가 왜 이 책을 쓰기로 마음을 먹었는지 이야기를 듣게 되었다. 그의 독자들이 본인의 자녀들이 강준 작가처럼 자랐으면 하는 마음에서 아이들에게 동기부여가 될 만한 이야기를 전해 달라고 요청했다는 것이다. 이 말을 듣고 나니 불현듯 '나도 내 자녀들에게 30대 시절 아빠가 경험하고 생각했던 이야기들, 성장기 시절 어떤 시련과 어려움을 겪으며 지냈는지, 그리고 지금 내 아이들을 얼마나 사랑하고 소중히 여기는지'를 전하고 싶다는 생각이 들었다. 물론 언제쯤 우리 아이들이 내가 쓴 글을 읽어 줄지는 확신이 없지만...

나는 화려하거나 멋진 문장력을 가지지는 못했다. 그래도 아이들에게 해준다는 마음으로 정성을 다해 한 문장, 한 문장씩 적어 나갔다. 그리고 마지막에는 꼭 이 내용을 적어보고 싶었다.

한 강사가 소개하기를 자녀가 절대 어긋나가지 않게 해주는 세 가지 말이 있다고
했다.

"나는 너를 가장 사랑한다"
"나는 너를 가장 믿는다"
"나는 네가 가장 자랑스럽다"

처음 이 말을 듣는 순간 마음에 감동이 몰려왔다. 흔히 사용하는 단어들로 구성
이 된 말이었지만 부모로서 자녀에게 꼭 해줘야 하는 말의 핵심이 모두 담겨 있다고
생각했다. 그래서 이 글을 읽은 부모들이 있다면 아이들에게 꼭 이런 말을 해주었으
면 좋겠고, 이 글을 읽는 아이들이 있다면 부모들이 표현은 못하지만 늘 마음속으로
이렇게 생각한다는 것을 알아주길 바란다.

유명한 팝 가수인 스티비원더의 명곡 중 내가 가장 좋아하는 노래는 [Isn't she
lovely]이다.

Isn't she lovely 그녀가 사랑스럽지 않나요?
Isn't she wonderful 그녀가 놀랍지 않나요?
Isn't she precious 그녀가 정말 소중하지 않나요?
[중략]
Isn't she pretty 그녀가 예쁘지 않나요?
Truly the angel's best 정말 천사의 최고작이에요.
Boy, I'm so happy 세상에, 너무 행복해요.
We have been heaven blessed 우린 하늘의 축복을 받았죠.
I can't believe what God has done 신께서 하신 일이 믿기지 않네요.
through us he's given life to one 우리를 통해 생명을 주시다니.
But isn't she lovely made from love 그런데 정말 사랑스럽지 않나요, 사랑으로 만들어
진 이 아이가.

이 노래는 스티비원더가 딸이 태어났을 때의 심정을 노래로 만들었다고 한다. 처음 태어난 아기를 바라본 부모라면 이 노래 가사를 격하게 공감할 것이다! (물론, 외형적으로는 물만두처럼 생겼지만... 얼마나 예쁜가?)

엄마의 뱃속에서 10개월간의 성장을 마치고, 태어난 아이는 우렁차게 울면서 부모를 만나게 된다. 그렇게 아기를 맞이하게 된 부모들은 기대 반 걱정 반의 심정으로 육아를 시작한다! 먹고 자고 싸고를 반복하는 신생아기 때는 잠만 잘 자주고 먹는 것만 잘 먹어줘도 얼마나 사랑스럽던지. 그리고 조금 더 크면서 까르르 웃어주며 옹알이를 시작할 때면 옹알이하는 것을 녹음하겠다고 계속 핸드폰 카메라로 녹화하면서 아이에게 말을 걸기도 한다. 짜잔! 드디어 첫걸음을 떼는 순간! 모든 부모들은 물개처럼 손뼉 치며 환호한다! 엄마, 아빠라는 말을 정확하게 발음할 때, 알려주는 단어를 따라 말할 때 등을 생각해 보면 사랑스럽고 소중한 아이를 통해 너무나 행복하고 기뻤던 일들이 가득하다(물론 사람은 망각의 동물이기에… 힘들었던 육아의 과정들은 다 잊어버리고 좋은 기억들만 미화되는 것도 있는 것 같다). 그리고 독감이나 장염으로 아이가 힘들어하던 때를 생각해 보면 지금도 마음이 아프다. 밤새 아이가 보채고 울기 때문에 한숨도 못 자고 꼬박 밤을 새워도 피곤하기보다 아이가 고생하는 것이 더 신경 쓰이고, 무슨 약이든 먹여서 얼른 낫게 해주고 싶은 마음뿐이다. 여담이지만 인턴시절 소아응급실을 근무하던 때, 꼭두새벽에 부모들이 아이를 응급실로 데리고 와서 뭐든 검사하고 약을 달라고 하면서 한창 예민한 행동들을 보여주었던 것들이 부모가 되어서야 이해되었다. 나 자신보다 다른 사람을 더 소중히 여기고, 생각해 주고, 사랑했던 적이 있었을까?

부모가 된다는 건, 정말 쉽진 않지만 위대한 일이다. 성인이 되어 '나'라는 개인이 삶의 주체가 되어 모든 결정을 본인의 기준으로 판단하고 행동하게 되지만 부모가 된 이후는 삶의 중심이 '자녀'에게 옮겨지게 된다. 즉, '나'의 삶이 아닌 '애기 아빠' 또는 '애기 엄마'로서의 삶을 살게 된다. 항상 주말이 되면 피곤에 절어서 침대나 소파에서 벗어나지 않았던 나 역시도 지금은 주말마다 아이에게 좋은 경험 또는 체험을 시켜주겠다는 생각 하나로 여기저기 쏘다니고 있다. 다른 누군가(주로 부모가 아닌 사람들)는 나에게 "어떻게 그렇게 살 수 있느냐?"라고 물어보지만 부모에게 이 질문보다 어리석은 질문은 없다.

"부모가 되면 알게 된다."

어찌 되었든 부모는 자식을 정말 사랑하고 또 사랑한다.

상대방에게 [사랑]을 표현하는 방법은 매우 다양하다. 이때, 중요한 것은 진실된 사랑이 상대도 느낄 수 있게 정확하게 전달하는 것이다. 나는 내 아내에게 애정표현 하는 것 중에 '볼을 당기는 것'이 있었다. 그러나 아내는 이 행동을 썩 좋아하지 않았다. 그리곤 나에게 다시는 그렇게 하지 말라고 말해준 적이 있다. 정말 사랑하는 마음에서 했던 행동이라고 변명했지만 아내는 이렇게 말했다.

"여보! 나는 이런 애정표현보다 단순하게 '사랑한다' 이렇게 말해주는 게 더 좋아."

본인은 애정표현이라고 한답시고 했던 말이나 행동들이 자녀들이 느끼기에 와닿지 않는다면 그것은 잘못된 표현 방식은 아닐지 생각해 볼 필요가 있다. 부모의 머릿속에서는 '우리 아이가 건강하게 잘 자랐으면 좋겠다', '우리 아이가 교우관계에 문제 없이 잘 지내면 좋겠다', '우리 아이에게 더 좋은 것들을 주고싶다', '우리 아이가 사회 나가서도 당당하게 잘 살았으면 좋겠다' 등등 자녀들을 정말 사랑하는 마음에서 여러 고민들이 항상 가득하다. 이런 생각들은 [부모의 관점]으로 구체화 과정을 거쳐 '공부해라!', '이렇게 행동해라!', '우리 말 좀 들어라!' 등으로 바뀌어 본래의 의도와는 다르게 표현되는 경우가 많고, 아이들의 입장에서는 이런 표현에서 사랑을 느끼지 못하는 경우가 많았다. 이런 오해로 인해 결국 부모와 자녀들 사이에 갈등까지 생길 수 있는 것이다.

'나는 너를 가장 사랑한다.'

복잡할 필요가 있을까? 단순하지만 이보다 더 정확한 표현은 없다. 어렵지만 하루에 한 번은 '나는 너를 가장 사랑한다'라고 자녀에게 말 한마디 전해보자. 반대로 부모님에게도 똑같이 전해보자. 우리를 어색하게 보거나 이상한 눈빛으로 쳐다볼지라도 말이다.

자녀를 너무 호되게 꾸짖지 말자. 그들의 기를 꺾지 말자 (골로새서 3장 21절)

중학생 시절 나는 매주 토요일 저녁을 기다렸다. 토요일 저녁은 친구들과 함께 집 근처 대학교에서 농구를 할 수 있었기 때문이다. 그런데 사실 농구하는 것을 기다렸다기보다 운동 후 PC방에 가는 것을 기다렸다는 표현이 더 맞을 것 같다. 농구는 1시간 정도 가볍게 하고 대학교 앞에 있던 PC방에 달려가 거의 2시간 정도씩 시간을 보냈다. 그렇게 게임을 하고 집에 들어가면서 괜히 '아~ 오늘은 너무 농구를 많이 해서 그런지 몸이 끈적하고 찌뿌둥하네'라고 혼잣말처럼 말하며 서둘러 샤워실로 들어갔다. 그 이유는 당시에 PC방의 흡연구역이 분리가 제대로 되지 않았던 터라 PC방에서 10분만 있어도 온몸에서 담배냄새가 났고, 거짓말이 들통나기 전에 샤워를 하려고 했던 것이다. 그러던 어느 날이었다. 그날은 농구는 거의 하지 않고 바로 PC방에 갔다. 그렇게 게임을 3시간 정도 하고 난 뒤 자연스럽게 집으로 들어가 샤워를 하러 가하는데 갑자기 어머니가 말을 거셨다.

"오늘도 농구 잘하고 왔니?"
"네, 엄마! 오늘은 대학생 형들하고 했는데 어휴! 너무 실력차이가 나서 게임이 안되네요."
"그렇구나~ 혹시 엄마에게 다른 이야기는 할 건 없고?"

평상시 같으면 별 다른 이야기 없이 대화가 마무리가 될 상황이었는데 어머니는 한 번 더 질문을 하셨던 것이다. 어머니의 갑작스러운 질문에 나는 당황했다.

"아… 네. 뭐, 하하…"

나의 당혹스러워하는 표정에 어머니께서 이렇게 말씀하셨다.

"아들아, 엄마는 부모와 자식 사이에서 거짓말을 하면 안 된다고 생각해. 부모와 자식의 관계에서 서로가 신뢰하지 못하는 것이 얼마나 슬픈 일이니."

"네⋯ 엄마⋯ 앞으로 명심할게요⋯."

사실 어머니는 내가 농구하러 나간다고 하고 게임을 하고 오는 것에 대해서 이전부터 다 알고 계셨다. 담배냄새에 특히나 예민하셨던 어머니는 내가 지나가는 자취에서 냄새와 충혈된 눈을 보고 PC방을 다녀왔다는 것을 눈치채셨던 것이다. 그런데, 아들이 자꾸 거짓말을 하는 상황에 대해서 어떻게 훈육할지 고민하시다가 이렇게 말을 꺼내신 것이다. 아들의 반복되는 거짓말에 대해 크게 화를 내실 수 있었지만 어머니는 그렇게 하지 않으셨다. 훈계로 주눅 들어 있는 나를 보며 어머니는 웃으며 한 말씀을 더 하셨다.

"만약에 정말 거짓말을 해야 하는 상황이 생길 것 같다면, 차라리 대답을 하지 않는건 어떨까? 말을 아예 안 하다면 너도 거짓말을 실제로 한 건 아니니까. 그리고 엄마도 네가 이런 신호를 보낸다면 상황 파악을 해보고 나중에 너와 다시 이야기하면 되니까." 이 사건이 있은 후로 어머니가 나를 얼마나 사랑하고 신뢰하고 있는지를 알고 마음 깊이 느끼게 되었다.

부모가 되고 난 뒤 이런 어머니의 '지혜로운' 행동을 생각해 볼 때면 다시금 놀랍기도 하고 또 감동받기도 한다. 내가 정말 사랑하는 자녀가 이런저런 이유로 내 앞에서 '거짓말'을 한다면 부모로서 실망감을 느끼고 화도 많이 났을 것 같다. 또, 자녀가 생각하는 것과 주장하는 것들이 마냥 어리숙해 보이고 부족해 보일 때가 많았을 텐데⋯ 자녀들을 이해하고 믿어주는 것은 결코 쉽지 않았을 것이다. 하지만, 누군가가 나를 믿고 신뢰한다는 것은 굉장한 힘이 되기도 하고 격려가 된다. 나 또한 이를 통해 삶의 올바른 길을 걸을 수 있었고, 어려운 길을 버티고 견딜 수 있는 힘을 얻었다.

우리 자녀들을 꾸짖기보다
먼저 격려해 주고 아이들을 신뢰해 보자!

10년 뒤 수험생의 부모가 될 나에게 하고 싶은 말

미국의 유명한 화가 중 하나인 벤자민 웨스트의 일화가 있다.

벤자민 웨스트의 어린 시절 그의 부모님이 외출하게 되면서 동생 샐리를 돌보며 집에 있게 되었다. 그때 심심한 벤자민의 눈에 그림물감이 들어왔고, 벤자민은 그림물감을 가져다 자기 동생을 그리기로 했다. 그리고는 온 집안을 물감으로 엉망진창으로 만들었다. 생전 처음 그린 동생의 그림은 말하지 않아도 어떤 그림일지 짐작이 되는 수준이었을 것이다. 잠시 뒤 그의 모님이 외출에서 돌아왔을 때, 온 집안이 물감으로 난장판이 되어 있는 것을 보게 되었다. 그때, 벤자민의 어머니는 화내기보다 벤자민이 그린 그림을 보며 이렇게 말했다고 한다. "우리 아들이 그림 참 잘 그렸네! 우리 아들이 커서 훌륭한 화가가 될 거 같은데!"라고 말하며 벤자민의 어머니는 어린 벤자민을 꼭 안아주고 볼에 키스해주었다고 한다. 그리고 훗날 벤자민은 어린 시절의 일을 이렇게 말했다. "내가 세계적인 화가가 될 수 있었던 이유는 내 어머니의 격려와 사랑의 입맞춤 덕분이었습니다."

이와는 대조적으로, 몇 년 전 한창 인기를 끌던 '스카이캐슬'이라는 드라마에서는 치열한 입시 경쟁사회 속에서 수험생들과 부모들의 생생한 이야기를 보여주었다. 자녀들을 최고의 대학, 최고의 학과로 보내기 위해 치열하다 못해 참혹하기까지 한 일들을 사실적으로 묘사함으로써 현재 교육 현장의 문제를 적나라하게 비판했었다. 그 드라마에서 학생 입시 컨설턴트 김주영 선생의 대사를 하나 인용해 보겠다.

"제 아무리 잘났다고 떠드는 것들도 다 우리 밑에 있어. 자식을 우리한테 맡기면, 그들의 영혼도 우리 손아귀에 있거든. 그들을 웃게 할 수도, 울게 할 수도, 심지어 지옥 불에 처넣을 수도 있지. 제 자식을 남들보다 더 뛰어나게 만들고픈 부모들의 욕망이 있는 한, 입시 결과만 좋으면 그 어떤 책임도 질 필요가 없어."

앞선 두 이야기를 살펴보면 아주 명확한 차이를 알 수 있다. 벤자민의 어머니는 결과물만 바라보기보다 가능성과 노력하는 과정에 집중하였다면, 스카이캐슬의 부모들은 본인들의 욕심으로 인해 입시 결과에만 집중하는 모습을 보여주었다. 서로 다른 것을 바라본 부모의 관점은 결국 더 큰 차이를 불러왔다.

183

자신의 자녀들이 좋은 학업 성적을 받아오는 것을 좋아하지 않을 부모가 있을까? 나 또한 우리 아이가 좋은 성적을 받아오는 것을 간절히 바란다. 그리고 내 자녀들이 수험생이 되었을 때를 상상해 보면 더더욱 이 열망은 강해질 것이다. 하지만, 이런 위험한 생각들을 다시 경계하고 또 경계해야 한다. 그리고 이 챕터의 마지막 부분에 10년 뒤 수험생이 된 자녀를 두고 있을 나에게 마지막으로 전하고 싶은 말이 있다.

아이들에게 잔소리하기보다 먼저 기도해 주는 아버지가 되길 바란다
아이들이 진심으로 존경하고 닮고 싶은 아버지가 되길 바란다.
세상의 기준처럼 결과만을 평가하기보다
아이의 가능성을 바라보는 아버지가 되길 바란다

10년 뒤 이 글을 다시 읽더라도 부끄러워하지 않을 내가 되기를 바라며…

04

비교하고 후회하고 복수하라

[김철수 회계사]

01

시골 전학생의 막무가내 특목고 준비, 30년을 바꾸다

때는 2006년, 대한민국 교육계는 특목고 열풍이 한창 불고 있었다.

초등학교 6학년까지의 유년기를 지방에서 보내고 상경한 중학교 3학년 학생은 여름방학을 맞이하고 있었다. 당시 그 학생이 다니던 학원에서는 병아리의 성별을 분류하듯 학생들을 일반고 진학반과 특목고 준비반으로 나누고 있었다. 이제 막 서울생활 3년 차에 막 접어들었던 그 학생은 아무것도 모른 채 특목고 준비반을 들어가겠다고 부모님께 선언했다.

시골 전학생 티도 벗지 못한 그 학생이 특목고 진학을 마음먹은 이유는 무엇이었을까?

갑자기 공부에 큰 뜻이 생겨서? 아니면 외고에 진학해 세계적인 인재가 되고 싶어서?

아니다. 그저 학원 선생님들의 태도와 분위기 때문이었다.

특목고 준비반을 선택하는 학생들은 초등학교부터 지난 8년간을 성실하고 착실하게 보낸 '성공할 잠재력을 가진 인재'로 분류되는 분위기였고, 반강제적(?)으로 일반고 준비반을 선택하게 되는 학생들은 지난 8년간 뚜렷한 성과가 없어서 그저 그런 평범한 학생으로 여겨지는 분위기였다. 분명 대학 진학까지는 3년 이상이나 남은 시점이었음에도 학원 선생님들은 이미 '될성부른 나무는 떡잎부터 다르다'라는 인식을 가지고 있었다. '반골 기질'이 가득했던 그 학생은 그저 그런 분위기가 썩 마음에 내키지 않았다.

"뭐 특목고가 대수라고? 나도 준비하지 뭐!"

그 학생은 일반고와 특목고가 무슨 차이인지? 외국어 고등학교에서는 무엇을 배우는지 알지도 모른 채 막무가내로 준비하기로 마음을 먹었다. 그것이 고난 길이 될 것이라는 사실도 모른 채로…

성적이 그리 좋지 않았던 시골에서 전학 온 그 학생은 담임 선생님에게 외고를 준비하겠다는 말을 전했다. 응원과 격려까지 예상한 것은 아니지만 기대하지 않았던 답이 돌아왔다.

"네가 무슨 외고를 간다고 그러냐?"

비웃음이었다.

친구들도 선생님과 똑같은 반응을 보이면서 그 친구를 놀려 댔다.

그런 놀림에도 이 학생은 주눅 들거나 좌절하기보다는 다른 친구들에게 두고 보자고 소리쳤다. 그리고 그 학생은 외고에 입학하겠다는 투지를 불태웠고, 인생에서 처음으로 목표를 이루기 위한 계획을 세우고 노력을 하게 되었다.

그리고 6개월 후 그 학생은 당당하게 외고 합격증을 받을 수 있었고, 15년 인생 처음으로 노력에 따른 성취감을 맛보았다. 그리고 12년 후 어른이 된 그 학생은 험난했던 공인 회계사 시험 준비를 이겨내고 합격증을 받을 수 있었다. 중학생 시절과 똑같이 성취감을 느끼며 회계법인에 입사하면서 사회로의 첫 발을 내딛게 되었다.

이미 눈치를 챘겠지만 그 학생은 바로 나다. 나는 부산에서 태어난 후 유년 시절을 용인과 충주에서 보냈고, 6년간의 초등학생 시절은 경상남도 창원에서 보냈다. 이후, 중학교 입학과 동시에 서울로 전학을 왔다. 사실 입학식부터 서울에서 했기 때문에 전학이라는 표현이 타당한지는 모르겠지만, 경상도 사투리를 쓰는 내 모습을 보며 서울 애들은 나를 '경상도 전학생'이라고 불렀다. 친구들에게 이미 별명이나 수식어로 인식되어버렸는지 내 이름을 부르기보다는 '경상도'로 부르는 경우가 많아서 내 이름을 제대로 모르던 친구들도 많았다. 어떤 친구는 진지하게 "너 성이 경 씨야?"라고 묻기까지 했던 해프닝도 있었다.

지금이야 창원도 굉장히 발전한 대도시가 되었지만, 내 기억 속의 17년 전의 창원은 지금과는 전혀 다른 곳이었다. 당시 주변에는 공부에 대한 학구열이 높지 않아 그저 방과 후에 집에서 복습을 하는 친구가 있다면 모범생이었다. 그래도 나름 선구안이 있었던 어머니의 권유로 원어민 선생님이 있던 학원에 다니긴 했지만 나는 축구하고 밖에서 뛰노는 것이 좋았고, 공부보다 게임을 더 좋아하는 학생일 뿐이었다. 자연스레 햇빛에 자주 노출되다 보니 동네 친구들은 모두 피부가 까무잡잡했다. 그런데 막상 서울로 전학을 오다 보니 대부분 새하얀 피부를 가지고 있었기에 사투리를 쓰고 까맣게 탄 나는 '이방인'의 취급을 받았던 것이다.

서울에 와서도 중학교 3학년 여름방학 전까지는 공부에 그렇게 관심을 두지 않았다. 공부보다는 축구와 농구를 좋아했고 항상 두발 규제를 피하기 위해 담을 넘어 다니는 뺀질이였다. 당연히 선생님들이나 친구들에게도 나는 그저 평범한 아이 정도로 인식되고 있었던 것이다. 그저 최소한으로 해야 될 것들만 했고 내신 성적도 중간에서 약간 나은 정도였다. 그런 내가 특목고를 준비한다고 했으니 선생님들이나 친구들이 부정적으로 말한 것도 이해가 안 되는 것은 아니다. 당시만 하더라도 외고나 과고와 같은 특목고가 열풍이던 시기여서 학부모들은 초등학교 졸업과 함께 특목고 준비학원을 보내 3년 내내 준비한다고 했다. 그런데 평소 성적도 뛰어나지 않은 애가 갑자기 몇 개월 만에 특목고를 가겠다고 하니 말이 되지 않았던 것이다.

그럼에도 그 시절의 나는 그들의 예단하는 태도가 마음에 들지 않았다.

"왜 해보지도 않았는데 안 된다고 초를 지는 거지?"

혹시 그저 나를 무시하는 발언인가? 나의 기를 죽여 시도조차 하지 못하게 하려는 것인가? 어찌 보면 사춘기의 반항심이 나에게 안될 거라고 하면 더욱 기를 쓰고 노력하여 그들이 틀렸다는 것을 입증하고자 하는 방향으로 발현되었는지도 모르겠다. 불쏘시개 같은 역할처럼 말이다. 어찌 됐건 부모님, 학교 선생님, 학원 선생님 그리고 친구들에게 외고 입시를 도전하겠다고 공공연하게 선언하였다. 외고 입시를 통해 처음으로 인생의 방향에 큰 영향을 미칠 목표를 설정하고 도전하는 과정이 시작된 것이다.

중요한 것은 꺾이지 않는 마음이다

학원 선생님을 지속적으로 설득해서 나는 학원 내에서 외고 입시반으로 분류될 수 있었다. 그런데 하나의 산을 넘으니 또 극복해야 할 산들이 있었다. 처음 마주한 것은 바로 영어와 수학 성적순으로 나열하는 학원의 서열화 시스템이었다. 내가 다니던 학원은 대한민국 교육의 성지 중 한 곳인 중계동 은행사거리에 있는 대형 학원(토피아)이었다. 당시 학원은 입원 시험을 보고 일정 수준 이상이 되어야 들어갈 수 있었고, 체계적이고 엄격한 학생 관리로 유명한 특목고 입시 준비 전문 학원이었다. 한 건물에는 300~350명 정도의 학생들이 있었고 매월 시행되는 월례고사 결과를 통해 반 이동이 조정되는 시스템이었다. 어느 반에 소속되어 있느냐에 따라 꼬리표처럼 학생들의 수준이 따라다녔고, 외고 합격이 안정권인지 여부도 결정되는 아주 냉혹한(?) 시스템으로 운영되는 학원이었다.

반 배정 방법은 크게 영어 성적과 수학 성적으로 결정되는 시스템이었는데, 영어 성적에 따라 E1, E2, G1, G2, F1, F2 반으로 분류되고 수학 성적에 따라 S1, S2, A1, A2, B1, B2 반으로 분류되어 각각을 조합하는 방식으로 반이 배정되었다. 예를 들어 영어 성적이 E1이면서 수학 성적이 S2인 학생은 E1S2 반인 셈이다. 내가 배정받았던 반은 F1A1반이었다. 아무튼 이런 복잡하고 해괴한 분류 방식 또한 자세히 들여다 보면 학생을 성적순으로 나열하여 관리하는 것뿐 아니라, 반마다 대하는 선생님들의 시선차이도 있었던 것은 분명했다. 아마도 외고 합격 안정권이라고 여겨지는 반은 학원의 특별 케어를 받으며 입시 상담까지 제공되었지만 내가 속해 있던 반은 안정권은 아니기에 선생님들도 그다지 기대하지 않았다. 사실 하위권 반에서는 성적이 잘 나온다고 해서 상위권 반으로 올려주지도 않았다. 자유로운 반 이동과 경쟁 시스템을 강조하면서도 사실 보이지 않는 천장이 존재했던 것이다. 역시 나의 반골 기질은 이런 시스템에 대한 불만을 만들어냈다. 그리고 그 불만은 나를 또 자극하고 공부를 하게 만드는 내적 동기로 작용했다.

'내가 꼭 합격해서 그들이 놀라는 표정을 꼭 보고 말겠어.'

저평가를 받는다는 것이 부당함을 이야기하기 위해서는 내가 무엇인가를 보여주어야 한다는 것도 깨닫게 되었다. 그래서 더욱 이를 갈고 노력했다. 외고 입시가 끝났고 나와 같은 반이던 15명의 친구들 중 외고에 합격한 사람은 나뿐이었다. 반대로 학원에서 집중 케어를 하던 상위권 반에서는 다수의 합격자들이 배출되었다.

결과를 두고 보면 학원에서는 선택과 집중을 통해 상위권 반만 우선적으로 케어하는 것이 합리적일 수 있었다. 그럼 나는 뭐지? 그저 예외일 뿐인가? 그렇다면 예외가 탄생했던 이유는 무엇일까? 그 점을 잘 파악해서 '나만의 성취 공식'을 만들면 되지 않을까?

지금도 중학교 시절의 첫 도전으로 인해 내 30년 인생이 바뀌었다고 생각한다. 노력, 도전, 계획, 성취 등과 같은 방법론적인 부분뿐 아니라, 주변 환경, 인생관, 목표 등과 같은 인생과 경력을 대하는 사고방식에도 큰 영향을 받았다. 우리는 누구나 살면서 한 번쯤은 인생을 바꿀 도전의 기회가 찾아온다. 사람마다 시기의 차이는 있겠지만 반드시 몇 번씩은 겪게 될 일이고, 이런 도전의 기회를 어떻게 받아들이고, 어떻게 대하는지에 따라 이후의 삶에 있어서 굉장히 큰 영향을 미칠 것이다. 따라서 내가 겪었던 경험과 그 순간의 대응 방법을 공유하여 이제 도전의 첫 발을 내디딜 사람들에게 도움을 주면서 동시에 나 스스로에게 한 번 더 되새겨 볼 기회를 만들어보고자 한다. 그리고 앞으로 미래에도 유사한 과정을 통해 내 인생의 방향을 결정할 또 다른 도전의 순간이 찾아올 것이다. 그러면 과거 도전의 순간마다 적립해 둔 '성취 공식'을 꺼내어 활용할 수 있을 것이다.

대한민국은 갈수록 경쟁이 치열해지고 있다. 나의 학창 시절보다 더 빨라져 지금은 한 달에 수백만 원하는 영어유치원을 보내고, 수학과 논술 개인 과외를 받고, 조기유학을 떠나고, 대학에 가서도 끊임없는 자기 계발과 인턴 활동을 통해 스펙을 쌓고 있다. 자기소개서에는 한 줄이라도 더 채워 넣기 위해 면접에서는 한 마디라도 더 어필하기 위해 치열하게 살아가고 있다. 게다가 수개월에서 수년간 틀어박혀 준비해야 하는 갖가지 국가고시 시험들도 빼놓을 수는 없다. 혹자는 경쟁과 비교에 입각한 우리나라의 시스템이 인간성, 창의성, 자율성을 해치는 비효율적인 시스템이기에 전면적인 개편이 필요하다고도 하고, 혹자는 이런 시스템 덕분에 우리나라에 형성된 학구열과 개개인의 수준 향상이 한강의 기적이라고 불리는 대한민국의 급격한 성장을 일궈냈고, 현재 여러 산업분야에서 세계를 선도하는 결과를 불러왔다고도 말한다.

그렇다면 나의 생각은?

뭔가 대단한 대답을 기대했다면 실망할 수도 있겠지만… 나는 둘 다 맞는 말이라고 생각 한다. 정말 중요한 것은 그래서 나는 무엇을 하고 싶 지 알고, 현재 내가 있는 위치는 어디인지 파악하고, 하고 싶은 것을 위해 어떤 노력이 필요한지 인지하고, 목표를 달성하기 위해 현재 시스템에서 최적화된 방법을 찾아야 하는 것이다. 시스템이 마음에 들지 않아 바꾸기 위해서는 일단 시스템에 들어가 상단에 위치를 잡아야 한다. 내가 말하고자 하는 것은 일단 시스템에 들어가는, 소위 입구 컷 당하지 않는 방법에 대한 것이다. 그리고 이 부분에서만큼은 가장 중요한 것은 신념이다. 지금까지 어떤 길을 걸어왔던, 앞으로의 원하는 것을 다 해낼 수 있다는 믿음, 나에 대한 평가는 그 누구도 할 수 없다는 자신감이 필요하다.

2022 카타르 월드컵에서 국가대표 감독이었던 벤투 감독이 한 유명한 말이 있다. "중요한 것은 꺾이지 않는 마음이다." 내가 이 책을 통해 하고 싶은 말을 한 문장으로 표현한 말이다. 중요한 것은 내가 무엇을 원하는지 정확하게 설정하고, 주변에서 어떤 평가를 하든 꺾이지 않고 나아가는 신념 그리고 원하는 바를 달성하기 위한 최적의 방법을 찾는 것이다.

지금부터 인생에서의 중요한 순간들과
그 과정에서 어떤 신념을 가지고 임했는지를 공유해보고자 한다.

02

비교하기 시작하면 목표가 보인다.

어린 시절부터 나에게 유독 강한 반응을 일으키는 자극이 있다.

그것은 타인이 함부로 나를 저평가하는 것이다. 특히, 내가 좋아하거나 하고 싶은 일에서 저평가를 받는 것은 잘 참지 못하는 성격을 가지고 있다. 앞서 언급했던 외고 입시, 대학 진학, 진로 결정 등과 같은 커리어뿐 아니라 취미로 했던 축구, 농구, 서핑과 같은 운동에서도 마찬가지였다. 한 분야에 있어서 앞으로 내가 얼마나 열정을 가지고 노력을 쏟을지 나보다 잘 아는 사람은 없다. 그렇기에 나의 현재와 미래 가치는 남이 아니라 내가 평가해야 한다는 것이 내 신념이다. 물론 주변의 조언, 평가, 비판 등을 모조리 무시하고 귀를 닫고 독불장군처럼 행동하라는 뜻은 아니다. 현재의 상태와 앞으로 잠재된 가치는 명확하게 구분해야 한다. 이 부분이 가장 중요하면서도 실제로는 어려운 부분이다. 바로 자기 객관화가 잘 되려면 주변의 상황도 잘 인지할 줄 알아야 나 자신을 정확하게 파악하고 원하는 미래 가치를 달성할 수 있다.

수학에서도 선을 그리던 곡선을 그리던 시작점의 좌표를 찍어야 한다. 이처럼 우리는 '가치 평가'라는 방향성을 그리기 위해서는 현재의 좌표가 어디인지 명확하게 파악하는 것이 필요하다. 그다음으로는 어느 방향으로 다음 점을 찍어갈 것인지 생각해야 한다. 즉 나의 의지로 목표를 세우고 계획을 수립한 후에 적극적으로 행동해야 한

193

다. 예를 들어, 나에게 강원도 양양 수풀이 우거진 해변가 땅이 있다고 가정해 보자.

1) 시작점 파악: 그 땅은 나무와 온갖 풀이 무성하게 자라있어 사람이 들어가기도 쉽지 않은 곳이다. 현재 땅의 경제적 가치는 아주 낮게 평가되고 있다.
2) 목표: 이 땅의 가치를 높여야 한다.
3) 계획: 우거진 수풀과 나무를 정리하여 해변 캠핑장을 만들고, 주변에 서핑샵과 게스트 하우스를 만들어 서퍼들이 찾아오는 명소로 꾸밀 것이다. SNS를 이용하여 홍보를 하고, 서핑 카페 동호회를 함께 운영하며 사람들이 찾아오게 만들 것이다.

처음 내가 가진 땅이 수풀이 우거져 쓸모가 없다는 것은 현재 상태였지만 노력을 통해 사람들이 이용할 수 있는 곳으로 만들고자 한 이유는 미래의 가치를 높게 평가했기 때문이다. 성장에 있어서도 동일한 원리가 적용된다. 학창 시절은 아무도 미래 가치를 확인할 수 없는 그저 땅일 뿐이다. 주변에 누가 나무를 정리하기 시작했다고 해서 전혀 뒤처진 것도 아닌 셈이다. 언제 시작했는지 보다는 어떤 방향성을 잡을 것인지? 어떻게 할 것인지? 얼마큼 노력할 것인지? 결과를 만들어줄 것이다. 그 결과가 단기적으로 나오지 않을 수도 있다. 하지만 핸들은 아주 살짝만 틀어도 장기적으로 보면 엄청난 차이를 불러일으킬 수 있다. 그러기 위해서는 주변에 흔들리기보단 더 확고한 의지를 가지고 내 목표를 바라보고 가야 한다.

많은 자기 계발서에서는 남들과의 비교는 거부하고 나 자신으로도 가치가 있다는 '위로의 말'을 건네곤 한다. 물론 마음 건강의 부분에서는 통용될 수는 있지만 개인적으로 '성장'의 개념에서는 비교가 작용하는 순기능도 무시할 순 없다고 생각한다.

비교 없이 형성되는 가치는 의미가 없다.

경제학에서 중요하게 다루는 개념 중에 '비교우위'라는 것이 있다. 세상에 음식이 빵과 고기 두 종류만 있고, 한마을에는 김 씨와 이 씨 딱 두 사람만 살고 있다고 생각해 보자. 그리고 이 두 사람의 빵과 고기 생산 능력은 다음 표와 같다. 두 사람은 하루에 2시간을 빵과 고기 생산에 사용한다고 가정해 보자.

	김 씨	이 씨
1인당 빵 생산량	4개	2개
1인당 고기 생산량	8Kg	6Kg

김 씨가 이 씨에 비해 빵과 고기 모두 1시간당 더 많이 생산할 수 있으므로 김 씨에게는 빵과 고기 생산 모두 절대우위가 있다고 볼 수 있다. 그렇다면 과연 이 마을에서 빵과 고기 생산은 누가 어느 만큼 어떻게 담당해야 할까? 두 사람에게 주어진 시간을 빵과 고기 생산에 투입하는 시간 별 생산량은 아래 표와 같다.

	김 씨	이 씨
2시간 모두 빵 생산	빵 8개	빵 4개
1시간 빵 생산, 1시간 고기 생산	빵 4개, 고기 8Kg	빵 2개, 고기 6Kg
2시간 모두 고기 생산	고기 16Kg	고기 12Kg

위의 표를 잘 조합해 보면, 이 마을에서 생산량이 최대가 되는 조합은 김 씨가 2시간 모두 빵 생산, 이 씨는 2시간 모두 고기 생산인 빵 8개와 고기 12kg이 된다. 사람은 빵만 먹거나 고기만 먹고 살 수 없기 때문에 이 두 사람은 누가 가르쳐 주지 않아도, 빵과 고기 생산량이 최대가 되는 조합으로 자신의 시간을 사용할 것이고, 서로 생산한 빵과 고기를 교환하여 즐겁게 식사하며 살아가게 된다. 여기서 김 씨는 빵 생산에 비교우위가 이 씨는 고기 생산에 비교우위가 있다고 한다. 놀랍지 않은가? 빵과 고기 모두 훨씬 잘 생산하는 김 씨가 모든 일을 하는 것보다 비교적으로 잘하지는 못하지만 상대적으로 고기 생산에 비교 우위가 있는 이 씨와 협동했을 때, 이 마을에서는 최적의 경제활동이 발생하는 것이다. 여기서 내가 생각하는 인생의 중요한 교훈이 두 가지 있다.

1. 무엇인가에 자신만의 비교우위를 만들어라.
2. 모든 것을 남들보다 잘할 필요는 없다.

195

이처럼 시장경제에서의 대부분의 결정은 비교우위를 통해 이루어진다. 만약 내가 대기업 입사에 성공했다면 인적성시험이나 면접을 통해 다른 지원자들보다 더 회사에 기여할 수 있을 것이라는 결과가 나왔기 때문인 것이다. 내가 명문대 입학에 성공했다면 그것은 다른 수많은 수험생들에 비해 명문대에 합격할 자격을 더 갖추었기 때문인 것이다. 여기서 중요한 부분은 '더'라는 개념이다. 우리는 평생 다른 사람들과 함께 살아가기 때문에 살아가는 동안 항상 비교하거나 비교당하게 된다. 위의 예시처럼 빵을 만드는 사람의 경우, 빵을 더 맛있게 잘 만드는 사람이 더 많이 팔 것이고, 투자 전문가라면 주어진 투자금으로 더 많은 수익을 창출하는 사람에게 더 많은 투자금이 몰릴 것이다. 이는 자본주의 사회에서 필연적인 부분이고 어느 누구도 이러한 원칙에서 자유롭게 벗어나 살 수 없다. 그렇다면 우리는 이런 상황을 어떻게 받아들이고 어떠한 태도로 대처해야 할까? 이럴 때 쓸 가장 적절하고도 유명한 격언이 있다.

"피할 수 없다면, 즐겨라."

나는 어릴 적부터 MMO RPG게임이라는 게임 장르를 좋아했다. Massively Multiplayer Online Role-Playing Game의 줄임말로 대규모 다수의 사용자가 온라인에서 진행하는 게임을 의미한다. 다수의 사용자는 자신만의 캐릭터를 만들고 육성해서 특정 퀘스트를 깨기 위해 대규모 파티를 이루어 최종 보스를 잡거나 양 진영으로 나누어 플레이어끼리 겨루는 등의 게임이다. MMO RPG 게임은 아주 간단한 기본적인 욕구를 기반으로 성립되었다. 사람이 가지고 있는 본성, 다른 플레이어보다 더 강해지고 더 화려해지고자 하는 욕구이다. 그리고 여기서도 존재하는 다른 플레이어보다 '더'라는 개념은 앞서 말했던 우리 인생에서의 비교의 개념과 일치하고, 경제학에서 다루는 비교우위라는 개념과도 동일하다. 남들보다 더 공격력이 강하면 더 많은 파티에서 활약할 수 있을 것이고, 다른 플레이어들과의 전투에서도 더 많은 성과를 달성할 것이다. 그리고 이런 활약과 성과를 경험했을 때의 성취감과 재미를 느끼기 위해 더욱 열심히 캐릭터 육성에 시간과 노력을 쏟아붓는 것이다. 최근에는 그런 노력을 돈으로 사기도 한다(현질). 우리가 살아가야 하는 이 사회도 유사한 작동 원리를 따른다. 남들보다 무언가를 더 잘한다면 더 많은 부분에서 활약할 수 있고, 경쟁에서도 더 좋은 평가를 얻어낼 수 있으며 사회에서는 많은 돈을 벌 수 있는 외재적인 보상 혹은 성취감이라는 내재적인 보상으로 이어진다.

그렇다면 우리는 왜 같은 원리로 작동하는 게임 내의 경쟁에는 재미와 흥미를 느끼며 즐기지만 인생에서의 여러 가지 경쟁에는 스트레스를 받으면서 남들과 비교하지 마라, 경쟁에서 벗어나라와 같은 위로의 말에 목말라하는 것일까? 여러 가지 이유가 있겠지만 내가 생각하는 큰 부분 중에 하나는 비교하거나 비교당하는 것을 올바른 태도로 받아들이지 못하는 것이라고 생각한다. 비교는 사람이 사는 사회에서는 모든 부분에서 필연적으로 적용되는 것이다. 게임을 할 때에는 이를 당연하다고 인지한 채로 게임을 시작하기 때문에 비교와 경쟁의 단계조차 재미있지만, 삶을 살아가는 부분에 있어서는 직접 심리적으로 와닿는 것이 크기 때문에 그렇지 않은 것이다. 일단 이 부분을 인정하고 받아들이는 자세가 있어야 한다. 받아들이고 인정하면 그다음에는 목표가 보이고 행동을 하게 될 것이다.

누구에게나 배울 점은 있다.

외고 입시, 수능시험, 각종 자격시험, 입사 면접 혹은 국가고시와 같이 우리 삶의 모든 단계 단계에서 비교와 경쟁의 개념에 입각하여 선별 혹은 선발과정이 진행된다. 그리고 각각의 비교와 경쟁의 목적이 조금씩 다르겠지만, 우리가 올바른 목표를 설정하고 내 상태를 시험을 통해 경쟁자들과 꾸준히 비교하면서 조금씩 달성해 나간다면 반드시 성과가 따라올 것이다. 나의 경우에는 나보다 앞서있다고 생각하는 다른 사람들이 항상 나의 비교 대상이자 따라잡아야 할 목표였다. 그 목표들 중에는 나보다 성적이 우수하여 성과적인 측면에서 동기부여가 되는 친구들도 있었지만, 지금까지 주요 비교 대상으로 삼았던 사람은 공부를 대하는 자세 그 자체가 훌륭했던 사람이었다.

나는 회계사 시험공부를 시작하고 첫해에 회계사 시험을 전문적으로 강의하는 한 학원에 다녔다. 낮에는 수업을 듣고 저녁에는 자습실에서 자습을 하는 것이 반복되는 하루의 일과였다. 점점 시험이 가까워지면서 정규 수강 일정은 모두 끝났고, 아침부터 저녁까지 자습만 하는 시기가 4달 정도 있었다. 당시, 자습실 뒷자리에는 굉장히 부지런한 학생이 있었다. 항상 나보다 일찍 자습실에 도착해 있었고, 항상 같은 자세로 공부하고 있었으며, 밥을 먹거나 화장실을 가는 시간 외에는 자리를 떠나는 일도 없었다. 심지어 학원이 문을 닫는 그 시간까지, 가끔은 불이 꺼지는 와중에도 펜을 놓지 않는 한결같은 자세를 지키는 흡사 선비와 같은 모습을 지니던 학생이었다. 그 학생의 그런 태도는 단순한 경쟁을 넘어 존경스러운 마음까지 생겼다. 그리고 공부시간에서 그를 이겨보겠다는 마음이 생겼다. 그래서 더 일찍 오고 더 늦게까지 공부하기 위해 매일 같이 지하철 첫차를 타고 학원에 도착했고 막차를 타고 귀가했다. 하지만 학원과 우리 집이 거리가 꽤 있던 터라 첫 차를 타고 와도 학원 오픈 시간인 아침 6시를 조금 지나야 도착할 수 있었는데 그렇게까지 해도 항상 나보다 먼저 와서 자리에 앉아있는 것이었다. 거기에 오기가 생겨서 그 학생보다 먼저 도착하기 위해 첫차 시간보다도 더 전에 택시를 타고 등원하는 방법까지 썼다. 택시를 타고 새벽 5시 50분쯤 학원에 도착했을 때, 날도 어두웠고 학원도 오픈하지 않았는데 그 학생은 이미 도착하여 책을 보며 문이 열리길 기다리고 있었다. 며칠 더 해보았지만 빈털터리가 될 것 같아서 결국 먼저 등원하는 것은 포기했다. 아마도 학원 근처에 방을 얻어서 생활했던 것이 아닐까 싶다. 그 학생이 나보다 더 성적이 좋았는지는 몰랐지만, 자리를 지키고 그렇게 노력하는 그 모습 자체가 나의 비교 대상이자 목표였던 것이다. 그 학생 덕분에 나는 학원에 있던 아침 6시 반부터 저녁 11시까지의 16시간 30분 중에 밥 먹고 쉬는 시간을 제외하고 자리에 앉아서 공부하는 순 공부시간을 매일 14시간씩 달성했었다. 아쉽게도… 그 해 시험에는 합격하지 못했지만, 이 공부시간 경쟁 경험은 이후 시험을 계속 준비하는 데 있어서 어느 정도 시간을 쏟아부어야 합격이라는 목표 달성에 다가갈 수 있는지를 깨닫게 해 주었다. 이렇게 많은 시간을 집중해서 하나의 목표를 향해 준비해 본 경험 자체도 목표를 달성하고 성취하는 데 있어서 굉장히 중요한 요소 중 하나인 것 같다.

아무튼 그때 그 학생은 내가 이렇게 본인과 경쟁했던 것을 인지하지도 못했을 것이다. 시험 전날 인사를 건네며 행운의 인사말을 건네어 보려고 기다렸으나 시험 직전에는 학원에 나타나지 않았다(결국 회계사가 되었는지 궁금하다).

위의 경험을 통해 말하고 싶은 부분은 꼭 성적이나 점수 같은 것이 비교나 경쟁의 대상일 필요는 없다는 것이다. 모든 시험에서 공부 시간은 합격에 있어서 반드시 필요한 중요한 요소이지만 또한 누구나 달성할 수 있는 가장 쉬운 요소이기도 하다. 이런 필수 요소들 하나하나에 비교 대상을 설정하고 의식하면서 경쟁한다면 어느샌가 목표했던 결과에 부쩍 가까워진 것을 알 수 있을 것이다. 만일 여러분이 혼자만의 공간에서 공부를 해야 집중을 하는 스타일이 아니라면, 되도록이면 같은 목표를 가지고 있는 집단 속에서 공부하는 것을 추천한다. 나는 철저히 다른 사람들을 통해 자극을 받고 목표의 대상이 있어야 동기부여가 되는 스타일인 것을 잘 알기에 조용한 곳에서 혼자 공부하는 것보다 도서관이나 고시 준비반 같은 곳에서 공부하는 것이 훨씬 효과적이었다. 스스로 태만해지지 않게 비교하고 경쟁할 상대가 있어야 끊임없이 자극을 받아야 긴 레이스를 완주할 수 있다는 것이다.

사실 나는 두 차례 회계사 시험 1차 시험에서 떨어진 경험이 있다. 회계사 시험은 1차 시험과 2차 시험을 나눠져 있는데, 1차 시험은 7개 과목(5교시)으로 나뉘어 있고, 2차 시험은 5개 과목(5교시)으로 나눠져 있다. 1개 과목당 상당한 두께의 책을 1차 시험 전까지 최소 2권 이상씩 통달해야 어느 정도 시험 합격에 승산이 있다고 말한다. 그 말은 회계사 시험은 절대 한두 달 안에 끝낼 수 있는 시험이 아니며 아주 빠르면 6개월에서 1년, 보통은 2년까지는 꾸준하게 학습하고 복습하는 과정이 필요한 장기 레이스이다. 마라톤에서는 마라토너의 페이스를 유지하여 좋은 성적으로 유지할 수 있게 함께 뛰어주는 페이스메이커라는 포지션이 있다. 장기간을 준비해야 하는 시험은 페이스메이커로 삼을 수 있는 공부 메이트가 큰 도움이 된다. 앞서 말한 대로 두 차례 시험에 떨어지고 난 후 나는 함께 회계사 시험을 준비하던 3명의 친구들과 집을 얻어 같이 살면서 공부를 했다. 이외에도 다른 친구들과도 스터디 모임을 구성하여 공부 메이트를 만들었다. 결국 나는 이 친구들에게서 많은 도움을 받았고 2차례 시험을 떨어진 다음 해 1차 시험에 합격했고, 바로 이어서 다음 해에 2차 시험까지 통과하며 최종 합격을 했다. 그리고 함께 공부했던 메이트들도 대부분 합격하여 지금까지 좋은 관계를 맺고 있다. 시험 합격이라는 중요한 달성 이후에도 내가 회계사로서 커리어를 쌓아가는 데 있어서 이 친구들과의 관계는 가장 소중한 자산이 될 것이다. 오랜 공부 기간으로 지칠 때에 함께 스트레스를 풀기도 하고, 또 서로 자극이 되어 더욱 집중할 수 있게도 해주었던 스터디 메이트들의 존재는 누가 묻더라도 내가 합격할 수 있었던 가장 큰 요인 중에 하나라고 말할 수 있다.

누구에게나 배울 점은 있다.

누군가가 나보다 뛰어난 면이 있고, 그 부분이 나의 목표를 달성하기 위해 필요한 요소라면 그 순간부터 그 사람은 나의 목표이자 경쟁상대가 되어야 한다. 모든 공부는 시험이라는 상대평가를 통해 성과가 이루어진다. 즉, 다른 경쟁자들보다 더 우수해야 더 좋은 성적을 거둘 수 있다는 것이다. 내가 설정한 나의 경쟁상대를 꼭 넘어서지 못하더라도 모든 경쟁상대들의 절반 이상만 달성해낸다면 그 달성한 요소들이 쌓여 종합적으로 나의 수준을 비약적으로 향상해 줄 것이다.

03

평생이 공부보다 노는 게 좋은 날라리, 문제인가?

_____

나는 항상 노는 것이 공부보다 더 좋았다.

경쟁을 좋아하고 지는 것을 싫어하는 기질이 공부까지 영향을 미쳤기에 이렇게 전문 자격증을 취득하여 경험을 공유할 수 있는 행운을 얻게 되었지만, 사실 공부보다는 친구들과 어울리며 놀러 다니고 밖에 나가서 활동하는 것이 더 성격에 맞았다. 나는 굉장히 많은 취미를 가지고 있다. 중학교 때부터 축구를 열심히 했고, 고등학교에서는 축구부 활동을 하며 학교 대표로 뽑혀 일본의 한 고등학교와의 국제 경기에도 출전했었다. 대학교에서는 과 축구동아리 회장직을 맡게 되어 대학 전체 축구 대회에서 우승 트로피를 받았던 경험도 있다. 축구 외에도 한때는 농구에 푹 빠져서 친구와 농구장에서 밥도 먹지 않고 밤늦게까지 농구를 하기도 했었다.

대학 시절에는 당구에도 빠져서 초창기에는 수업보다 당구장에 출석체크를 하러 간 적이 더 많았다. 그리고 코로나19 이후로는 서핑에 빠져서 직장인임에도 매주 주말은 강원도 양양에서 보내고 있다. 축구, 농구, 당구, 서핑과 같은 스포츠도 좋아하지만 E-스포츠인 게임까지 좋아해서 밤새 게임을 했던 적도 많았고, 영화를 보는 것도 정말 좋아했다. 스마트폰이 없던 학창 시절에는 PMP(인강을 듣는 기기, 과거의 태블릿 PC)와 노트북에는 항상 최신 영화로 가득했다. 이렇게 취미에 대한 이야기를 늘어

놓고 보면 언제 공부를 했나 싶을 것이다. 사실 나는 공부 빼고 다 좋아했던 것 같다.

물론 어떤 때에는 학업에 지장이 갈 정도로 노는 것에 빠졌던 적도 있었다. 돌이켜 생각해 보면 가끔 아쉽게 느껴질 때도 있는데… 관점을 바꿔서 생각해 보면 화끈하게 놀았던 경험들 덕분에 오히려 공부를 해야 할 때에는 화끈하게 공부에만 몰두할 수 있었던 것이 아닐까 생각한다. 잘 노는 사람이 공부도 잘하고 일도 잘한다는 말이 있다. 모든 일에는 균형이 중요하다. 취미생활과 같은 사적인 영역과 공부, 학업 그리고 직장 생활과 같은 공적인 영역 간에도 균형이 있어야 한다. 지나치게 노는 것에만 치우쳐 있는 사람은 물론이지만, 지나치게 공부만 하고 일만 하는 사람도 많은 경우에 좋은 성과를 거두기 힘들다는 것이 나의 또 하나의 신념이다. 이 부분을 (문과 지만) 나름 과학적이고 논리적으로 분석해 보면 스트레스와 깊은 연관이 있다고 생각한다. 어떤 사람이든 간에 하나의 일에만 오랜 시간 몰두하고 집중하면 피로감을 느낀다. 하물며, 좁은 책상과 의자에 앉아 책만 보고 있는 일은 두말할 것도 없다. 하루 중 공부하는 시간 사이마다 휴식 시간은 물론 일주일 중 최소 반나절 정도는 머리를 좀 식혀야 한다. 스스로를 해방시켜 주는 시간이 누구에게나 필요하다. 그렇기 때문에 스스로를 쉬게 하기 위해 본인이 좋아하는 것이 무엇인가를 정확히 아는 것도 공부를 하는 사람에게 굉장히 중요한 부분이다.

[스트레스를 풀었던 주요 수단]
1) 고등학교 입시 준비 → 축구
2) 수능 준비 → 농구
3) 회계사 시험 준비 → 족구, 당구
4) 직장생활 → 서핑

사람이라면 긴 시간을 시험 준비하는데 쏟다 보면 스트레스를 받고 긴장하기 마련이다. 나는 항상 이런 스트레스와 긴장을 운동을 하거나 친구들과 대화를 하면서 해소했다. 어떤 때는 같이 공부하던 친구와 공원 벤치에 앉아서 3시간씩 수다를 떨기도 했다. 하지만 그 시간들은 전혀 낭비하는 시간이 아니라 뇌가 재충전하는 시간이었고, 다시 자리에 앉았을 때 집중력을 더욱 높여주었다.

일주일 중 6일 정도를 열심히 공부했으면 하루 정도는 늦잠도 자고 스스로를 풀어주는 시간이 꼭 필요하다. 비단 공부하는 데 있어서뿐 아니라 직장 생활에서도 마찬가지다. 평생 자신만의 스트레스 해소 및 재충전을 위한 나름의 방법 하나 정도는 가지고 있어야 인생이라는 긴 레이스 또한 잘 완주할 수 있을 것이다. 최근에는 바다에서 파도를 타는 서핑이라는 취미를 시작했다. 주중에 받은 여러 가지 스트레스가 바다에 들어가는 순간 단숨에 날아가는 경험을 하다 보면 취미가 정말 중요하다는 것이 온몸으로 느껴진다.

단, 주의해야 할 점은 취미는 취미일 뿐 절대로 주객이 전도되어서는 안 된다. 3시간을 친구들과 수다를 떨었거나 농구를 하던가 했다면 끊어야 할 때 딱 끊고 다시 학업이라는 본래 목적에 집중해야 한다. 만일 스트레스를 해소하기 위한 수단인 취미 생활로 인해 학업이나 직장 생활 등 본분 수행에 좋지 않은 영향을 미친다면 현재의 시간 배분은 적절하지 않으니 조절과 중재가 필요하다. 나의 경우에도 피곤해서 공부에 영향을 미치지 않게끔 운동에 적절한 시간을 할애했고, 시험이 가까워 올수록 운동 빈도도 낮추는 등 여러 가지 적절한 균형을 맞추어 시간을 배분했다. 그리고 공부에 심하게 방해가 될 수 있는 게임 같은 것들은 하지 않았다. 시험공부와 같이 6개월, 1년 단위로 길게 계획하고 준비해야 하는 것들은 페이스 조절이 아주 중요하다. D−365의 계획과 D−30의 계획은 완전히 달라야 하고, 디데이가 가까워질수록 집중력을 끌어올릴 수 있도록 대략적인 계획을 수립한 다음 월 단위, 주 단위, 일 단위로 끊어서 계획해야 페이스가 무너지지 않고 완주할 수 있다.

노는 것을 좋아하는 것 자체는 아무런 문제가 되지 않는다.

노는 것을 통해 스트레스를 해소하고, 재충전의 시간을 갖는 법을 잘 터득한다면 당장은 공부와 같은 학업, 나중에는 직장 생활과 이후의 커리어를 쌓는 긴 레이스에서도 긍정적인 영향을 받아 잘 완주할 수 있을 것이다. 그래서 나는 최대한 다양한 취미 활동을 해볼 것을 추천한다. 무엇이든지 균형이 중요하다. 공부, 일 그리고 취미와 같은 스트레스 해소 수단의 균형을 잘 조절할 수 있는 사람이라면 공부는 물론이고 어떤 일을 하든지 간에 더 좋은 성과를 낼 수 있을 것이다.

04

후회하는 자, 올바른 방향으로 나아가리

"후회하지 말고 앞만 보고 가라"
"후회는 아무 도움이 되지 않는다"

위와 같은 명언들은 누구나 한 번쯤 들어봤을 것이다. 하지만 나는 여러분에게 과감하게 '후회하라!'라고 말해주고 싶다. 후회하지 말라는 뉘앙스의 격언은 아무래도 이미 지나간 일은 어찌할 수 없으니, 실패한 일에 너무 연연하지 말고 앞으로의 일만 생각해서 다시 시작할 준비를 하라는 좋은 의미가 담긴 격언일 것이다. 하지만 나는 후회하는 것은 전혀 도움이 되지 않는다는 의미를 가진 격언에 반대되는 생각을 가진 사람 중 한 명이다. 물론 저 격언의 의미는 조금 다른 관점에서 위로의 말을 건네기 위해 생긴 것일 수도 있다. 지난 일에 대해 좌절하는 일로 감정과 시간을 허비하지 말고, 다시 일어서기 위해 노력해라라는 뜻 또한 있을 것이다. 이 부분에서만큼은 나도 누구보다 격하게 공감한다. 하지만 방법론적인 시각으로 보자면, 감정을 배제하고 이성적으로 접근해야 하는 일에서, 후회라는 것은 중간중간 수반되는 반드시 필요한 수단이라고 생각한다. 공부야말로 감정을 배제하고 이성적으로 접근해야 하는 중요한 것들 중 하나이다. 다른 말로는 반성 혹은 피드백과 같은 용어로도 표현될 수 있다.

특히나 긴 시간을 필요로 하는 공부에 있어서, 중간중간 내가 보낸 시간들을 되돌아보며, 올바른 방향으로 나아가고 있는지, 앞으로 얼마만큼의 시간이 더 필요할지와 같은 경로 수정의 행위는 반드시 있어야 한다. 게다가 내가 생각하기에 후회만큼 강한 동기부여도 없다. 후회는 내가 어떠한 행위나 행동을 해서 혹은 하지 않아서 발생된 현재의 결과가 내가 원하던 바와 일치하지 않을 때, 과거의 나의 행위나 행동에 대해 아쉬워하거나 자책하는 것이다. 흔히들 "후회해도 소용없다"와 같은 말을 많이 하는데, 그 이유는 후회한다 한들 과거의 행동을 뒤바꿀 수 없기에 감정 소모만 되는 행동이기 때문이다. 하지만, 과거의 행동을 뒤바꿀 수 없는 것과 앞으로 나의 행동을 바꿔 미래의 결과를 바꾸는 것은 분명히 구분하여야 한다. 내가 말하는 올바른 길로 가기 위한 수단인 후회라는 것은 과거의 행동을 바꾸기 위해 감정을 소모하는 것이 아니라, 감정을 배제하고 과거의 행동에 대해 객관적으로 평가하여 앞으로의 나의 태도와 행동을 변화시켜 목표하는 미래의 결과를 바꾸자는 것이다.

내가 후회 신봉자(?)가 된 건 회계사라는 직업을 갖게 된 사연과 깊은 연관이 있다. 학창 시절 특목고를 다니는 학생들과 학부모들 사이에서 대학 입시에 대한 열정은 굉장했다. 내가 입학했던 해의 우리 학교의 대학 입시 결과가 말도 안 되게 좋아서 더욱 그랬던 것 같다. 당시 선배들은 전교생의 절반 가까이 서울대, 고려대, 연세대, 소위 SKY에 입학을 하였고, 무려 10명이 해외 명문대에 입학하는 기염을 토했었다. 한 학년에 300명가량 있었던 것 같은데, 그중에 157명이 스카이에 입학한 것이다. 그리고 나머지 학생들도 대부분 서울 상위권 대학에 입학한 것으로 기억한다. 오죽하면, 외고 기준으로, 중앙대학교를 진학하면 속된 말로 망했다는 얘기가 나왔겠는가? 이런 얼토당토않는 분위기 속에서 대부분의 학생들은 당연히 SKY에 갈 것이라는 확신(?)을 가지고 입학했다. 참고로 나는 2010학년도 수능을 치렀고 그때는 7차 교육과정으로 지금과 수능 과목이 많이 달랐다. 큰 틀은 비슷하지만, 1교시 언어영역, 2교시 수리영역, 3교시 외국어영역 그리고 4교시에는 사회탐구영역을 치렀다. 사회탐구영역은 4개의 과목을 선택해서 응시할 수 있었고, 마지막으로 제2외국어 영역 교시를 마치면 시험이 끝났다. 상대평가의 지표로는 점수를 등수별로 나누어 상위 4%는 1등급, 11%까지는 2등급, 23%까지는 3등급, 이런 식으로 9등급까지 부여받았고 등급으로 대학입시원서를 제출하는 방식의 수능제도가 시행됐다. 물론 이 방식도 바로 다음 해에 표준점수제도로 변경되긴 했다. 사실 나는 시험만 잘 보면 된다 생각했기 때문에 이런 제도에 대해서 잘 알지는 못했다.

자신감이 지나치면 자만심이 된다 했던가. 나는 그 높은 경쟁률을 뚫고 외고에 입학했지만, 자만심에 빠져 공부를 그리 열심히 하지 않았고 그저 열심히 놀았다. 그렇게 2년여의 시간이 흐르고, 어느덧 한 해 대학입시의 포문을 연다는 고3의 3월 모의고사 날이 찾아왔다. 그리고 그 결과는 이루 말할 수 없이 처참했다. 나는 반뿐 아니라 전교에서 거의 꼴찌에 해당하는 모의고사 결과를 받고 엄청난 충격에 빠졌다. 서울에 갈 수 있는 대학이 없다는 상담결과를 듣고 나서 엄청난 절망에 빠졌었다. 앞서 말한 것처럼 그런 학구열이 불타는 학교에서 이런 성적표는 패배자의 낙인과 같은 것이었고, 성적표를 받은 그 당일 엄청난 후회와 함께 과목별 현재 나의 위치와 앞으로 내가 어떻게 해야 하는지, 그동안 내가 했던 공부 루틴에서 어떤 점을 고쳐야 하는지 독서실에 틀어박혀 철저히 분석했다. 그리고 머릿속에는 온통 같은 실수를 반복하지 말자라는 후회와 반성뿐이었다.

다음 목표는 당장 3개월 뒤 다가올 6월 모의고사였다. 냉정하게 분석했다. 시험성적 중에 수리영역의 점수가 가장 좋지 않았기 때문에 당장 수리영역을 끌어올리지 않으면 안 되겠다고 생각했다. 가장 심각하고 급한 수학 공부를 중심으로 하루 공부 스케줄을 짰다. 3개월 동안 미친 듯이 수학 문제를 풀었다. 시중에 있는 수능 수학 문제집이란 문제집은 죄다 풀었다. 그리고 쉬는 시간도 아까워서 자리에 앉아서 문제집만 풀었다. 나보다 성적이 좋은 친구들을 넘어서기 위해서는 그들보다 한 문제라도 더 풀고 더 알아야 한다고 생각했다. 그리고 이렇게까지 뒤처지게 된 나의 행동을 후회하며 사립 독서실이 문을 닫는 새벽 2시까지 꽉꽉 채워 공부했다. 그렇게 절치부심하고 6월 모의고사 성적표를 받았는데 결과가 어땠을 것 같은가? 전교에서 상위권이었다. 전교에서 상위권 학생만 자리를 준다는 학교 내 프리미엄 독서실에 당당하게 입성했다. 모의고사 시험성적이 발표된 날, 담임선생님께서 학교 내 프리미엄 독서실에 들어갈 학생으로 내 이름을 호명했던 그 순간은 아직도 생생히 기억난다. 등수가 거의 로켓처럼 튀어 올라가 담임선생님의 칭찬을 받았으며 나는 오랜만에 외고입시 때의 성취감을 다시금 느꼈다. 다시 공부라는 것을 어떻게 해야 하는지 그리고 작정하고 하면 된다는 잊고 있던 사실을 되새겼다. 사실 6월 모의고사 이후 수능 전까지 모의고사 성적은 대부분 좋은 편이었다. 하지만, 그 성취감이 무색하게 수능성적은 또 원하던 대로 받아내지는 못했다.

사실 첫 수능 때에도 고려대, 연세대가 아니면 대학에 가지 않겠다는 이상한 고집을 부렸고 성적상으로는 서강대, 성균관대, 한양대에 입학할 수도 있었지만 원서조차 제대로 쓰지 않고 재수를 준비했었다. 하지만 지금 와서 생각해 보면 수능이라는 시험은 정말 마음을 독하게 먹지 않으면, 해가 거듭될수록 좋은 성적을 받기 어려운 시험인 것 같다는 생각이 든다. 아무튼 결과적으로 재수까지 했지만 SKY가 아닌 앞서 말한 그 중앙대에 가게 되었다. 이후에도 미련을 버리지 못해 1학년 2학기에 휴학까지 하면서 다시 한번 수능을 봤지만, 결과적으로 또 중앙대로 다시 복학하게 되었다(운명의 장난인가). 내가 회계사를 준비하게 된 것은 여기서부터 시작된다. 사실 학창 시절부터 변호사가 되기 위해 로스쿨을 진학하고 싶었다. 하지만 로스쿨은 사법시험과 다르게 대학 네임밸류가 중요했다. 내가 생각했던 좋은 로스쿨, 적어도 내가 다녔던 중앙대 이상의 로스쿨에 진학하기 위해서는 소위 스펙이라 말하는 무언가 필요했다.

이런저런 생각이 많아지다 보니 조언을 구하고자 고3 때부터 국어를 가르쳐주던 선생님을 오랜만에 찾아뵈었다. 고민을 털어놨을 때 그 선생님께서 딱 한마디 하셨다.

"회계사 자격증을 따와라. 그것이 더 좋은 로스쿨을 갈 수 있는 유일한 방법이다."

워낙 농담을 자주 던지시는 선생님이라 그 말이 진심이었는지 아닌지는 모르겠다. 하지만 나는 그 말을 듣고 '원하는 로스쿨에 진학하기 위해' 회계사가 어떤 일을 하는지도 모르는 채 막무가내로 시험을 준비했던 것이다.

지금까지의 내 이야기에는 항상 [결과➔후회➔준비]라는 패턴이 있다.

그런 패턴이 내가 지금의 회계사라는 직업을 갖게 만들었다. 가끔 그런 생각을 해본다. 그때 내가 스스로 만족할 만한 결과를 얻어냈다면 지금 나는 변호사가 되었을까? 그때 내가 스스로 얻은 결과에 만족하고 더 이상 후회하지 않았다면, 나는 어떤 모습으로 어떤 일을 하고 있었을까? 다만, 지금 나는 내 모습과 직업에 만족하기 때문에 그 순간순간 후회했던 과거의 태도도 만족하고 있다. 그리고 아직도 목표하는 삶에 도달하기 위해 더 긴 시간을 보내야 하기 때문에 지금 내 삶에 만족하지 말고 계속 후회하고, 객관적으로 내게 필요한 것이 무엇인지 분석하고, 그것을 얻기 위해 멈추지 않는 자세를 유지해야 한다고 되새기고 있다.

후회라는 것은 내가 올바른 방향으로 올 수 있게 해 준
원동력이자 강력한 동기가 되었다.

05

복수를 다짐하는 자, 성장할 것이다

사람은 시간이 지나면서 성장하게 된다.

키와 같은 외형적인 것은 물론, 생각과 같은 내면적인 것 또한 서서히 성장한다. 사람마다 특정 나이에 키가 비약적으로 컸던 경험을 가진 사람도 있을 것이다. 나 같은 경우는 초등학교 4학년에 15cm 가까이 키가 컸던데 그 덕분에 초등학교 6학년 때에는 학교에서 가장 큰 학생 축에 들어갔다. 하지만 그 이후로는 키가 별로 크지 않아 고등학교에서는 작은 편에 가까워졌다는... 나에게는 아쉬운 경험이 있다.

키와 마찬가지로 사람의 내면도 비약적으로 성장하는 시기 혹은 계기가 있다. 개인적으로는 그런 비약적인 성장의 가장 큰 동기는 '복수'가 아닐까 생각해 본다. 아마 누군가에겐 이런 내용에 조금은 불편함을 느끼는 사람들도 있을 것이다. 흔히들 "하지 말라"라고 하는 행동들을 통해 성장하고 동기부여를 받으라고 하고 있으니 말이다. 하지만, 비교, 후회, 복수의 감정과 같은 것들은 기쁨과 슬픔, 절망, 외로움같이 모든 사람에게 내재되어 있는 기본적인 감정이다. 그리고 나는 이러한 기본적인 감정을 지나치게 억제하려고 시도하는 것이 오히려 더 역효과가 난다고 생각하는 사람 중 한 명이다. 반대로 기본적인 감정들을 올바르게 이해하고 적당히 조절하고 바르게 이용하면 내면의 비약적인 성장이 가능하다고 생각한다. 복수라는 감정도 마찬가지이다. 어떤 신체적 물리적 복수를 말하는 것이 아니다. 나를 무시하거나 깔보았던 사람들에게 그들이 틀렸음을 보여주는 것, 즉 내가 사회적인 혹은 경제적인 측면에서 잘 성장했음을 보여주는 것을 나는 '복수'라고 표현하는 것이다.

사람은 누구나 무시당하는 것을 싫어하고, 비교당하는 것을 싫어하고, 뒤처지는 것을 싫어한다. 하지만 그렇다고 해서 나를 무시하는 사람이 없거나, 비교하는 사람이 없거나, 나보다 앞서 있는 사람이 없을 수는 없다. 왜냐하면 사람은 다른 사람과 함께 살아가는 것이 필연적이고 필수적이기 때문이다. 그렇다면 만약 무시하거나 비교하거나 앞서 나가는 사람을 외면하면 마음이 편안할까? 경험상 그런 사람들을 완전히 마음속에서 배제하여 편안함을 느끼는 사람은 본 적도 없을 뿐 아니라 경쟁 사회에서는 산속으로 들어가지 않는 한 쉬운 일은 아닐 것이다. 그렇다면 어떻게 해야 건강하게 이런 불편한 것들을 받아들일 수 있을까? 나는 여기서 복수라는 마음가짐을 이용할 것을 추천한다(물론, 성향상 맞지 않는 사람들에게 무리해서 권하지는 않는다). 나를 무시하는 사람이 더 이상 무시하지 못하게 하기 위해서는 나를 무시하지 못할 만큼 성장하거나 그 사람을 넘어서면 된다. 이러한 마음가짐을 연료로 삼고 꾸준히 노력하면 내면의 폭발적인 성장을 이뤄낼 것이다.

나의 경험을 얘기해 보고자 한다. 앞서 얘기했던 중학교 시절 나의 외고 입시 도전에 대한 선생님들과 친구들의 무시하는 듯한 반응은 나의 복수심을 자극했고, 결론적으로 외고 입학의 결과를 이룰 수 있게 해 주었다. 당시 중학교에서는 외고 진학에 성공한 학생들의 이름을 현수막에 써서 정문에 걸어주었는데, 그 명단에서 내 이름을 발견한 친구들이 나에게 사과하면서 내 능력을 인정해 주었다. 물론, 나를 무시했던 선생님들도 마찬가지였다. 외고 입시 과정에서 '무시➡복수➡성장'의 과정을 겪으며, 나는 처음으로 큰 내면적 성장을 경험했다.

그다음은 아마도 목표하는 대학 입시 성적을 거두지 못한 부분에서부터 시작되어 회계사 자격증을 받기까지의 과정일 것이다. 내가 로스쿨을 목표로 정하고 그 첫걸음으로 회계사 공부를 막 시작했을 때부터, 몇 차례 시험에서 떨어졌을 때, 유독 나를 무시하는 발언과 행동을 보였던 몇몇 선배들과 친구들이 있었다.

"그러다가 고시생이 평생 직업이 되는 것 아냐?(비웃음)"
"그렇게 해가지고 1차 시험이라도 붙을 수는 있겠어?"

이 사람들은 내가 해온 노력들을 보면서 하는 이야기가 아니라 그저 결과론적으로 나를 평가했던 것이다. 내가 여기서 이 사람들을 외면하거나 화를 내 어색한 상황으로 만들었다면 내 마음은 오히려 편해졌을까? 이미 그들의 비야냥거리는 태도를 본 이상 내 마음에 상처는 생겨버렸다. 그래서 나는 오히려 이런 감정들을 더욱 깊숙이 받아들였고, 내가 더욱 열심히 공부할 수 있는 원동력으로 변환시켰다. 결국, 모든 시험의 과정이 끝난 후에도 나를 무시할 수 있을지 두고 보자는 마음으로 복수심을 불태웠고 끊임없이 노력을 했다. 그렇게 모든 열정과 복수심을 불태우고 최종적으로 회계사 시험에 합격했을 때, 그들 중 누구도 나에게 함부로 말하지 못했다. 강한 자에 약하고 약한 자에게 강한 소위 말하는 '강약약강'의 태도는 저런 부류의 비겁한 사람들의 몸에 배어 있는 습관이다. 그리고 우리는 살아가면서 아주 많고 다양한 종류의 비겁한 사람들을 마주해야 하고 때로는 학교 동기나 선배로, 때로는 직장 상사나 동료로 함께 지내야 하는 상황도 심심치 않게 마주할 것이다.

그저 그들을 외면하거나 무시하는 대응 방식이 그들은 멈추게 할까? 그들은 계속 나를 자극할 것이고 괴롭힐 것이다. 그들을 멈추게 하는 것은 결국 그들을 넘어서는 것뿐이었다. 그리고 그들을 멈추게 하겠다는 복수의 마음으로 나 자신을 어떤 식으로든 성장시키고자 부단히 노력한다면, 어느 순간 한 단계 성장해 있는 나의 모습과 멈추어 있는 그들의 모습을 발견할 수 있을 것이다(어찌 보면 한 단계 성장하면서 더 이상 그들이 보이지 않는 순간이 찾아오는 것 같다). 나는 2차 시험을 준비하면서 회계사 합격이라는 성과와 함께 집중, 노력, 인내, 조절과 같이 인생에서 꼭 필요한 부분들을 함께 키우게 되었다.

만약, 누군가 나를 무시하거나 괴롭히는 언행을 보인다면... 나에게 필요한 것에 대해 목표를 세우고, 그들에게 복수하겠다는 마음가짐으로 목표를 이루기 위해 미친 듯이 도전하고 노력해 보는 것은 어떻까? 그 목표를 달성하면 물론 가장 좋겠지만, 그 과정에서 배우게 될 다른 많은 값진 것들을 경험한다면 언젠가는 차근차근 쌓여 빛을 발해 한 층 더 성장해 있는 스스로를 발견할 수 있을 것이다. 어느 누구도 이런 경험과 성장을 대신해 주거나 할 수 있게끔 환경과 상황을 만들어주지 못한다.

영화나 만화를 보면 가장 흔히 등장하는 설정이 있다. 어릴 적 원수에게 부모님을 잃은 주인공이 복수를 다짐하고 평생을 노력하면서 성장한 후 결국에는 원수를 갚고(혹은 용서하면서) 복수에 성공한다는 설정이다. 그렇다면 왜 영화나 만화에서는 원수를 갚고 복수한다는 설정이 가장 흔하게 사용되고 있는 것일까? 물론 이런 설정을 통해 대리만족과 쾌감을 느끼게끔 하려는 의도도 있겠지만, 결국 주인공이 하찮고 보잘것없는 상태에서 복수를 갚기까지의 성장을 위해서는 복수심이 가장 강력한 성장 동기가 되기 때문이다. 맨날 실패하고 패배하기만 하던 주인공이 억울한 일을 통해 복수심을 갖고, 복수를 위해 노력하는 과정에서 경험하는 성장은 영화나 만화의 주인공들만 경험할 수 있는 것이 아니라, 나와 여러분과 같은 현실의 주인공들도 경험할 수 있는 일들이다. 나를 힘들게 하는 것들에 대해 복수를 다짐하고 복수를 위해 끊임없이 노력을 다하는 여러분은 성장할 것이다.

본연의 감정들을 배제하고 부정할 것이 아니라.
올바르게 이해하고 잘 이용하여
동기부여의 수단이 되게끔 할 수 있어야 한다.

06

대한민국 경제를 돌리는 사람, 회계사는 무슨 일을 할까?

누군가가 회계사는 무슨 일을 하는지 간결하게 설명해달라고 한다면, 대한민국의 경제가 돌아가게 해주는 일을 한다고 말해준다.

공인회계사는 타인의 위촉에 의하여 회계에 관한 감사·감정·증명·계산·정리·입안 또는 법인설립에 관한 회계와 세무대리를 수행하는 자로서, 회계감사, 세무조정계산서 작성, 국세심판 청구대리, 경영진단 및 경영제도의 개선과 원가계산 등을 주요 업무로 하는 전문인이다.

[네이버 백과]

사전적인 뜻은 어려운 말로 풀어서 설명을 하고 있는데, 쉬운 말로 설명하면 어떠한 종류의 회사나 회사와 비슷한 단체의 설립에서부터 존속 중에 회사에서 필요로 하는 일, 예를 들어 회계, 세무, 경영과 같은 일을 전문적으로 하는 사람이라는 의미이다. 그리고 나아가 회사를 없애는 청산 업무에도 관여한다. 즉, 회사가 사람이라면 태어나면서부터 죽기까지 필요한 모든 일을 전문적으로 한다는 것이다. 그래서 나는 회계사를 '회사의 의사'라고 표현한다. 처음 회계사가 되면 일반적으로 가장 많이 하게 되는 것은 대형 회계법인에 입사하여 '회계 감사 업무'를 맡는 일이다. 감사란 어떤

213

특정한 일을 과거에 제대로 수행했고, 현재 제대로 수행하고 있는지를 감독하는 일이다. 회계 감사는 회사가 영업활동을 하면서 발생하는 모든 금전적 행위를 정확히 기록했는지 확인하는 것이고, 그 기록을 바탕으로 재무제표를 제대로 작성하였는지를 감독하는 일이다.

　예를 들면, 내가 여러분에게 삼겹살 장사를 목적으로 돈을 빌려 가게를 차렸고, 열심히 장사를 해서 돈을 벌었고, 여러분들에게 번 돈의 일부를 나눠주었다고 하자. 그럼 여러분은 궁금할 것이다. 내가 삼겹살을 얼마나 사서(매출원가) 어떤 가격으로 얼마큼 팔았고(매출), 돈이 얼마나 남아서(이익) 그중에 얼마를 우리에게 나누어 준 것(배당)인지를 말이다. 그래서 여러분이 나에게 물어볼 것이고 나는 열심히 계산해서 알려줄 것이다. 하지만 여러분은 의심이 들 것이다. 내가 사실 돈이 더 많이 남았는데, 여러분에게 조금만 나누어 주고 싶어서 이익을 낮은 금액으로 알려준 것이 아닐까? 아니면 여러분이 빌려준 돈을 장사하는데 쓰지 않고 엉뚱한 데 쓰고서 거짓말하고 있는 것은 아닐까? 하지만 확인할 길이 없다. 이때, 여러분들이 선임할 수 있는 사람이 바로 '회계감사인'이다. 회계감사인은 법적으로 회계사만 할 수 있는 고유 권한이다. 여러분이 선임한 회계감사인은 여러 가지 감사 방법을 통해 여러분에게 준 이익에 대한 계산 자료를 감사하기 시작할 것이다. 위의 예시에서 내가 여러분에게 번 돈을 조금만 나누어 주고 싶어서 장사를 통해 번 돈이 별로 없다고 거짓말을 할 수 있는 방법은 세 가지가 있는데, 하나는 삼겹살을 실제로 만 원에 사 왔지만 만 오천 원에 사 왔다고 거짓말하는 것이다. 이 방법은 우리가 실생활에서도 자주 사용하는 방법인데, 부모님께 만 원짜리 책을 만 오천 원이라고 거짓말하고, 오천 원을 남기는 방법이다. 즉, 매출원가를 과대 계상 한 것이다. 두 번째 방법은 삼겹살을 실제로 만오천 원에 팔았지만, 만 원에 팔았다고 거짓말하는 것이다. 이 방법은 매출을 과소 계상한 것이라고 한다. 마지막 세 번째 방법은 무엇일까? (혹시 답이 바로 떠오르는 사람이 있다면 회계사로서 자질이 있어 보인다.) 세 번째 방법은 삼겹살을 실제로 100인분을 팔았지만 50인분밖에 못 팔았다고 거짓말을 하는 방법이다. 이 부분은 재고과대계상 혹은 매출 누락과 같은 방법으로 할 수 있다. 여러분들이 선임한 회계감사인은 여러분들을 위해 이와 같은 부정, 분식, 오류를 식별하기 위해 매출, 매입, 재고자산, 여러 기타 비용 등에 대한 자료를 나에게 요청할 것이고, 필요한 경우 직접

가게에 찾아와 제대로 장사는 하는지, 실제로 삼겹살은 있는지 확인하기 위해 실사라는 것 또한 진행할 것이다. 이러한 예시를 확장하여 적용하면 회계사가 수행하는 감사 업무라는 것이 된다.

여러분	회사의 주식, 채권을 보유한 투자자(주주/채권자)
나	투자금을 통해 회사를 운영하는 회사의 대표, 경영진
회계감사인	회사에서 선임한 회계법인

[삼겹살 사례의 실제 대칭 구조]

여러분은 회사의 주식이나, 채권에 투자한 투자자, 나는 투자를 받은 돈을 통해 회사를 운영하는 회사의 대표, 그리고 회계감사인은 적법한 선임 절차를 통해 선임된 회계법인으로 대칭된다. 실제 회사에 대한 회계감사는 훨씬 더 복잡하다. 내가 삼겹살만 파는 것이 아니라 소고기와 된장찌개, 김치찌개 같은 여러 가지 메뉴를 취급하거나, 직접 삼겹살도 팔지만 장사를 확장해서 내가 취급하는 삼겹살을 다른 가게에 공급하는 유통업까지 한다면 감사는 훨씬 복잡해진다. 하물며 삼성전자나, 현대자동차 같은 대기업은 어떻겠는가? 그만큼 큰 회사의 경우에는 투자자들도 훨씬 많기에 회사가 법과 기준에 따라 적절하게 영업하고, 영업한 결과를 투자자들에게 공유해 주는지를 정확하게 감사하는 일이 더 중요해진다.

대한민국에는 셀 수 없이 많은 회사가 있고, 셀 수 없이 많은 정보 이용자들이 있다. 회계사는 그 사이에서 정보의 비대칭성을 해소해 주는 일을 한다. 만일 앞서 내가 여러분의 돈으로 장사를 하는 예시에서, 회계감사인이 내가 여러분에게 준 계산 자료가 적절하지 않다고 결론을 내린다면, 나는 여러 가지 법적 책임을 지게 된다. 실제로 회계감사인의 감사의견이 적정이 아닌 의견을 받는 회사의 경우에는 상장사는 거래정지가 되어 상장폐지 심사까지 갈 수도 있고, 비상장사의 경우에는 투자를 못 받거나, 상장을 하지 못한다거나, 투자자 혹은 공권력으로부터 여러 가지 소송을 당하는 경우까지 갈 수 있다. 이렇듯, 사업을 운영하는 데 있어서, 회계라는 부분이 굉장히 중요하기 때문에, 최근에는 여러 회사에서 직접 회계사를 고용하여 내부에서 회계업무를 담당하게끔 하거나 혹은 회계법인과 자문계약을 맺고 회계자문을 받는 방식을 통해 회계를 관리한다. 즉, 회계와 관련된 부분에 있어서 회계사는 감사의 역할과 자문의 역할 모두를 수행할 수 있다.

회계감사 외에 회계사는 세무업무도 하고 있다. 기업은 법인세라는 세금을 내고 개인은 소득세라는 세금을 낸다. 그리고 양도소득세, 부가가치세 등과 같은 아주 다양한 세금을 낸다. 이는 대한민국 국민으로서 돈을 벌면 당연히 지게 되는 납세의 의무로, 의무를 성실히 이행하지 못하는 경우 여러 가지 처벌을 받게 된다. 앞서 설명한 삼겹살 장사의 예시에서 나는 사업소득세와 부가가치세를 내야 하는데 전문적인 지식이 없는 경우 많이 어렵기도 해서 실수로 잘못 세금을 납부하는 경우 상당히 힘들어질 수 있다. 하지만 나는 장사를 하느라 너무 바빠 제대로 신경 쓸 여유가 없다면, 이번에는 내가 회계사를 세무대리인으로 선임할 수 있다. 회계사는 세무업무를 통해 고객에게 정확한 세금 납부를 도와주는 것은 물론, 어떻게 하면 세금을 아낄 수 있는지, 부당한 세금 부과에 대해 국세청에 이의를 제기해주기도 하는 등의 다양한 세금과 관련된 자문 업무를 수행한다.

마지막으로 회계사는 회사에 대해 재무적인 자문을 해주는 업무를 한다. 이 부분은 상당히 다양하고 포괄적인 일들이 포함되어 있는데, 앞선 예시에서 내가 삼겹살 장사가 잘 돼서 옆에 핸드폰 가게를 사게 되었다면, 나는 이 가게를 얼마에 사야 적절한지 궁금할 것이다. 옆 핸드폰 가게 사장님은 나에게 본인이 매년 이만큼의 수익을 거두고 있으니 2억 원에 사라고 주장한다면, 나는 이 2억 원이라는 금액이 적절한지 가치평가를 해봐야 할 것이고, 핸드폰 가게 사장님이 제시하는 매년의 수익에 대한 자료가 적절한지 검토가 필요할 것이고, 돈이 5천만 원 정도 모자라는 경우 이 5천만 원을 어떻게 조달하는 것이 유리한지를 검토해야 한다. 이 경우, 나는 회계사를 고용하여 재무적인 자문을 받을 수 있다. 이러한 업무가 실제 회사의 경우로 확장하면 인수합병(M&A) 자문 업무가 된다. 실제로 인수합병 자문 업무의 경우 굉장히 다양한 업무들로 구분되어 있고, 각각의 업무가 높은 전문성을 요구하기 때문에 회계사들은 각각 전담하는 업무를 기능별로 나누고 있다. 예를 들어 가치평가(Valuation), 실사(Due Diligence), 자금조달(Fund Raise) 등과 같은 업무가 수반된다. 그리고 이 경우에도 앞서 설명한 세무자문 업무 또한 필요하다. 즉, 굉장히 많은 부분에 회계사가 필요하게 된다. 인수합병 업무와는 별도로 가치평가, 실사, 자금조달과 같은 업무만 단독으로 필요로 하는 경우도 많다. 그리고 회사가 힘들어져 뭔가 바꿔야 할 필요가 있을 때 하는 구조조정 자문 업무, 기업공개(IPO)를 진행할 때 여러 가지 재무, 회계, 세무 등 자문을 받는 경우도 있다.

이 외에도 회계사는 회사와 관련된 거의 모든 일을 수행하고 있다고 생각한다. 그렇기 때문에, 나는 회계사가 대한민국의 경제가 잘 돌아가게끔 도와주는 역할을 한다고 생각한다.

1) 회사가 투자자들의 돈을 함부로 쓰지 않게 한다.
2) 회사가 번 돈을 정확하게 투자자에게 돌려준다.
3) 정확한 자료를 통해 투자를 할 수 있게 도와준다.
4) 회사가 더 성장할 수 있게 인수합병이나 매각에 도움을 준다.
5) 세금을 정확하게 낼 수 있도록 도와준다.

이 모든 과정이 대한민국에서의 경제활동과 직결되어 있기 때문에 회계사라는 직업은 대한민국의 경제가 돌아가는 데 있어서 큰 부분을 담당하고 있다고 생각한다. 회사라는 것은 결국 국가의 경제가 성장할수록 평균적인 규모는 더 커지고 개수는 많아지게 된다. 따라서 대한민국 경제가 성장하면 성장할수록, 회사의 활동은 더 활발해지고 이와 관련된 업무는 더욱 다양하고 많아질 것이다. 그렇기 때문에 나는 회계사라는 직업이 국가의 경제 성장에 있어서 점점 더 중요한 역할을 수행할 것이고 점점 더 많은 가치를 지니게 될 것이라고 생각한다.

앞서 설명한 바와 같이 회계사는 회사와 관련된 대부분의 일을 전문적인 지식을 가지고 수행할 수 있기 때문에 진로도 굉장히 다양한 형태를 가진다. 통상적으로 회계법인은 세 가지 중요한 일을 메인으로 하고 있고 각각을 큰 본부 단위로 두고 있다. 감사본부(Audit), 세무자문본부(Tax), 재무자문본부(Deal/FAS)로 나눠진 큰 본부에서 회계사들은 본인이 소속된 본부에서 세부 전담 업무를 배정받아 수행하게 되고, 세부 전담 업무로는 회계감사, 회계자문, 국내조세, 국제조세, 금융조세, 가치평가, 실사, 컨설팅 등 굉장히 많은 업무들이 있다. 이렇게 회계법인에 소속되어 각자 배정받은 전담 업무를 수행하는 회계사들이 가장 많은 수를 차지하고, 일반 회사에 직원으로 소속되어 회계업무, 세무업무, 재무업무를 수행하는 회계사도 있으며, 금융감독원, 한국은행, 한국거래소와 같은 금융공기업에 소속되어 전문성을 바탕으로 업무를 수행하는 회계사도 있다.

회계법인	회계감사, 회계자문, 세무자문, 재무자문, 컨설팅 등
일반 기업	회계팀, 재무팀, 세무팀 등
투자 기업	사모펀드, 벤처캐피탈 등
공기업	금융감독원, 한국거래소, 한국은행 등 금융공기업

회계사의 진로는 굉장히 다양하고, 본인이 흥미가 있거나, 적성에 맞는 분야로 집중하여 경력을 쌓아가는 데도 상당히 유리한 면이 있는 직업이다.

대한민국에는 4대 대형 회계법인이 있고, 이 4곳의 회계법인에서 거의 대부분의 시장을 점유하고 있다. 그리고 대부분의 회계사들도 첫 경력을 이 4곳 중 한 곳에서 시작하게 되고, 본인의 경력을 만들어 나가게 된다. 각각의 회계법인들은 서로 다른 특성과 강점이 있어, 어디가 더 일하기 좋다는 부분은 주관적인 것일 뿐이고, 결국 본인이 계획하고 있는 진로에 맞게 적합한 법인과 본부, 팀에서 일할 수 있게 노력하는 것이 가장 중요하다고 본다. 앞서 말한 것처럼 나의 원래 장래희망은 로스쿨에 가서 기업에 대한 법률을 전문으로 하는 변호사가 되고 싶었다. 그리고 기업을 전문으로 하기 위해 회계사 자격증을 취득하고 변호사가 되는 듀얼 라이선스(Dual-License) 변호사가 목표였는데, 아무것도 몰랐던 대학생이 회계사 시험을 만만하게 생각하다 생각보다 오랜 시간이 걸렸다. 그리고 막상 회계사라는 직업을 제대로 알게 되다 보니 그 자체만으로도 충분히 매력 있어서 로스쿨에 대한 계획은 전면 수정하였다. 변호사를 하기 위해 준비했던 자격증이 나의 평생 직업이 되었다는 점이 아이러니 하긴 하지만 덕분에 적성에 맞는 평생 직업을 갖게 되었다.

진로를 고민하면서 꼭 가져야 할 시각과 태도

회계사 시험에 합격한 후, 아직 한 학기가 남아있었기 때문에 즐겁고 가벼운 마음으로 학교를 다녔다. 이때, 주변에서 진로에 대해 상담을 해달라는 요청을 많이 받았다. 당시 졸업을 앞둔 후배들이 가장 많이 했던 고민은 어떤 직종으로 취업 준비를 할지, 취업을 성공적으로 하기 위해 어떤 스펙이 필요한지에 대한 것이었다. 대기업에 지원할지, 공기업에 지원할지, 대기업이라면 어떤 기업이 좋을지 같은 고민들을 토로하면 나는 말이 끝나기도 전에 단호하게 한마디 했다.

"취업하고 나오게 되면... 그 다음은 어떻게 할 건데?"

최근 언론 보도에 따르면 국내 제일의 대기업 중 한 곳은 평균 근속연수가 12년 가량 된다고 한다. 30살에 입사하면 42살쯤 평균적으로 자의에 의해서든 타의에 의해서든 나오게 된다는 말이다. 대부분의 취업 준비생들이 입사하고 싶어 하는 국내 상위 10개 대기업의 평균 근속연수는 2022년 발표에 따르면 11년 정도라고 한다. 입사하기도 하늘에 별 따기지만 평균적으로 30대 후반에서 40대 초반에 퇴사하게 된다는 계산이 나온다. 회사에서 맡게 되는 업무는 또 어떨까? 섣불리 판단할 순 없지만, 거대한 조직이 생존하기 위해 한 사람 한 사람은 자동차 엔진에 들어가는 부속품 하나와 비슷한 역할을 할 것이 분명하다. 볼트 하나가 어디에 들었는지에 따라 맡은 역할은 다르겠지만, 그래도 볼트는 볼트일 뿐이다.

절대 대기업에 재직 중인 많은 직장인 분들을 폄하하려는 의도로 하는 말은 아니다. 만일 내 동생이 진로를 고민한다면, 내 아들이 진로를 고민한다면 이런 부분도 생각해 보고 결정했으면 좋겠다는 나의 사견일 뿐이다. 그리고 당연히 반대로 전문직이 가지는 단점이나 부정적인 면도 분명 있을 것이다. 나는 어디서 어떤 일은 하든지간에 본인의 일에 책임감을 갖고 성실하게 일하는 모든 사람들을 존중하고 존경한다.

어떤 길을 걸을 것인지도 중요하지만.
어떤 태도로 걸을 것인지가 가장 중요한 부분이라 생각한다.

219

07

일신귀속, 자격증에는 소속과 정년이 없다.

일신귀속이라는 말이 있다.

일신귀속(一身歸屬), 한 사람의 몸에 귀속된다는 말이다. 누가 처음 한 말인지, 정식 용어인지는 잘 모르겠다. 한창 회계사 공부를 시작할 때 선생님 중 한 분이 회계사 자격증이 지니는 가치에 대해서 설명해 주실 때 쓰셨던 말로 기억한다. 회계사나 변호사, 의사, 약사, 세무사, 변리사, 노무사 등과 같이 자격증(혹은 면허증)을 가지고 일을 하는 직업들을 전문직이라고 한다. 그리고 자격증이 주는 전문직 자격은 그 사람에게 귀속되어 어느 회사를 가든지, 어떤 일을 하든지 간에 꾸준히 따라다닌다. 이런 자격증의 속성을 일신귀속이라고 설명하시면서 이것이 얼마나 큰 의미를 지니는지에 대해 설명해 주셨고, 나는 깊은 감명을 받은 적이 있다. 예를 들어 특정 대기업에 취업해서 열심히 일하고, 또 열심히 일해서 승진을 하고 과장이 됐다고 가정해 보자. 그런데 만약 그 대기업에서 나오게 되면 대기업 과장이 아니라 대기업 과장이었던 사람이 된다. 그 길로 다른 기업 문을 열고 들어간다고 해서 과장 대접을 받을지는 장담할 수 없다. 이것이 자격증을 가지고 일하는 사람과 그렇지 않은 사람 사이에 차이점을 만들어주는 가장 중요한 점이 된다. 회계사는 회계법인에 있든, 일반기업에 있든, 공기업에 있든 아니면 어디에도 소속되어 있지 않아도 회계사다. 이게 바로 일신귀속이 가지는 의미이다. 그 사람이 가지는 전문성은 그 사람에게 귀속된다. 정말 특별한 사건이 아니면 박탈당하지도 않을뿐더러 그 사람이 갖고 있는 전문성은 회계사라는 이름으로 증명되고 그 사람의 가치는 커리어로 증명된다.

100세 시대가 도래했다. 의학과 약학의 비약적인 발전으로 인해 조만간 120세, 150세 시대가 도래할지도 모르겠다. 모든 사람들이 평균적으로 100세를 살게 되는 시대에서 직업이란 어떤 모습과 형태를 갖게 될 것인지 고민해 본 적이 있는가? 평균적으로 20대 후반에서 30대에 취업하게 되면 물론 정년 또한 더 길어질 수도 있겠지만, 정말 열심히 살아남아 앞서 언급한 평균 근속연수를 뛰어넘는다 쳐도, 40년가량을 한 직장에서 있다가 퇴직하게 될 것이고 이후로도 30년을 더 먹고살아야 한다. 지금으로서는 잘 상상이 되지 않지만 분명 우리에게 다가올 미래라는 것을 부정할 수 없는 사실이다. 만일 평균 근속연수인 11년 후에 퇴직이라도 하게 되는 경우에는 살아온 날보다 더 긴 시간이 남아있다. 어떤 형태로든지 사회 구조에 맞게 제도와 법이 개선되겠지만 지금으로서는 막막하고 어떻게 대비해야 할지 잘 떠오르지 않는다. 그렇다고 '제도와 법이 알맞게 바뀌어 그때 가면 다 해결되겠지'라고 막연하게 생각하는 것은 너무 대책이 없는 태도이다. 여기서 일신귀속이라는 자격증의 속성은 또 한 번 빛을 발한다. 어디에 소속되어 있든 그 사람이 회계사인 것과 마찬가지로 몇 살을 먹든 그 사람이 회계사라는 점 또한 변하지 않는다. 그렇다. 정년이라는 개념이 없다. 원한다면 또한 가능하다면 죽기 직전까지 회계사로서 일할 수 있다. 이게 바로 꼭 회계사가 아니더라도 여러분이 청춘의 귀중한 시간을 바쳐 공부해야 하는 이유가 되어야 한다 생각하고, 나 또한 돌아오지 않을 20대의 소중한 시간을 바쳐 공부한 이유이다.

시간이 지나도 변하지 않는 가치를 지닌 물건을 보물이라고 한다. 다이아몬드, 금, 은, 루비, 사파이어 등의 보물은 주인이 바뀌어도, 아무리 오랜 시간이 지나도 그 가치가 변하지 않는다. 같은 의미로 인생의 보물은 바로 자격증이 아닐까 생각한다.

관성의 법칙, 시작했으면 끝을 봐야 한다

　나는 뼛속까지 문과생이지만 관성의 법칙이라는 기초적인 물리법칙의 개념 정도는 알고 있다. 특정 방향으로 움직이기 시작한 물체는 계속 그 방향으로 움직이려는 힘이 작용한다는 것이다. 반대로 움직이지 않고 멈춰 있는 물체는 계속 멈춰 있으려고 한다는 법칙도 된다. 비단 물리학에서만 통용되는 법칙은 아니다. 사람의 의지와 행동 또한 관성의 법칙이 작용한다. 아무것도 시작하지 않는 사람은 새로운 시작을 할 때 아주 어려워한다. 반대로 일단 시작해서 일상이 된 사람은 큰 힘을 들이지 않고도 더 노력할 수 있고, 그 노력을 다른 일로 전환하기도 훨씬 쉽다. 일단 시작하는 것이 중요하고, 시작한 것을 습관처럼 일상화시키면 성공적으로 마무리할 가능성도 높아진다.

　갑자기 웬 물리학 법칙을 얘기하나 싶겠지만, 하고자 하는 말은 당연히 공부와 관련된 것이다. 그동안 세 차례 중요한 시험을 준비하고 공부하면서 나름대로 공부하는 방법을 깨달은 때가 있다. 공부는 이렇게 하는 것이구나라는 것을 외고 입시를 준비하던 중학교 3학년에 처음 깨닫게 되었고, 그다음은 수능을 준비하던 고등학교 3학년에 때, 마지막으로는 회계사 시험을 공부한 지 2년쯤 지나 처음으로 1차 시험을 합격할 때쯤이다.

　내가 깨달은 공부하는 방법은 다름 아닌 공부 관성의 법칙이다.

　공부 관성의 법칙이란 어떻게 공부에 몰입해서 학습곡선을 가파르게 증가시킬 수 있는지, 어느 만큼 노력해야 준비하는 시험에서 원하는 결과를 얻을 수 있는지에 대한 법칙이다. 어쩌면 이미 공부의 달인 혹은 신이라고 불리는 많은 사람들이 알려주는 공부방법과 같은 맥락일 수 있겠지만, 사실 공부에는 왕도가 없다. 지금도 어떻게 하면 좋은 성적을 받을 수 있을까 고민하는 많은 수험생들에게 도움이 되었으면 좋겠다는 마음으로 내 나름대로 이해하고 받아들인 몇 가지 방법에 대해 설명하고자 한다.

1. 생활공간과 공부공간은 반드시 분리할 것

사람은 대체로 특정 목적을 가진 공간에서는 다른 목적의 행위를 하기 어려운 특성을 가지고 있다. 집에서는 잠자고, 밥 먹고, 쉬어야 하고 학교에서는 공부해야 한다. 그 공간에 있을 때, 어떤 행위를 하는 것에 대해 습관을 만들어 놓으면 다른 행위를 하게 되었을 때 불편함이 생긴다. 내 경우에는 집에서 공부하려는 시도도 해보았고 고시원 생활을 하면서도 공부하려고도 시도해 보았다. 하지만 잠자고 쉬는 공간에서 공부에 집중하기가 쉬운 일이 아니었다. 공부하다가도 조금만 지루하거나 졸리면 침대에 누워 딴짓하거나 그러다 잠들어 버리게 되었다. 그리고 깨달은 건 공간의 중요성. 공부는 공부만 하는 공간이 있어야 한다. 나는 그곳이 주로 독서실이었다. 외고 입시를 준비할 땐 학원 독서실에서, 수능시험을 준비할 때도 동네 사설 독서실에서, 회계사 시험을 준비할 땐 학교에서 지원해 주는 고시반 독서실에서 공부를 했고, 그곳에서 가장 집중이 잘 되어 높은 학습 효율을 끌어낼 수 있었다.

2. 루틴을 만들 것

오늘은 공부를 해야지! 하고 공부를 하는 것이 아니라 공부 자체가 습관이 되어야 한다. 그러기 위해서는 아무 생각 없이 기계적으로 눈 뜨면 씻고 준비해서 공부하러 집에서 나가야 하는 루틴을 만들어 습관화하는 것이 가장 좋다. 매일 아침 눈 뜨고 '아, 오늘 공부하러 가야 하나'라고 고민하게 되면 아침부터 기분도 별로 좋지 않게 되고 그날의 학습 능률에도 영향을 미친다. 앞서 말했던 계획표 또는 시간표에 매일 같은 시간에 책상에 앉아 공부를 시작하는 것으로 계획을 세우고, 최대한 비슷한 시간대에 같은 과목의 공부를 하고, 밥 먹는 시간도 매일매일 최대한 비슷하게 계획해서 지키려고 노력해 보자. 한 달 정도 반복하면 아무렇지 않게 하게 될 것이고 이렇게 루틴을 만들어 지켜야 6개월, 1년 그리고 2년간의 긴 시간을 성실하고 알차게 보낼 수 있다.

3. 반복을 통해 익숙해질 것

2번에서 말한 루틴은 생활 습관에 관한 것이라면 이번 것은 학습에 관한 것이다. 대부분의 시험은 암기가 기본적으로 바탕이 된다. 그리고 응용도 특정 주제의 개념과 원리를 완벽하게 암기하고 있어야 가능한 것이다. 얼마나 많은 개념과 원리를 제대로 암기하고 필요할 때 빠르게 꺼낼 수 있는지에 시험 결과가 좌우된다. 모든 시험은 주어진 문제를 주어진 시간 안에 가장 많이 맞추는 것이 좋은 결과로 이어진다. 주어진 시간과 가장 많이 맞추는 것에 직결되는 것이 바로 암기라는 것이다. 그렇기 때문에 결국 학습능률은 얼마나 빠른 시간 안에 많은 양의 정보를 암기할 수 있는가를 의미한다. 나는 타고난 기억력이 그렇게 좋지 않았기 때문에 암기의 속성에 대해 많은 고민을 했다. 그리고 최대한 많이, 자주 보는 것이 학습능률에 가장 좋다는 것을 깨달았다. 사는 동네에 편의점이 어디에 있냐고 물으면 대부분의 사람들은 자신이 가장 자주 가거나 오가면서 가장 자주 본 편의점에 대해 바로 대답한다. 동네 빵집, 마트, 식당 등에 대해 질문해도 마찬가지일 것이다. 어떻게 가능한 것일까? 바로 자주 봤기 때문이다. 시험 문제로 동네에서 가장 맛있는 빵집이 어디인지 쓰라는 것이 나오면 좋겠지만, 시험 문제는 특정 과목의 개념에 대해서 물어본다. 이런 문제가 나왔을 때, 빠르게 답변하려면 자주 보는 방법 외에 더 효과적인 방법은 없다. 그런데 암기량이 아주 방대한 것을 어떻게 자주 볼 수 있을까? 여기서 방대한 정보를 많이 보는 방법이 있다. 바로 익숙한 것을 보는 것이다. 한번 읽은 책을 두 번째 읽고 세 번째 읽을 때 각각에 걸리는 시간은 똑같지 않다. 기하급수적으로 줄어든다. 처음 읽는데 6시간이 걸렸다면, 두 번째는 4시간, 세 번째는 2시간 만에도 다 읽을 수 있다. 마찬가지이다. 1년이라는 주어진 시간 동안 최대한 많은 양을 암기하려면 최대한 많이 그리고 자주 봐야 한다. 그래서 나는 과목마다 가장 나에게 잘 맞는 좋은 책을 한두 권 정도 정하고 반복해서 계속 읽고 문제를 풀었다. 이런 행위를 회독이라고 하는데, 처음에는 한 권 회독하는 데 2달이 걸리던 책이 6회독쯤 하니까 하루면 가능했던 적도 있었다. 이런 회독용 책 한 권을 베이스로 두고 다른 응용 전용 책을 병행 학습하는 것을 추천한다. 몇 페이지 몇째 줄까지는 기억나지 않더라도 시험문제로 특정 주제가 나왔을 때 자동으로 머릿속에 회독용 책의 그 페이지를 떠올릴 수 있을 때까지 회독한다면 좋은 결과를 얻을 수 있을 것이다.

4. 본인이 처한 상황을 받아들이고 공부를 일상화할 것

수험기간 동안 가졌던 가장 많은 생각은 '할 것 없으면 공부나 하자'였다. 대학이나 자격증과 같이 목표가 생겼다면 그것을 준비하는 것이 일상의 가장 기본값이 되어야 한다. 앞서 얘기했지만, 나는 노는 것을 아주 좋아한다. 굉장히 다양한 취미생활을 했었고, 게임에도 많은 시간을 보낼 정도로 좋아하지만, 달성해야 할 목표가 생긴 다음부터는 제일 먼저 일상의 기본값을 바꾸려고 노력했다. 가장 효과적인 방법은 본인이 처한 상황을 받아들이고 인정하는 것이다. 6개월 뒤, 1년 뒤 내 앞에 맞닥뜨릴 시험이라는 상대를 인지하고 그때까지 나는 당연히 그 목표를 위해 다른 것을 포기해야 하는 상황이라는 것을 받아들이면 마음가짐이 달라진다. 그리고 본인이 정한 목표를 달성한 뒤에 내 상황을 상상하자. 얼마나 성취감을 느낄지, 얼마나 행복할지, 그 뒤에 나는 어떤 사람이 될지를 상상하고 내 마음속에 각인하면 딴짓은 별로 하고 싶지도 않은 것이 정상이다. 실제로는 여러분이 어느 만큼의 성취감과 행복함을 상상하든 간에 현실은 그 이상이다. 완전히 다른 세상이 펼쳐지니 어떤 상상을 해도 좋다. 그 행복한 상상을 현실로 만들기 위해 최선의 노력을 다한다면, 완전히 다른 세상 속에 있는 자신을 발견할 수 있을 것이다. 누구에게나 살면서 몇 번의 힘든 시기가 온다. 우리가 익히 알고 있는 모든 유명 인사들과 위인들도 마찬가지였다. 중요한 건 그 시기를 어떻게 극복하고 견딜 것이냐이다. 높은 목표를 세우고 청춘을 연료로 사용하여 열정을 불태워라. 어떤 일이든지 그 시기에만 달성할 수 있거나 그 시기에만 느낄 수 있는 것들이 있다. 자신의 1분 1초를 헛되이 태우지 말고, 더 긴 미래를 든든하게 대비할 수 있는 연료로 사용하면 좋겠다.

위에서 설명한 네 가지 팁은 사실 가장 기본적으로 갖추고 시작해야 하는 베이스라고 생각한다. 하지만 나를 포함한 대부분의 학생들이 저 기본을 깨닫지 못해 공부를 효율적이고 효과적으로 하지 못하는 경우가 많다. 다른 사람이 아무리 말해줘도 본인이 깨닫지 못하면 사실 소용이 없긴 하지만, 누군가가 이런 것들도 있다는 걸 들은 것과 그렇지 못한 사람 간에 소요되는 시간 차이는 분명하다. 나는 저런 중요한 것들을 깨닫고 회계사 시험 준비 기간 동안 체득하여 나름대로의 공부법을 체득했다고 느꼈다. 가장 크게 느낀 부분은 회계사 시험공부 이전과 이후의 대학교 성적 차이에서 나왔다. 사실 나는 1학년과 2학년 정도까지는 평균적인 학점을 받는 학생이었지만, 3학년 이후 공부법을 터득하고 나서는 성적 장학금도 받을 정도로 좋은 성적을 받아냈다. 분명 방법의 습득 유무에 관련이 있을 것이라고 생각한다.

08

호기심이 많은 학생에게 잘 맞는 공부법 : 끊임없이 의문 갖기

최근 유행하는 것 중에 성격을 검사를 통해 특성별로 분류하는 MBTI가 있다. 나의 경우에는 ENTP형 성격으로 분류되는데, 머쓱하게도 모든 MBTI 중에 가장 적은 사람이 속해 있는 것으로 나온다.

잠깐의 여담으로 ENTP는 아래와 같은 특징을 보이는데,

- 상담과 조언을 요구할 때에는 단순히 상대방의 의견이 궁금해서일 뿐이다.
- 정당한 비판에 대한 수용이 빠르다.
- 가치관이 뚜렷하며, 이를 거리낌 없이 드러낸다.
- 경쟁심이 강한 편이다.
- 미래지향적이다.
- 노는 것을 매우 좋아한다.
- **호기심이 강하며 "왜?"라는 말을 많이 한다.**

이 특징들을 보면서 앞서 내가 써온 글을 다시 보는데 묘하게 간파당한 것 같아 조금 자존심이 상하긴 하지만, MBTI는 정말 잘 맞는 것 같다는 생각을 다시 한번 하게 되었다.

앞서 특징 중에서 진하게 표시한 '호기심이 강하며 "왜?"라는 말을 많이 한다' 이 부분은 사실 내가 공부를 할 때는 물론이고, 직장인으로서 회사에서 일할 때에도 가장 많이 보이는 특징인 것 같다. 그리고 내가 생각하기에 "왜?"라는 질문을 많이 하는, 끊임없이 의문을 갖는 나만의 도드라지는 특징은 내가 남들과 다른 사고방식으로 공부하게 한 가장 중요한 것이라고 생각한다.

앞서 언급한 내용 중 반복해서 암기하는 것이 시험을 합격하는데 중요한 요소 중 하나라고 설명한 바 있다. 하지만 반복해서 암기하는 방법을 더욱 진하게 머릿속에 각인시키는 방법은 의문을 갖고 접근하는 방법이다. 사람은 기본적으로 어떤 나름의 논리를 가지고 암기할 때 더 오랫동안 기억하는 특성이 있다. 그래서 한때 유행했던 암기법 중에 연상 암기라는 것이 있다. 예를 들어 긴 문장을 외울 때, 익숙한 특정 물체와 연관 지어 외우는 방법이다. 물론 나도 이런 연상 암기 방법을 사용하여 외우게 되었던 법조문이나 규정도 있었다. 하지만, 외워야 하는 양이 엄청나게 많은 경우 모든 것을 연상하여 외우기는 쉽지 않다. 이럴 땐, 머리에 받아들이기 위해 그 논리 자체를 머릿속에 만들어 외우는 방법이 있다. 그냥 단순 암기가 지속되는 시간은 그리 길지 않다. 그래서 엄청난 양을 한번 훑고 다시 한번 훑기 위해 돌아오면 잊어버리는 경우가 다반사이다. 하지만 그중에서 본인만의 논리를 세우고 이게 왜 이렇게 되는지 원리를 설명할 수 있는 개념에 대해서는 조금 오랜 시간이 지나도 쉽사리 잊어버리지 않는다. 논리는 우리가 살아가면서 벌어지는 모든 현상들을 서로 이어주는 끈 같은 것이다. 어떤 개념을 외울 때에도 그냥 기계처럼 머릿속에 넣기보다는 가능하면 그 개념이 어디서부터 나왔고, 다른 어떤 개념과 또 연결되며, 그 연결고리 사이에 어떤 원리가 작용하는지를 생각하면서 암기한다면, 장기적으로 봤을 때, 공부시간을 줄일 수 있는 중요한 도구가 될 것이다.

속도보다는 방향, 시간을 쪼개라

군대에 있던 시절, 달리기와 연관된 굉장히 황당하고 재미있었던 경험이 있다. 주기적으로 체력 검정을 받게 되는데, 윗몸일으키기, 팔 굽혀 펴기, 사격 외에 오래 달리기 과목이 있다. 3km를 11분 정도에 완주하면 특급을 받을 수 있다. 코스에 오르막이 있고 커브길도 많아 특급을 받기는 상당히 힘들다. 내 후임 중 한 명은 특급을 받기 위해 매일 같이 오래 달리기를 연습하던 성실한 친구가 있었다. 그리고 체력 검정 당일 그 후임은 오래 달리기 평가를 봤는데 결국 실격을 했다면서 나에게 울분을 토했다. 자초지종을 들어보니, 선두 그룹에서 뛰고 있었는데 앞에 먼저 달리는 사람이 없다 보니 코스를 잘못 진입했고, 끝까지 본인이 1등인 줄 알고 뛰었는데 나중에 보니 잘못된 길로 진입했던 것이었다. 결국 그 후임은 실격했던 것이다.

이 이야기에서 시사하는 바는 무엇일까?

비록 그 후임은 다른 경쟁자들에 비해 빠르게 뛰었지만 잘못된 방향으로 달리게 되어 목표하는 바를 달성하지 못하고 오히려 시간만 더 허비하는 결과를 낳았다. 결국 우리가 목표를 정하고 달성하기 위해 달려가는 과정에 있어서 아무리 빠르게 달성하기 위해 시간과 노력을 투입해도 가는 방향이 틀렸다면 아무 소용이 없다는 것이다.

공부는 오래 달리기와 같다. 인생 전반으로 봤을 때에는 초등학교, 중학교, 고등학교, 대학교를 거쳐 취업하여 직장인이 되고 직장인이 되어서도 대학원이나 승진을 위해 공부를 하는 기나긴 과정이다. 각 단계별로 봤을 때에는 중고등학교 성적 관리, 수능시험, 자격증 시험, 각종 고시 시험과 같은 최종 시험으로 결과를 획득하게 되는 각각의 시험들이 오래 달리기처럼 상당한 시간이 소요되고 기약이 없는 어려운 과정들이다. 소요되는 시간이 길어지고 공부량이 많아질수록 내가 나아가고 있는 방향을 정확히 파악해야 한다. 방향을 파악하는 방법으로 나는 시간을 최대한 쪼개어 쓰라고 말해주고 싶다.

계획표 쓰기

그렇다면 시간은 어떻게 쪼개 쓸 수 있을까? 시간 쪼개기의 핵심은 계획표를 쓰는 것이다. 계획표는 크게 2개로 나누어 쓰는 것이 좋다. 한 달 전체 계획을 쓰는 계획표와 일주일 계획을 쓰는 계획표까지 총 2개의 계획표를 쓰면 체계적으로 시간 관리가 가능하다. 일주일 단위 계획표는 요일 한 줄 한 줄마다 시간 단위로 표시하고 하루하루 보낸 시간을 기록한다. 무슨 계획표를 2개씩이나 쓰느냐고 할 수도 있는데 6개월이나 1년 동안 준비하고 실행해야 하는 공부를 할 때 언제든지 지나온 시간과 지나갈 시간을 한눈에 확인할 수 있고, 잘못된 부분은 반성하며 앞으로 계획을 수정할 수 있는 도구가 필요하다. 매달 초와 말에 지난달을 돌이켜보며 반성하고 다음 달 계획을 짜는 것처럼 일주일의 시작과 끝인 월요일과 일요일, 하루의 시작과 끝인 책상에 처음 앉는 순간부터 불 끄고 나가는 순간까지 자신이 나아가고 있는 방향을 항상 파악하고 있어야 한다. [한 달➔일주일➔하루]의 방식처럼 시간의 단위를 쪼개고 시간이 지난 뒤 쪼개어 보낸 시간을 다시 반대로 일주일, 한 달 단위로 합쳐서 보면 내가 어떤 부분에 소홀했고, 어떤 부분에 시간을 많이 낭비하였으며, 어떤 부분에 시간 투입이 부족했는지를 한눈에 볼 수 있다. 각각의 계획표에 들어가야 하는 대략적인 내용은 공부의 성격에 따라 달라질 순 있겠지만 나의 경우는 다음과 같다.

한 달 계획표

한 달 계획표는 가장 거시적인 계획이 들어가야 하는 계획표로 과목별 책 한 권 단위, 인터넷 강의를 듣는 경우 강의 단위, 그리고 모의고사와 같은 중요한 일정도 표시해 놓아야 한다. 우리 모두에게 주어진 시간은 한정적이고, 하루에 공부할 수 있는 시간도 마찬가지이다. 따라서 한 달 계획표를 잘 짤 수 있다면, 한정된 시간을 어떤 과목에 어느 만큼 배분할 수 있고, 그렇게 배분했을 때, 한 달 동안 어느 만큼 공부량이 달성 가능한지 등을 파악할 수 있다. 그리고 최대한 구체적인 계획을 계획표에 작성하여야 한다. 예를 들어, 국어 인터넷 강의를 듣는다면 하루 3강씩 10일간 모두

들겠다. 이런 식으로 표시하다 보면 내가 한 달 동안 수행할 수 있는 공부량을 파악할 수 있을 뿐 아니라 얼마나 빠르게 학습을 진행해야 하는지 어느 정도 시간 여유가 있는지 등을 파악할 수 있다. 수학 책을 푸는 경우 매일 2챕터씩 풀겠다는 식으로 표시하는 것이 좋다. 이렇게 계획하는 것을 과목 단위로 쪼개어 모두 표시한다. 공부를 시작하고 초반~중반까지는 이 한 달 단위 계획표가 가장 중요하다. 아직 시간이 많이 남은 것 같아 자칫 나태해질 수도 있는데 매달 목표를 수립하고 달성하며 긴장감을 유지시켜 줄 수 있다. 최종 시험까지 1년이 남은 시점이라 가정했을 때, 중반까지의 시간이 무려 8개월인데, 이 기간 동안 길을 잃지 않고 올바른 방향으로 나아가는 것은 매우 중요하다. 이 8개월을 잘 지나왔다면 남은 4개월이 아주 순탄할 뿐 아니라 심적으로도 여유가 생겨 스트레스도 덜 받게 되고 자신감도 어느 정도 가질 수 있다. 이런 장거리 달리기와 같은 시험에서는 심리적인 요소도 아주 중요하다는 것을 절대 간과하면 안 된다. 대부분의 수험생들이 중반~후반에 슬럼프를 많이 겪는다. 슬럼프 기간에는 앉아서 집중하는 것도 잘 안되고 괜히 불안하고 두렵기도 해서 방황하게 되는데, 한 달 단위 계획표를 잘 실천해 왔다면 슬럼프를 극복하는데 큰 도움이 된다. 내가 지난 몇 달 동안 어떤 계획을 세워왔고 얼마나 성실하게 그 계획을 잘 실천해 왔는지 모아 놓은 계획표만 꺼내 봐도 한눈에 보이니 자신감도 생겨 빠르게 마음을 다잡고 다시 집중하는 데 도움이 된다. 그러기 위해서 계획표에는 내가 세운 계획이 어떻게 실천됐는지 잘 써야 한다. 계획만 세워놓고 가만 내버려 두면 계획표는 무용지물이다. 달성한 계획과 달성에 실패한 계획 모두 기록하여야 도움이 된다. 그리고 계획은 너무 늘어지지 않는 선에서 조금은 보수적으로 수립하는 것이 좋다.

일주일 시간표

일주일 단위 시간표는 일주일간의 시간 투입 현황을 볼 수 있을 뿐 아니라 매일 매일의 계획 실천 현황까지 자세히 기록하는 미시적인 현황을 확인할 수 있는 시간표이다. 일주일 단위 시간표는 앞서 언급한 한 달 단위 계획표와 연동하여 작성하여야 한다. 예를 들어 국어 인터넷 강의를 하루 3강씩 듣는 것으로 계획했다면, 하루하루

몇 번 강의를 몇 시간 동안 들어야 하는지, 수학 책을 하루 2챕터씩 푸는 것으로 계획했다면 하루하루 몇 번 챕터를 몇 시간 동안 풀어야 하는지 등 조금 더 구체적인 계획을 바탕으로 실천 현황을 확인한다. 따라서 일주일 시간표는 요일마다 시간까지 구체적으로 표시할 수 있게 작성해야 한다. 일주일 단위 시간표는 중반~후반에 가장 중요한 역할을 한다. 그동안 오랜 기간 같은 공부를 지속해 왔기 때문에 자칫 본인이 무엇을 얼마큼 하고 있는지, 앞으로 더 해야 하는지에 대해 무감각해질 수 있다. 일주일 시간표는 매일 과목 단위로 실시간 점검을 하면서 마지막까지 길을 잃지 않도록 잡아준다. 특히 중요한 것은 루틴을 지키는 것인데, 매일 정해진 시간에 공부를 시작하고 비슷한 시간에 밥을 먹고 공부를 마치는 루틴에 따라서 꾸준히 공부하는 것이 신체 리듬이 맞춰지며 가장 효율적으로 학습 내용을 받아들일 수 있게 해준다.

	월	화	수	목	금	토	일
07:00~ 08:00	재무관리 스터디	지각					
08:00~ 09:00		재무관리 문제풀이 15문제	감기 휴식 병원				
09:00~ 10:00	세법 인강 #1 #2 #3						
10:00~ 11:00							
11:00~ 12:00		세법 인강 #4 #5		모의고사			
12:00~ 13:00	점심		점심	재무회계 108점 세법 65점 재무관리 77점 원가관리 80점			
13:00~ 14:00		점심					
14:00~ 15:00							
16:00~ 17:00	재무회계 문제풀이 12문제	재무회계 스터디	재무회계 문제풀이 5문제				
17:00~ 18:00							
18:00~ 19:00	저녁	저녁	저녁	저녁			
20:00~ 21:00	원가관리 인강 #6 #7 #8 #9	원가관리 문제풀이 5문제	원가관리 스터디				
21:00~ 22:00							
22:00~ 23:00				오답정리			
23:00~ 24:00	회계감사 암기/스터디	회계감사 인강 #10 #11 #12	재무관리 문제풀이 5문제				
24:00~ 01:00							
01:00~ 02:00	정리	세법 인강 #6	정리				
평가	열심히 한 하루	지각하지 말자!!	아파서 컨디션이 안 좋다. ㅠㅠ 얼른 회복하자!	세법 공부 더해야 할 듯			

앞서 예시는 실제로 내가 회계사 시험을 준비할 때 썼던 양식과 비슷한 사례이다. 저렇게 매일매일 작성하고 집에 가기 전에 그날의 하루를 평가하며 내일을 다짐하는 한마디 정도를 썼었다. 저렇게 기록한 시간표가 2달 치만 쌓여도 나의 지난 공부량, 어떤 과목에 소홀하고 어떤 과목은 꾸준히 공부했는지, 내가 낭비하는 시간은 주로 어디서 나오는지 등에 대해 아주 체계적으로 분석이 가능했다. 시험 막바지로 갈수록 공부시간 1분 1초가 더 소중하다. 간혹 긴장하거나 들뜨는 마음으로 인해 낭비하는 시간이 많이 발생할 수 있는데 이런 부분 또한 저 시간표로 모두 방지 가능하다. 시험날로부터 2주 정도 남은 시점부터는 역으로 하루를 미리 필요한 과목에 필요한 시간만큼 배분하는 계획표의 방식으로 시간표를 활용하면 되는데 끝까지 시간 낭비나 흐트러짐 없이 공부하는 데 큰 도움이 되었다. 시간표를 작성하는 데 있어서 가장 중요한 부분은 빠짐없이 기록하는 것이다. 스스로를 속여가며 작성하는 것은 아무 의미가 없다. 지각하거나, 아파서 병원을 가거나, 오랜만에 친구를 만나서 저녁을 먹고 수다를 떨었거나, 공부가 잘 되지 않아 산책을 오래 한 것까지 모두 적어야 한다. 스스로를 속이지 않고 있는 그대로 봤을 때, 부족한 것을 알 수 있고 성장할 수 있다.

반복학습 체크 노트

사실상 우리가 응시해야 할 모든 종류의 시험에 대한 준비는 특정 과목에 대한 학습과 문제 풀이의 형태인데 객관식 시험, 주관식 시험, 서술형 시험 모두 다 대원칙은 비슷하다고 볼 수 있다. 특히 학습과 복습에 가장 효율적인 공부 방식은 개념을 익힌 뒤 문제를 풀어 개념의 활용 및 응용 방식을 각인시키는 것이다. 이런 공부 패턴에는 최대한 많은 수의 문제를 주어진 시간 동안 반복해서 푸는 방법이 가장 효율적이고 효과적이라 생각한다.

나의 경우에는 회계사 시험 전반에 걸쳐 과목별로 최대한 많은 문제를 푸는 것을 가장 중요한 대원칙으로 삼았다. 1차 시험의 경우 객관식이기 때문에 1문제 푸는 것이 큰 의미가 없어 푼 문제 개수를 체크하기보다 책을 1번 전체 다 읽고 푸는 회독수를 체크하는 방식으로 공부를 했다. 그래서 책 1권당 최소 3회독을 목표로 하고 최대

10회독까지 달성한 과목의 책도 있었다. 1회독 1회독씩 반복 횟수를 쌓아갈 때마다 느낀 것은 회독에 소요되는 시간이 체증적으로 감소한다는 것이다. 첫 1회독에 8주가 걸렸다면 두 번째 회독에는 6주, 그다음에는 2주, 그다음에는 5일, 이런 식이다. 반복학습의 힘이 얼마나 대단한 지 깨닫는 순간, 결국 누가 더 자주, 많이 봤는지에 따라 이런 시험은 마지막에 결과가 천차만별로 달라진다는 것을 알 수 있다.

2차 시험의 경우에는 주관식과 서술형 시험문제 형태인데, 한 문제 한 문제가 지문도 길고 답도 길게 써야 해서 시간이 많이 소요된다. 정말 긴 문제의 경우에는 한 문제 푸는 데 40분씩 걸리는 경우도 있다. 이럴 때에는 주어진 시간 동안 최대한 많은 문제를 풀고 풀이하는 것이 필요한데, 문제를 보고 해답을 적고 풀이를 보면서 체크하는 것까지가 한 문제를 푸는 한 단위로 생각하면 된다. 나는 두 번째 2차 시험을 준비할 때, 재무회계와 세법, 두 과목만 합격하면 됐었는데, 5달 동안 각각 과목에 대해 1,000문제 푸는 것을 목표로 하였다. 굳이 1,000문제를 목표로 삼은 것에 별다른 의미는 없었고... 1,000문제 정도를 풀면 어떤 시험이든 합격할 수 있지 않을까 하는 막연한 생각에서 나온 아이디어였다. 시험 전날까지 1,000문제를 풀기 위해 엄청나게 노력했는데, 각각 과목 모두 정말 계획한 듯이 시험 전날 저녁에 1,000문제 풀이를 달성하였다. 그 당시 나는 항상 노트 한 권을 들고 다니면서 문제 푼 개수를 체크했는데 이것이 정말 중요한 역할을 했던 것 같다. 꾸준하게 공부량을 유지하기 위해 노력하는 것은 물론 500문제, 700문제씩 채워갈 때마다 잘하고 있다는 확신, 목표한 1,000문제를 달성했을 때의 쾌감과 자신감은 멘탈을 유지시켜 주는데 정말 큰 도움이 됐다.

저자 약력

강 준

교육 봉사와 멘토링에 관심이 많은 약사이다.

대학시절부터 교육 봉사와 멘토링에 관심이 많아 6년간 수학 강사/과외/도토리 인연 맺기 학교/다문화 국제 학교/멘토링/삼성 드림클래스 등의 활동을 하면서 학생과 학부모들이 겪는 학업에 대한 어려움을 함께 고민하였다.

중/고등학생/대학생들과 멘토링 과정에서 해주었던 실패와 도전 이야기들을 정리하여 [브런치 스토리]에서 매거진으로 연재를 하게 되었다.

이외에도 마음 건강에 대한 이야기로 2021년 [사실 우리는 불행하게 사는 것에 익숙하다]을 집필했고, 2022년에는 건강 에세이 [의사와 약사는 오늘도 안 된다고 말한다]라는 책을 출간하였다.

한영석

아토피 피부염과 인터넷 게임으로 얼룩진 청소년 시절을 겪었고, 미래에 대한 고민이나 꿈 없이 허송세월 시간을 낭비한 경험이 있는 평범한 대한민국 청년이다.

지금은 지방 대학 병원에서 이비인후과 레지던트로 근무 중이다.

세 명의 조카가 있는 막내 삼촌으로 지나가면 다시는 돌아오지 않는 소중한 시간을 삼촌처럼 허비하지 않기를 훗날 사랑스러운 조카들이 알아주기를 간절히 바라는 마음으로 글을 쓰게 되었고, 학생들에게 삶의 소중함과 꿈을 향한 열정을 전하고 싶다.

임익현

나의 이야기를 말하기보다 남들의 이야기를 듣는 것을 더 좋아한다.

현재 재활의학과를 전공하면서 두 자녀를 키우고 있는 아빠이다.

재활의학의 수련과정과 육아 그리고 기초 과학 연구까지 다양한 분야에서 최선을 다해 노력하고 있다.

부모로서 자녀 양육에 대해 느끼는 생각과 고민들을 독자들과 나누고 싶어 글을 쓰기 시작했다. 지금도 열심히 하루하루를 살아가는 초보 아빠이지만 앞으로 더 성숙해지길 바라고 있다.

김철수

중앙대학교 경제학과에 재학 중에 제53회 공인회계사 시험에 합격하여 자격증을 취득하였다.

도전정신이 강하고 한번 마음먹은 것은 어떻게든 해봐야 직성이 풀리는 탓에 학창 시절부터 직장 생활까지 주변 동료들과는 조금 다른 길을 걷고 있다.

재수 끝에 진학한 대학교를 휴학하면서까지 수능을 한 번 더 봤으며, 군대를 끝까지 미루면서 고시 공부를 강행했고, 다니던 회계법인을 이른 시기에 과감하게 그만두고 스타트업, 벤처기업의 세계에 뛰어드는 과감하고 도전적인 커리어를 만들어가고 있다.

친구들, 후배들에게 진로상담을 했던 경험을 되살려, 현실에 안주하지 말고 항상 앞을 바라보며 도전하는 삶을 살 수 있도록 독려하기 위해 그때그때 어떤 생각을 가지고 한발씩 나아갔으며, 어떤 태도를 통해 성취를 이룰 수 있었는지 공유하고자 이 글을 쓰게 되었다.

슬로우 스타터
느림보들이 어떻게 전문직이 될 수 있었을까?

초판발행	2023년 6월 19일
지은이	강 준·한영석·임익현·김철수
펴낸이	노 현
편 집	배근하
기획/마케팅	조정빈
표지디자인	이수빈
제 작	고철민·조영환
펴낸곳	㈜ 피와이메이트
	서울특별시 금천구 가산디지털2로 53 한라시그마밸리 210호(가산동)
	등록 2014. 2. 12. 제2018-000080호
전 화	02)733-6771
f a x	02)736-4818
e-mail	pys@pybook.co.kr
homepage	www.pybook.co.kr
ISBN	979-11-6519-413-0 03810

정 가   17,000원

박영스토리는 박영사와 함께하는 브랜드입니다.